ANNE HERRIES
El jeque

Editado por HARLEQUIN IBÉRICA, S.A.
Núñez de Balboa, 56
28001 Madrid

© 2002 Anne Herries. Todos los derechos reservados.
EL JEQUE, N° 2 - 12.9.13
Título original: The Sheikh
Publicada originalmente por Mills & Boon®, Ltd., Londres
Este título fue publicado originalmente en español en 2008

Todos los derechos están reservados incluidos los de reproducción, total o parcial. Esta edición ha sido publicada con permiso de Harlequin Enterprises II BV.
Todos los personajes de este libro son ficticios. Cualquier parecido con alguna persona, viva o muerta, es pura coincidencia.
® Harlequin y logotipo Harlequin son marcas registradas por Harlequin Books S.A.
® y ™ son marcas registradas por Harlequin Enterprises Limited y sus filiales, utilizadas con licencia. Las marcas que lleven ® están registradas en la Oficina Española de Patentes y Marcas y en otros países.

I.S.B.N.: 978-84-687-3169-8
Depósito legal: M-17028-2013

Uno

—Y ésa es la noticia —dijo Chloe, tratando de contener la emoción—. Me marcho a Marruecos la próxima semana, y no sé cuándo voy a volver...

—¡Qué suerte tienes! —gritó Justine, mirando a su prima con envidia—. Lo único que he podido conseguir yo es un empleo en la biblioteca del barrio; y eso después de pasar años estudiando en la facultad.

Justine hizo un mohín con sus labios pintados con carmín y adoptó una postura que le agradaba por lo artística.

Chloe Randall trató de mostrarse compasiva ante las protestas de Justine por su mala suerte a la hora de encontrar un empleo interesante; sin embargo, no podía dejar de sonreír.

Chloe tenía la boca bonita y los labios suaves y carnosos, y a diferencia de su prima, a quien tanto le gustaba pintársela, ella prefería no usar maquillaje. Tenía el pelo rubio y liso y solía lucir una melena por los hombros, que en ese momento llevaba sujeta con un pañuelo. Justine se había cortado el pelo hacía poco y llevaba un corte muy de moda entre las artistas de cine mudo, corto por detrás y más largo a los lados. Chloe pensaba que su prima era muy atrevida pintándose los labios de aquel rojo intenso.

Las dos tenían la apariencia de lo que eran: dos jóvenes de buena familia que abandonaban las restricciones de su educación y comenzaban a desplegar las alas como mariposas al sol de la libertad. Estaban en 1925. La terrible guerra que había destruido las vidas de la generación anterior resultaba casi un recuerdo lejano, y en ese momento la vida parecía concebida para disfrutar de ella.

—Ha sido por pura suerte —dijo Chloe tal vez por enésima vez esa noche, mientras se levantaba para girar la manivela del gramófono y escuchar una vez más su canción favorita de Paul Robeson—. Me encanta. Fue estupendo verlo actuar cuando papá me llevó.

—Ay, por favor, no vuelvas a ponerlo —le rogó Justine—. Tengo un disco de jazz nuevo que me gustaría que escucharas. Siéntate y cuéntame lo que pasó; y cómo conociste a ese catedrático...

—Como te estaba diciendo, ha sido por pura suerte.

Chloe dejó el gramófono y se sentó con las piernas cruzadas sobre un montón de cojines, como si de un salón árabe se tratara. Aquélla era otra de las modas pasajeras de Justine, y también muy popular entre las jóvenes de sociedad.

—Yo estaba en el departamento de investigación

del museo cuando entró él. En una mano llevaba un paraguas, y en la otra varios paquetes y una bolsa de naranjas. La bolsa de papel donde estaban las naranjas se había mojado con la lluvia, y de pronto las naranjas salieron rodando por todo el suelo.

Justine se echó a reír mientras se imaginaba la escena. Aunque trataba por todos los medios de ser sofisticada, en el fondo seguía siendo una chica inocente, fascinada con las estrellas de la pantalla que veía cada vez que iba al cine, que en su caso era muy a menudo porque tenía unos padres ricos que le consentían casi todos los caprichos.

En eso tenía más suerte que Chloe, que había perdido a su madre, víctima de una agónica enfermedad mientras ella estaba estudiando fuera, y cuyo padre, en opinión de Justine, siempre había sido un hombre bastante frío. Pero por cariño y lealtad hacia su prima, nunca había querido expresar en voz alta esa opinión.

—¿Cómo has dicho que se llama...? Me refiero al catedrático.

—Hicks... Charles Hicks —respondió Chloe mientras se retiraba un fino mechón de pelo de los ojos—. El caso es que yo le ayudé a recoger las naranjas del suelo y empezamos a hablar; y resulta que Charles Hicks conoce a mi padre desde hace tiempo. Según parece, Hicks estuvo en mi bautizo, pero perdió el contacto con papá cuando el arqueólogo se marchó a Egipto poco después del bautizo. Naturalmente, lo invité a cenar a casa.

—Y fue entonces cuando te propuso si te gustaría acompañarlo a Marruecos —Justine la miraba fijamente, con una mezcla de envidia e incredulidad.

—Sí, para ayudarlo en un proyecto de investigación —concedió Chloe, que no podía dejar de sonreír—. En este momento está trabajando en un libro basado en varias tribus nómadas, particularmente el pueblo beduino y el bereber. Ya ha llevado a cabo la mayor parte de la investigación basada en los beduinos, que pueblan gran parte del norte de África; y ahora quiere hacer un estudio de los bereberes; según parece, para poder comparar las dos etnias. También le interesan las costumbres religiosas, y tiene la intención de visitar muchos sitios que son considerados sagrados; si consigue el permiso, claro. Todo es un poco complicado, y yo no entiendo mucho. Pero es interesante, ¿no te parece?

Se echó a reír al ver la mirada sin expresión de Justine. Estaba muy claro que su prima no estaba muy convencida, pero también era cierto que los intereses de Justine se limitaban a la ropa, los bailes e ir al cine, como le pasaba a la mayoría de las jóvenes de esa época.

—Cuando papá le comentó que a mí me interesaba la literatura árabe, Hicks pensó que sería la persona ideal para ayudarlo; sobre todo porque sé escribir en taquigrafía.

—Y tú aprovechaste la oportunidad, por supuesto —suspiró Justine—. Ojalá yo conociera a alguien que me pagara unas vacaciones en el extranjero.

—Y a mí me gustaría que pudieras acompañarnos —opinó Chloe con pesar—. Pero el profesor Hicks me va a pagar todos los gastos, así que no le puedo pedir que invite además a mi prima. Dudo mucho que necesite ayuda con la investigación; pero papá le dijo que acababa de terminar mis estudios universitarios y que estaba buscando trabajo mientras llevaba a cabo mi propia investigación. Eso le impresionó bastante; y dijo algo así como que admiraba a las jóvenes que prefieren forjarse una profesión en lugar de casarse enseguida.

—Bueno, supongo que eso es lo que hacemos la mayoría de nosotras: casarnos y tener hijos —dijo Justine con cierta desazón—. Tú eres una excepción, Chloe. Yo fui a la facultad porque quiso mi padre; y como tú estabas ya estudiando fue divertido. Pero mamá espera hacer mi presentación en sociedad, y supongo que me prometeré en matrimonio lo antes posible... Eso si soy capaz de encontrar a alguien que se parezca a él.

Justine tomó una copia de la revista que había encontrado esa mañana en la biblioteca. En el interior había una foto que ocupaba toda una página del actor Rodolfo Valentino, donde también se anunciaba su última película.

—Tenemos que ir a verla antes de que te vayas —dijo Justine mientras suspiraba por el ídolo de la gran pantalla—. He visto sus películas tantas veces; pero la que más me gusta de todas es *El jeque*. Dicen que está pensando en hacer una segunda parte muy pronto.

—Ah, es maravilloso —concedió Chloe mientras cruzaba las piernas.

Ese día llevaba una falda corta que a su abuela, lady Margaret Hatton, le parecía horriblemente indecente, y finas medias de seda.

—Maravilloso —Justine abrió la pitillera de plata que había en una mesita junto a ella y le ofreció un cigarrillo a Chloe—. Ah, sí, tú no fumas —dijo al ver que su prima sacudía la cabeza—. Mamá detesta que fume si está ella delante, pero a papá no le molesta. Dice que hay cosas peores que ver a una mujer fumando, y además él también fuma mucho. Yo me parezco a él; al menos, eso es lo que siempre dice mamá cuando se enfada conmigo.

Justine se echó a reír con aquel sonido musical y contagioso. Chloe sonrió con afecto. Justine era bonita y lista, y siempre decía cosas a la ligera sólo porque a ella le parecían inteligentes. Estaba de moda comportarse de aquel modo ligeramente escandaloso, que Justine favorecía con sus amistades; pero Chloe sabía que en el fondo su prima no era en absoluto alocada. Cuando llegara el hombre adecuado, Justine se enamoraría, se casaría y viviría en una bonita casa en el campo; de vez en cuando iría a la ciudad y sería muy feliz. Sus padres la mimaban continuamente, lo cual era muy agradable. A Chloe no le habría importado que su padre la mimara también un poco, aunque era realista y sabía que no era nada probable que su padre fuera a cambiar de manera de ser.

Siempre había sido un hombre reservado; pero desde la muerte de su madre se había encerrado aún más en su mundo, dejando la mayor parte de las veces que Chloe se las apañara sola. De no haber sido por Justine, por quien sentía un gran cariño, Chloe estaba segura de que se habría sentido bastante sola.

Su abuela raramente salía ya de la casa donde vivía, en el norte de Inglaterra, pues no tenía buena salud. Lady Margaret prefería no recibir visitas, aunque una vez al año pedía que fuera a visitarla su nieta, y se acordaba de enviarle una tarjeta por su cumpleaños.

—Supongo que te gustará casarte —le dijo a Justine—, cuando encuentres a la persona adecuada.

—¿Y tú no quieres casarte? —Justine la miró con curiosidad.

—Con el tiempo, tal vez; pero todavía no.

Chloe quería hacer algo más con su vida de lo que había hecho su madre, siendo la esposa de Peter Randall. Sabía que una vida parecida a la de su madre, o incluso a la de Justine, que tenía una intensa vida social, no sería para ella. Ella no estaba segura de lo que estaba buscando, pero cualquiera que fuera un poco observador se daría cuenta de que lo que ella necesitaba era afecto.

—Fumar está bien si te gusta —comentó Chloe mientras su prima sacaba uno de la caja—. Pero a mí me da tos, y además el sabor no me gusta.

—Ah, bueno... al sabor te acostumbras.

Justine no pensaba reconocer que sólo lo hacía porque sus bohemios amigos decían que era elegante.

Tenía que ser parte del grupo porque quería que la invitaran a todas las mejores fiestas. Miró la revista que tenía sobre el regazo y suspiró de nuevo.

—¿Alguna vez has pensado cómo sería conocer a un jeque de verdad, Chloe? ¿Crees que sería como Valentino?

—En absoluto, no lo creo ni por un momento —respondió Chloe muerta de risa.

Chloe se estaba riendo tanto de su prima, que en ese momento daba una delicada calada del cigarrillo que sostenía con su elegante boquilla, como de la ocurrencia; pero no le dijo nada a Justine.

—Seguramente sería gordo, grasiento y maloliente —continuó Chloe.

—¡Ay, no! —le rogó Justine en tono melodramático, mientras echaba la cabeza hacia atrás igual que lo hacía la gran Gloria Swanson en la pantalla—. Por favor, no pisotees mis ilusiones. Que sepas que he soñado que conocía a Valentino... Y que él me levantaba en brazos y me llevaba a su tienda en el desierto —Justine se estremeció deliciosamente con la idea.

—Tú y millones de mujeres más —dijo Chloe sonriendo.

Ella también se había imaginado en una situación similar a aquéllas soportadas por la joven esclava que interpretaba la actriz Agnes Ayres; pero en el fondo no se hacía ilusiones de conocer a alguien que la transportara a aquel romántico mundo de las películas.

—Pero estoy de acuerdo en que sería romántico conocer a Rodolfo Valentino... Imagínate si alguien te ofreciera actuar con él en una película.

—Ah, me moriría por tener esa oportunidad —dijo Justine, y se echó a reír—. Sigo pensando que sería muy romántico dejar que un jeque te llevara a su tienda del desierto bajo las estrellas...

—Aunque a lo mejor al llegar allí descubres que no te gusta el jeque —dijo Chloe—. Creo que es más seguro quedarse con la película.

A menudo ella también había pensado en lo emocionante que sería actuar en una película de Hollywood, y sonrió mientras imaginaba que le ofrecían el papel de esclava en una película similar a *El jeque*. Por supuesto, sólo era un sueño tonto que ella jamás había contado a nadie, ni siquiera a Justine.

—Bueno, tendré que contentarme con mi trabajo de bibliotecaria hasta que aparezca mi príncipe azul y me haga perder la cabeza —dijo Justine—. Por lo menos tú tienes unas emocionantes vacaciones por delante.

—No son sólo vacaciones —dijo Chloe—. El profesor Hicks es un hombre bueno y entrañable, pero me atrevo a decir que querrá que trabaje un poco a cambio de esos privilegios.

—Es una pena que sea tan mayor —respondió Justine con cara de pesar—. Es mayor que tu padre. Pero nunca se sabe, a lo mejor conoces a alguien emocionante durante el viaje, Chloe; a un hombre apuesto y moreno que te llevará a su *casbah*...

—Lo dudo mucho —la interrumpió Chloe. Pero sus dudas no le impedían soñar.

En el fondo era tan romántica como Justine, aunque tratara por todos los medios de no serlo. Su padre siempre le había dicho que debía mantener la cabeza fría y juzgar una situación antes de tomar una decisión. Chloe sabía que era mejor no soñar para no esperar demasiado, porque si se dejaba llevar por sus deseos acabaría decepcionada.

«Actúa impulsivamente y tal vez te arrepientas de ello toda tu vida». Ése había sido siempre el axioma que había regido la vida de Peter Randall.

Era sin duda un modo muy sensato de ver las cosas, pero podría llegar a ser un tanto aburrido, o así lo había comprobado Chloe. A veces se decía que sería emocionante hacer alguna locura o algo del todo irresponsable de vez en cuando.

—Bueno, todos podemos soñar —dijo Justine antes de levantarse para poner el disco nuevo que había comprado—. Vamos Chloe... mira esto.

Chloe se echó a reír cuando Justine empezó a mostrarle uno de los últimos bailes de moda. Su prima siempre estaba con algo nuevo, y tal vez por esa misma razón a Chloe le gustaba tanto estar con ella.

—Ah... Ojalá pudieras venir con nosotros —suspiró Chloe—. Pero supongo que no sirve de nada suspirar en vano.

—De todos modos mamá nunca estaría de acuerdo con un viaje así —dijo Justine—. Está empeñada en que me case con alguien muy rico y muy aburrido.

Chloe negó con la cabeza.

—Bueno, lo primero no sería tan malo, Justine. El pobre papá siempre ha tenido dificultades para salir adelante después de la guerra. Invirtió en una empresa que fracasó, y sus ingresos se vieron reducidos casi la mitad. Por eso estoy tan contenta de haber conseguido un trabajo nada más terminar la facultad.

—Bueno, el dinero no me importaría —concedió Justine—. Lo cierto es que ya me veo envuelta en pieles y adornada con joyas; pasando el verano en la Costa Azul y el invierno en Biarritz...

—Sí —concedió Chloe—. Y si tiene mucho dinero, Justine, tal vez no sea tan aburrido, después de todo.

Resultaba emocionante y glamouroso que a una fueran a despedirla sus amigos antes de iniciar una travesía en un transatlántico de lujo. A bordo el ambiente era como el de una fiesta gigantesca: las botellas de champán se descorchaban a cada momento, la gente se reía, mientras el viento agitaba las miles de banderillas que decoraban el barco. Todo el mundo parecía tener amigos que se habían acercado a desearles *bon voyage*, y Chloe se alegró de que su padre y Justine hubieran insistido en hacer con ella el viaje hasta Southampton.

Había notado que la mayoría de los demás pasajeros que estaban a bordo eran ricos: mujeres vestidas con elegancia entre las que abundaban las pieles echadas sobre un hombro; y hombres tranquilos y seguros de sí mismos, aunque a menudo vistieran un estilo sobrio. Tal vez por eso fue por lo que se fijó en él casi de inmediato, porque destacaba entre los demás. Llevaba un traje de color beis claro, pulcro y elegante, y zapatos de cuero artesanales. La camisa era como las que uno podría encontrar en Saville Row.

—Ésa es la bocina que nos avisa para que nos bajemos del barco —le dijo su padre antes de besarla—. Cuídate mucho, querida. Pásatelo bien y sé todo lo útil posible para Charles. Sobre todo, haz lo que te diga y compórtate bien. Quiero estar orgulloso de mi hija, y Charles ha tenido un detalle estupendo dándote este trabajo.

—Sí, por supuesto, papi —dijo Chloe mientras abrazaba también a su padre—. Y tú cuídate también.

Él asintió y se apartó con dinamismo de su hija.

—Voy a despedirme de Charles.

—Sí, tienes que hacerlo.

—Niñas, despedíos rápidamente —les advirtió el señor Randall, antes de perderse entre el gentío.

En ese momento las dejó solas junto a la barandilla.

—Ah, maldita sea —dijo Justine—. Me parece que

ahora tendré que bajar sola —hizo una mueca—. Ojalá pudiera marcharme contigo —besó a Chloe—. ¡No hagas nada que no hiciera yo...! ¡Y no te escapes con un jeque!

Echó los brazos hacia atrás con dramatismo y sin querer le dio un golpe a un hombre que estaba de pie justo detrás de ella.

—¡Tenga cuidado, jovencita!

Justine le había dado en el brazo consiguiendo que se vertiera encima la compa de champán que el hombre tenía en la mano. Era el mismo hombre en el que Chloe se había fijado antes. Se fijó en el grupo de amigos que parecían haber ido a despedirlo, todos ellos vestidos con la misma elegancia que él; uno de ellos era una preciosa joven. El hombre se quedó mirando a Justine con gesto colérico. Al ver que Justine se quedaba abochornada, Chloe decidió sacar la cara por su prima.

—Creo que ha sido bastante insensato por su parte traerse la copa a bordo habiendo tanta gente como hay aquí, ¿no le parece? —dijo Chloe—. Justine lo ha hecho sin querer.

—Por supuesto —dijo Justine, que le sonrió con las mejillas muy coloradas—. Lo siento muchísimo. Espero no haberle importunado demasiado.

—Seguramente el traje no tendrá arreglo, pero no tiene ninguna consecuencia.

El hombre se dio la vuelta.

—¡Qué hombre más maleducado! —decía Chloe, que avanzaba pegada a la barandilla.

A medida que la gente iba abandonando el barco, había más espacio para moverse con libertad.

—Ha sido culpa suya, por acercarse tanto a ti —añadió Chloe con fastidio.

—Supongo que querría agitar la mano para despedirse una vez más de los amigos que estuvieran en tierra —dijo Justine—. Santo cielo, debo irme o me llevarán contigo.

Se dieron otro abrazo, y Justine salió corriendo para unirse a los últimos pasajeros que abandonaban el barco. Chloe sonrió cuando vio que su amiga se agarraba el sombrero para tratar de saludarla con la mano. Cuando perdió de vista a Justine, Chloe se dio la vuelta para buscar a sus compañeros de viaje. Al ver al señor Hicks y a su secretaria, la señorita Amelia Ramsbottom, levantó el brazo para llamar su atención. En ese momento se oyó una exclamación ahogada a sus espaldas; y cuando Chloe se dio la vuelta vio que había terminado de verterle encima el resto del champán al hombre a quien Justine había empujado sin querer un rato antes.

—Veo que está empeñada en estropearme el traje —dijo él.

A Chloe le pareció detectar un brillo de humor en su mirada.

—¿Le he hecho algo que le haya molestado? —añadió el hombre.

Chloe se mordió el labio. Sintió la tentación de responderle mal, pero iban a pasar unos días en el mismo barco y no tenía sentido iniciar el viaje creando un ambiente desagradable, ya que era imposible que no se encontraran de vez en cuando.

—Lo siento —dijo ella, tratando de recomponerse—. ¿Podrán limpiárselo a bordo? Yo misma me haré cargo de la factura.

—No tiene consecuencia —esa vez el hombre sonrió.

Chloe se dio cuenta de que era bastante atractivo cuando sonreía y las facciones se alejaban de la dureza que habían reflejado un rato antes. Tenía el pelo negro, corto y peinado para atrás, y unos ojos casi tan negros como el pelo. Hablaba con acento inglés de clase alta, pero de alguna manera a Chloe no le parecía del todo inglés. Además, tenía las facciones demasiado marcadas; ¿tal vez exóticas? No sabría decirlo.

—¿Ocurre algo? —preguntó el hombre con el ceño fruncido.

Chloe se percató entonces de que se había quedado mirándolo fijamente y se sonrojó.

—No, perdóneme. Debo de reunirme con mis amigos.

Y dicho eso, Chloe lo abandonó bruscamente y se fue corriendo, con el corazón acelerado. Aquel hombre poseía algo enervante, algo que la trastornaba; tal vez fuera arrogancia, o tal vez algo que no era capaz de identificar... Una sensación de que, bajo aquella distinguida superficie, ese hombre no era lo que parecía. Desde luego no se parecía a la mayoría de los hombres que ella conocía.

En la facultad había conocido a catedráticos muy serios, a los hermanos, padres o primos de sus amigas y a compañeros de estudios. Todos se parecían mucho, siendo la mayoría caballeros e hijos de caballeros. Algunos eran más agradables que otros, por supuesto, pero todos se habían comportado bien y la habían tratado con el respeto que merecía una mujer joven de buena familia.

A veces Chloe casi había deseado que no hubieran sido tan respetuosos, pero sabía que ella no era la clase de chica que volvía locos a los hombres. No era lista y bonita como Justine, pero no se daba cuenta de que sus modales callados eran en sí muy atractivos; ni de que, a su manera, era guapa.

—Ah, ahí estás querida —Charles Hicks la saludó con una sonrisa—. Nos preguntábamos qué habría sido de ti, ¿verdad, Amelia?

El catedrático y su secretaria, que tenía un aspecto parecido al de él, habían visto muchas despedidas así a bordo de los barcos y por eso habían preferido permanecer aparte del gentío que atestaba las barandillas. Los dos vestían sobrios trajes de tweed, que a Chloe le parecieron poco adecuados para la ocasión.

—Ah, Chloe le estaba diciendo adiós a su amiga —dijo Amelia Ramsbottom—. No puedes esperar que se pase todo el tiempo con nosotros, Charles. Es joven y ésta es la primera vez que está a bordo de un transatlántico. Debe disfrutar mientras pueda.

Chloe fue consciente de que la secretaria del catedrático tenía unos modales un tanto hostiles, y sospechó que tal vez se sintiera un poco celosa de ella. Amelia llevaba años viajando con él y debía de preguntarse por qué había invitado a una mujer joven a acompañarlos en esa ocasión. Ella también se lo había preguntado en un principio, pero sospechaba que había sido mera amabilidad por parte de un viejo amigo de su padre. Charles Hicks era un hombre próspero que podía permitirse ciertos caprichos, y sin duda se había dado cuenta de que en casa de los Randall andaban un poco apretados de dinero.

—Desde luego es todo muy emocionante —dijo Chloe—. Pero quiero ayudar al profesor Hicks todo lo que pueda.

—No voy a necesitarte todo el tiempo —respondió el hombre—. Debes disfrutar del crucero, querida. Tal vez te pida que tomes alguna vez al dictado por mí. Amelia pasa todo mi trabajo a máquina maravillosamente, pero voy demasiado deprisa para ella cuando le dicto. Tus nociones de taquigrafía nos serán útiles.

—Me voy a mi camarote —anunció Amelia—. Yo que tú, Chloe, haría lo mismo. Tal vez te sientas un poco indispuesta en cuanto nos alejemos un poco de la costa.

Charles Hicks observó su marcha. Amelia era una mujer baja, delgada, con el cabello canoso y modales remilgados.

—Me temo que Amelia no lo pasa muy bien a bordo de un barco, Chloe. Ha sido durante muchos años una compañera leal, pero de verdad creo que preferiría quedarse en Inglaterra. Pienso que tal vez ésta sea mi última aventura.

—Oh, eso sería una pena, señor.

—Por favor, no me llames señor; simplemente Charles. Debes llamarme Charles.

Sus descoloridos ojos azules le sonrieron. Aunque ya era mayor, Charles Hicks seguía siendo un hombre apuesto.

—Tengo sesenta y nueve años, Chloe. Creo que me contentaré con estar un poco tranquilo una vez que haya completado este viaje. He pasado muchos años en Egipto, y he estado en el desierto en numerosas ocasiones; pero sigo buscando una ciudad perdida... —se echó a reír cuando ella lo miró—. Algo tan maravilloso como Petra, y cuyo descubrimiento llevara mi nombre... Pero me temo que nunca la encontraré.

Chloe sonrió comprensivamente. Sabía de la ciudad de Petra, que significaba «ciudad de piedra» y era una antigua ciudad, situada entre el Mar Muerto y el Golfo de Aqabah, cerca de la intersección de las importantes rutas de las caravanas que viajaban desde Gaza hasta el Mediterráneo. Había sido una ciudad floreciente en su día, pero después se quedó en ruinas y se había perdido entre las arenas del desierto; en el siglo diecinueve, un explorador suizo la había encontrado.

—Supongo que a mucha gente le gustaría descubrir algo tan maravilloso como Petra —dijo Chloe—. Como sabe, a mí me interesa hallar bellas poesías que lleven mucho tiempo en el olvido. Por supuesto, no leo en árabe, aunque soy capaz de reconocer algunas palabras, pero he investigado un poco y he tenido la suerte de encontrar algunas traducciones muy buenas al inglés y al francés, que estoy coleccionando con la esperanza de publicarlas un día.

—Sí, eso me dijo tu padre. Me parece algo muy interesante. Debes enseñarme tu trabajo otro día, Chloe... Pero creo que ahora será mejor que siga el ejemplo de Amelia y busque nuestros camarotes.

A Chloe le habían dado un camarote interior, algo que en parte la decepcionó porque le habría gustado poder asomarse por el ojo de buey para ver el mar y el cielo. Pero sabía que eran más caros, y de todos modos no tenía la intención de pasarse mucho rato encerrada en el camarote.

Se preguntó cuánto tardaría en empezar a marearse, pero pronto se dio cuenta de que el ligero vaivén del barco no la afectaba. Tal vez fuera distinto con el mar picado, pero de momento se sentía bien y estaba disfrutando de la travesía.

Amelia no subió a cenar con ellos esa noche, lo cual le pareció una pena a Chloe, ya que en el comedor había un ambiente festivo, y el capitán del barco saludó a todos los invitados y les dio la bienvenida antes de sentarse a cenar. Chloe y el profesor no estaban invitados a sentarse a la mesa más importante esa noche, pero los otros pasajeros que estaban con ellos en la mesa se mostraron amables y simpáticos, y a Chloe le gustó conocerlos y charlar con todos ellos.

—¿Éste es tu primer crucero? —le preguntó una mujer bastante regordeta llamada señora Vermont—. Yo soy una viajera experimentada, por supuesto, pero mi sobrina Jane es la primera vez que viene conmigo. Vosotras dos os haréis compañía. ¿No os parece afortunado que os hayáis conocido, chicas?

Jane Vermont le pareció a Chloe una niña bastante tonta, pero eran más o menos de la misma edad, de modo que le sonrió y accedió a la sugerencia de la tía. Sería imposible de todos modos eludir a los Vermont, y tendría que tener a alguien con quien hablar. La mayoría de los demás pasajeros parecían mucho mayores, lo cual resultaba un tanto decepcionante.

—¿Qué vas a hacer después de la cena? —le preguntó Jane—. Hay un montón de entretenimientos:

un baile, el show en vivo, y esta noche dan una película. Me gustaría verla, pero la tía Vera no quiere ir.

—Depende —dijo Chloe con cautela—. ¿Qué van a poner?

—No estoy segura... ¿Se lo preguntamos luego al capitán?

Chloe pensó que el capitán tendría cosas más importantes que hacer, y desde luego había bastantes camareros por allí a los que preguntar. Jane miraba en ese momento hacia la mesa principal, sonreía y agitaba la mano, claramente tratando de llamar la atención.

Chloe miró también hacia la mesa y vio que uno de los invitados que habían tenido el honor de sentarse allí era el hombre con quien se había chocado antes. Llevaba un elegante esmoquin negro y una camisa de un blanco inmaculado con pajarita negra. Al mirarlo, él pareció percatarse de su presencia y levantó su copa a modo de saludo.

—¿Quién es ese hombre tan divino? —preguntó Jane inmediatamente—. Es tan guapo... Igual que Rodolfo Valentino; tan moreno y misterioso y a la vez tan imponente —Jane se estremeció con dramatismo—. ¿Lo conoces, Chloe?

—No... Sólo nos encontramos brevemente en cubierta al zarpar, pero no hemos sido presentados.

Chloe bajó la vista. El salmón ahumado que tenía en el plato le parecía de pronto muy interesante, y desde ese instante no despegó los ojos del plato. Tontamente, el corazón le latía muy deprisa, y temió haberse sonrojado.

—Bueno, parece muy interesado en ti —le dijo Jane muerta de risa—. Ojalá que también a mí me mirara con tanto... ardor; sí, ésa es la palabra adecuada —Jane le sonrió, pero sólo consiguió una mirada insulsa del hombre—. ¿Sabes que hay un equipo de rodaje a bordo del barco? He oído que son americanos.

—¿Un equipo de rodaje? —Chloe la miró con atención—. No tenía ni idea... ¿Hay algún actor o actriz famoso entre ellos?

—No... Creo que seguramente habrán tomado un avión adonde sea que se dirijan. Pero el director acompaña al equipo. Me parece que quiere hacer algunas tomas a bordo. Dicen que está buscando una estrella para su nueva película —Jane se atusó su ondulada melena negra—. ¿Chloe, tú crees que me parezco un poco a Mary Pickford?

Chloe pensó que Jane no se parecía en absoluto a la famosa estrella de cine a quien todos llamaban la novia del mundo, pero le daba vergüenza decírselo a la cara.

—Bueno, tal vez un poco —respondió—. Tienes el pelo como lo llevaba ella en su última película.

Vio que eso complació a Jane; porque estaba claro que la joven se había puesto ese peinado para parecerse lo más posible a la famosa estrella.

Sinceramente, Jane le parecía un poco tonta; Chloe habría preferido que su prima hubiera estado con ella en el barco. Pero no servía de nada lamentarse por algo que no podría ser. Miró brevemente hacia la mesa y vio que él le estaba encendiendo un cigarrillo a una mujer que estaba sentada a su izquierda. Era una mujer muy bella, vestida elegantemente y muy segura de sí misma; en ese momento, la mujer le sonreía.

Chloe apartó la mirada enseguida. Ella no pertenecía a clase de gente, y no podría competir con mujeres así; claro que tampoco quería.

—Venga, dime que vendrás a ver al película conmigo —dijo Jane cuando la gente empezó a levantarse de las mesas un rato después—. Acabo de preguntarle a uno de los camareros y ha dicho que es la última de Valentino. Estoy deseando verla.

—Yo la he visto antes de venir —dijo Chloe.

Pero al ver la cara de decepción de su amiga, Chloe cambió de opinión.

—Bueno, supongo que no me importaría volver a verla —añadió.

—Marcháos vosotras, jóvenes —dijo la señora Vermont—. Yo me quedo aquí a hacerle compañía un rato al profesor Hicks.

Chloe percibió el gesto de contrariedad del profesor, que trató de disimular.

—¿Te importa? —le preguntó Chloe—. ¿O quieres que haga algo para ti esta noche?

El profesor pareció tentado un instante, pero negó con la cabeza.

—No soy tal ogro como para ponerte a trabajar tu primera noche, Chloe. No, querida mía, ve y diviértete.

Jane salió de la pequeña sala de proyección encantada con la película. No dejaba de hablar de lo guapo y lo interesante que era el protagonista masculino, hasta tal punto que Chloe pensó que la volvería loca.

—En realidad debería marcharme —dijo ella—. Debo ir a ver si la señorita Ramsbottom necesita algo antes de que me vaya a mi camarote.

Con las prisas por escapar de su charlatana compañera, Chloe avanzó por un pasillo y dio la vuelta a la esquina siguiente, pensando que ése sería el pasillo para ir a su camarote y al de la señorita Ramsbottom. Sin embargo, al llegar al final y ver que desembocaba en otro pasillo que iba en otra dirección, se dio cuenta de que se había equivocado.

Al darse la vuelta para volver sobre sus pasos, vio que él iba hacia ella y vaciló, preguntándose si habría manera de evitar otro encuentro. Quedaría mal si regresaba por el pasillo que sabía ya que sólo conducía a los camarotes de primera clase; así que sólo le quedaba permanecer allí.

—Ah, parece que volvemos a encontrarnos —dijo él con expresión de humor—. Creo que deberíamos presentarnos. ¿Señorita...?

Chloe vaciló y aspiró hondo. ¡Qué situación más ridícula!

—Me llamo Chloe Randall —Chloe le dio la mano—. Viajo con la señorita Amelia Ramsbottom y el catedrático Charles Hicks... y parece que me he equivocado de pasillo.

—Es muy fácil que pase eso —él le estrechó la mano un instante—. Soy Armand... Philippe Armand... y si desea decirme el número del camarote que busca, me complacería mucho ayudarla a buscarlo, señorita Randall.

Chloe trató de decidir de qué nacionalidad sería. Su apellido sonaba un poco francés, pero a ella no le parecía francés en absoluto. Y él había vacilado un poco al decir su nombre, casi como si no hubiera sido su nombre de verdad. ¿Pero por qué mentir así?

—Yo... me alegra conocerlo —respondió Chloe con formalidad, sintiéndose ridícula enseguida—. Mi camarote es el número cincuenta y dos, y la señorita Ramsbottom tiene el cincuenta y nueve. Quería pasar a ver cómo se encuentra antes de irme a la cama; antes no se sentía muy bien.

—¿A la cama tan temprano?

El hombre arqueó las cejas, y sonrió con gesto cómico. Era el clásico y sofisticado hombre de mundo, y Chloe pensó en lo joven e inocente que le debía parecer a ese hombre. Sabía que iba vestida de una manera un tanto aniñada, y que no iba tan elegante como las demás mujeres de a bordo.

—No debería pensar de ese modo mientras dure el crucero, señorita Randall. Una joven como usted debería pasarse la noche bailando con algún apuesto acompañante.

Chloe sabía que se estaba burlando de ella. No había visto a ningún joven apuesto en el barco; y los pocos hombres que encajaban en su descripción tendrían ya una pareja de baile más interesante que la pequeña Chloe Randall.

—Le aseguro que no tengo intención de bailar con nadie, señor Armand —dijo ella—. Ha sido un día muy largo, y estoy cansada. Si pudiera indicarme cómo llegar a mi camarote, no le molestaré más. Sobre todo si hay alguien esperándolo...

¿Pero por qué había dicho eso? Diciéndolo parecía como si él le interesara... ¡Y no era así! Philippe Armand no le interesaba en absoluto.

—Desgraciadamente no hay nadie con quien me apetezca bailar —respondió, esbozando una extraña sonrisa—. Mi prometida tuvo que quedarse en Londres. Sin embargo, me gustaría que fuera mi pareja de baile si se anima a bailar otra noche... cuando no esté tan cansada.

Para fastidio suyo, Chloe notó que se sonrojaba de nuevo. ¿Por qué conseguía que se sintiera como si fuera una colegiala tonta? Estaba a punto de pedirle otra vez que le mostrara el camino, cuando vio salir a un camarero de uno de los camarotes y se volvió hacia él rápidamente.

—Por supuesto, señorita; enseguida le indico el camino —respondió el hombre a su urgente pregunta—. Yo mismo voy hacia allá ahora. Por favor, sígame. Buenas noches, señor Armand.

Parecía que no le había mentido en cuanto a su nombre, pensaba Chloe, mientras asentía con la cabeza antes de darse la vuelta para seguir al camarero. Philippe Armand le dirigió una mirada jovial y continuó por el pasillo donde Chloe sabía que estaban los camarotes de lujo. Eran mucho más grandes que los suyos, y tenían un espacio fuera donde el afortunado huésped podía salir a tomar el aire. Le habían dicho que también tenían una pequeña sala de estar y dos dormitorios grandes, y sintió cierta envidia de los pasajeros que podían permitirse ese lujo.

Chloe se dijo que tenía suerte de estar allí, y que no debía pensar en tonterías. Jamás habría tenido la oportunidad de viajar en un transatlántico como aquél de no haber sido por la generosidad de Charles Hicks.

Cuando llegó al camarote de Amelia llamó a la puerta con los nudillos; al momento oyó la voz de Amelia que la invitaba a pasar. La pobre mujer estaba tumbada en la cama, y parecía de lo más indispuesta.

—¿Puedo hacer algo por usted? —le preguntó Chloe—. ¿Quiere que avise al médico?

La mujer negó con la cabeza.

—No, gracias. El camarero ya me ha dado un remedio para calmarme el estómago. Eres muy amable, Chloe; pero sólo quiero estar sola. Se me pasará en un par de días.

—Siento haberla molestado —dijo Chloe, y cerró la puerta al salir.

Volvió pensativa a su camarote. ¿Quién sería el señor Armand, y por qué le había parecido que mentía cuando le había dicho su nombre?

No había razón alguna para mentirle, al menos que ella supiera. Tal vez viajara con nombre falso. ¿Pero por qué? ¿Sería un espía...? ¿O tal vez un gánster?

Pensó en su rostro y decidió que era muy parecido al de una foto de un príncipe extranjero que había visto en un periódico. No, un príncipe no, pero sí algo similar. Chloe no se acordaba de dónde había visto el artículo, pero le parecía recordar que tenía algo que ver con la política... ¿O sería con el mundo de los negocios? Chloe decidió dejarlo, de momento.

Además, seguramente no tendría importancia; porque no era probable que volviera a relacionarse con él. Estaba segura de que a partir de esa noche Philippe Armand la evitaría; sobre todo si tenía por casualidad una copa en la mano.

Chloe sonrió al recordar la cara del hombre cuando Justine le había tirado la copa encima. Esa vez parecía haberle sentado bastante mal; pero parecía que la segunda vez había empezado a ver el lado cómico del incidente. Y esa noche había sido de lo más agradable con ella, aunque sospechaba que para sus adentros el hombre se había reído a su costa.

Bostezó y empezó a desvestirse. Tenía mucho sueño, y la charla sin sentido de Jane Vermont la había irritado sobremanera. Pensó que sería una pena que tuviera que soportarla durante todo el viaje, y de nuevo le pesó que su prima no hubiera podido acompañarlos.

Chloe se acostó y se durmió casi inmediatamente. Soñó con la película que acababa de ver; pero en algún momento la cara del jeque se trasformó en la del hombre que acababa de conocer.

—Eres una bella y peligrosa mujer —le decía mientras la miraba a los ojos—. Tendré que llevarte a mi *casbah* y encerrarte...

Chloe se despertó brevemente y se acordó de dónde había visto el artículo; al momento se durmió y se olvidó de todo otra vez...

Dos

Estuvo un rato observando a los bailarines. Sus facciones eran tan agrestes como las montañas del Atlas, que interrumpían las llanuras donde sus ancestros habían reinado durante siglos, mientras viajaban sin cesar por los desiertos y regiones fértiles que atravesaban la ruta de las caravanas desde Gaza hasta la Costa Bereber. Pasha Ibn Hasim, también conocido como Philippe Armand, o incluso en ocasiones Philippe, observó con expresión ceñuda a la joven que bailaba con su jefe, un hombre mayor.

Al principio había pensado que podría ser la sobrina del profesor o su amante, ya que la había visto despidiéndose de su padre y de su amiga el primer día en Southampton. Pasha no estaba seguro de por qué ella había suscitado su interés, salvo que tenía algo que le recordaba a otra muchacha; a su hermanastra Lysette.

La madre de Lysette, una mujer con ascendencia francesa y argelina, se había casado con el jeque Hasim Ibn Ali, al que había conocido cuando éste había estado en París tras la muerte de su primera esposa.

La madre de Pasha había sido la hija favorita de un caballero inglés, pero su abuela era francesa. Era el nombre de soltera de esta bisabuela de Pasha el que a veces él adoptaba cuando quería viajar a distintos países y ciudades donde la relación con cierto príncipe podría hacer que su vida corriera peligro.

Su tío, el príncipe Hassan, había querido que Pasha recibiera una educación inglesa en Harrow y Cambridge después del asesinato de su hermano, el padre de Pasha. Lysette se había marchado a América con su madre; y era allí donde había muerto en un accidente de automóvil tan sólo unos meses atrás.

La tensión marcó de nuevo sus facciones al pensar en la bella hermana a la cual había adorado. Aunque no se habían visto muy a menudo desde la violenta muerte de su padre, Lysette había sido para él como una amiga cariñosa y tierna. Su estúpida muerte lo había primero sorprendido y después enfadado, cuando empezó a sospechar que a lo mejor no había sido el accidente que se había pensado.

Los médicos que la habían examinado en el momento de su muerte lo habían informado de que Lysette estaba embarazada. Había bastado eso para jurar que castigaría al hombre que la había mancillado; y las sospecha de que la hubieran asesinado por haber estado encinta le llenaba de rabia y amargura.

Pasha no le perdonaría la vida al hombre que había destrozado a Lysette si supiera quién era el culpable;

pero de momento los agentes que tenía trabajando para él en América no habían aportado demasiadas pruebas. ¡Qué más daba! Era lo suficientemente rico como para perseguir a su enemigo hasta el amargo final; pero de momento tenía asuntos igualmente importantes que atender.

Su visita a Marruecos tenía un doble propósito, ya que su intención era compaginar los negocios con el placer. Tenía familiares que hacía años que no veía y a quienes pensaba visitar; pero había otras razones secretas para su viaje.

Últimamente toda la región del Oriente Medio se había vuelto muy inestable. El petróleo se estaba convirtiendo en una materia prima cada vez más valiosa, y los jeques de los diversos pequeños estados se peleaban por el poder y el territorio. La tierra que había sido en su día una infértil tierra de pastoreo podría valer millones de dólares en la actualidad. Su tío, el príncipe Hassan, era el soberano de uno de esos estados y un hombre poderoso, pero tenía enemigos tan poderosos como él. Para no morir a manos de un asesino, su familia y amigos tenían que estar continuamente alerta.

Recientemente se había conseguido frustrar una conspiración gracias a algo de lo que Pasha se había enterado en el Ministerio de Exteriores en Londres. Los británicos estaban deseosos de apoyar al príncipe Hassan, que siempre había sido pro británico y era un valioso aliado en las arenas movedizas de una difícil situación política. Y era otra pista lo que había llevado a Armand a ese transatlántico.

Después del fracasado intento de asesinato de su tío, dos hombres habían sido capturados y obligados a hablar; pero un tercero había escapado. Forbes, su contacto en el Ministerio de Exteriores británico, le había dicho a Pasha que según sus fuentes el culpable pudiera encontrarse en Marrakech.

—No podemos tocarlo porque los franceses se sublevarían en contra de la interferencia británica; además, goza de la protección de un político de mucha influencia en la zona —le había dicho Forbes.

—¿Pero no cree que yo puedo conseguir lo que no han conseguido ustedes? —Pasha había sonreído con pesar, lo cual ocultaba sus verdaderos sentimientos.

Claramente Forbes imaginaba que se tomaría con calma algo como el asesinato político. Pasha creía que había ciertas circunstancias que tal vez lo llevaran a matar, puesto que la costumbre de sus gentes era la de «ojo por ojo», y parte de él respondía de ese modo. Y sin embargo había otra parte de su persona para quien un asesinato a sangre fría resultaba aberrante. Pero él sabía que debía proteger la vida de su tío, no sólo por los lazos de familia, sino para mantener la estabilidad en la región.

—¿Dime, amigo mío, cuál es la postura británica en todo esto?

—Oficialmente no podemos mezclarnos en la política del mundo árabe; pero entre tú y yo, Abdullah Ibn Hassan es una espina que tenemos clavada desde hace demasiado tiempo. Aparte de ser sospechoso de asesinato, lo es también de sabotaje.

—¿Entonces se alegraría si alguien se encargara de eliminarlo?

Arqueó las cejas mientras una gota de sudor frío se le resbalaba por la nuca. Aquello que le estaban pidiendo le daba mal sabor de boca, y sin embargo sabía que tal vez lo obligaran a cumplir con esa orden... A no ser que hubiera otro modo. Tendría que reflexionar mucho sobre el asunto.

—Extraoficialmente, estaríamos encantados; pero debe saber que esta conversación nunca ha ocurrido.

—Por supuesto que no —Pasha sonrió—. Sólo voy a hacer un pequeño viaje de negocios y a visitar a algunos familiares.

—Tiene también familia allí, ¿verdad? —le preguntó Forbes—. Pensaba que su familia era sobre todo de Argelia... ¿O no eran de Siria?

—La familia de mi padre eran los verdaderos beduinos —respondió Pasha con un orgullo atemperado por sus ojos risueños—. Eso quiere decir que nunca se establecían en el mismo sitio durante más de unos pocos meses. Tengo tíos y primos en todo Marruecos y Argelia... Y, sí, una de mis casas está en Siria. Los beduinos no conocían fronteras; sencillamente nos transladábamos adonde queríamos siguiendo la ruta de las caravanas.

Forbes asintió.

—Es usted tan inglés la mayor parte del tiempo que cuesta recordar que haya nacido allí.

—En la *casbah* de la cual mi padre era dueño y señor —dijo Pasha—. Creo que fui concebido en una tienda bajo las estrellas, pero mi madre quería que un médico occidental la atendiera en el parto.

Forbes asintió de nuevo.

—Helen Rendleham era una auténtica belleza; y muy valiente. El jeque debió de quedarse destrozado cuando murió tan repentinamente.

—Por septicemia —dijo Pasha—. Estaba ayudando a una de las mujeres que la ayudaban a componer una máquina de coser que había encargado de fuera para que las mujeres aprendieran a coser y se hizo un corte en la mano con una plancha de metal oxidada.

—Septicemia —repitió Forbes—. Mató a muchos hombres durante la última guerra. Aquí estamos nada más que empezando a avanzar en el campo de la medicina. Debió de ser horrible en el desierto; tu padre no podría llevarla a tiempo al hospital.

—Fue una tragedia que le partió el corazón —Pasha frunció el ceño—. Yo era un niño entonces, pero lloré mucho después de su muerte...

Había llorado también amargamente por Lysette, pero como ya era un hombre el dolor por la muerte de su hermanastra había dado paso a una rabia intensa que no lo abandonaba ni de día ni de noche. Durante semanas se había encerrado en sí mismo, sin percatarse apenas de lo que ocurría a su alrededor... Sólo una joven le había hecho olvidar el mal humor que no lo abandonaba.

La vio bailando de nuevo y pensó en pedirle que fuera su pareja para el baile siguiente. Pero de pronto entró un hombre en el salón de baile; un hombre que despertó la desconfianza y el odio en su corazón. Pasha se dio la vuelta y salió bruscamente mientras el amargor de la hiel le subía por la garganta hasta la boca; el baile tendría que esperar hasta otro momento.

Chloe vio a Philip Armand durante los días siguientes. Había pensado que tal vez una de las noches la invitaría a bailar, pero al final no lo había hecho y por alguna razón no habían vuelto a encontrarse en ningún sitio. Se le pasó por la cabeza que tal vez él estuviera evitándola; pero no dejó que eso le molestara. Había tanto que hacer a bordo que siempre estaba ocupada, y acabó dividiendo el tiempo entre tomar notas al dictado para el profesor Hicks y asistir a diversas funciones con Jane Vermont.

Chloe prefería mucho más el tiempo que pasaba trabajando para el profesor que las horas que se veía obligada a estar con Jane. El profesor era un hombre muy inteligente y sagaz, y sabía muchísimo de la historia de las regiones por las que iban a viajar durante varias semanas.

—Tal vez se conviertan incluso en un par de meses —le dijo el profesor—. Desembarcaremos en Ceuta, Chloe; viajaremos hasta Fez y después a Marrakech, además de ir a otros sitios de interés que quiero visitar. Espero que estés preparada para una estancia larga; aunque si quieres dejarnos en cualquier momento, lo arreglaré para que te montes en un barco que te lleve a casa.

Chloe agradecía la amabilidad del hombre, pero estaba segura de que sería innecesaria.

—Gracias, pero estoy deseosa de hacer este viaje. Confío en que no querré marcharme hasta que Amelia y usted estén listos también para regresar, pero sé muy bien que se ocuparía de mí si por alguna razón tuviera que volver antes de tiempo.

Chloe estaba aprendiendo muchas cosas de las tribus nómadas de Oriente Medio mientras escribía al dictado las notas que después transcribía para que Amelia las pasara a máquina, con aquélla portátil que la acompañaba a todas partes.

Amelia había recuperado la salud y el ánimo después de un par de días en el mar, y parecía más amigable con

Chloe a medida que iban trascurriendo los días. La animó a hacer las excursiones en varios puertos en los que se detuvo el barco durante el crucero, diciéndole que tenía que aprovechar al máximo la oportunidad de ver algunos lugares de España y de Francia mientras pudiera.

—He hecho la mayoría de esos viajes varias veces en todos estos años —le dijo a Chloe—. Estuve en Egipto con Charles varios años, y también hemos viajado por toda esa región; y por todas las que bordean el Sahara, menos por las que se encuentran al oeste. Por eso Charles quiere visitar de nuevo Marruecos. Él es de lo más meticuloso, sabes, y recopilará mucha más información de la que pudiera incluir en sus libros —sonrió como felicitándose a sí misma—. Por supuesto yo soy quien hace los recortes cuando el editor exige que el manuscrito tenga cincuenta mil palabras menos.

—Debes de ser muy valiosa para el profesor Hicks.

—Sí, creo que lo soy... aunque no sé lo que haré cuando termine su último libro; si es que éste es su último libro, claro está.

Por su expresión pareció decir que no resultaba muy probable.

Chloe la escuchó pero no comentó mucho. A ella todo le parecía fascinante, incluidas las excursiones a la costa en los puertos españoles y portugueses, y después a Gibraltar. Se acercaban al final de su viaje ya, puesto que Ceuta era un puerto español cruzando el mar frente a Gibraltar.

—¿Ah, nos dejas en Ceuta? —preguntó la señora Vermont—. Jane se sentirá tan decepcionada. Debemos seguir en contacto, Chloe querida, y tal vez puedas venir a pasar unos días con nosotros cuando regreses a Inglaterra.

—Es muy amable por su parte —dijo Chloe—. Pero no estoy segura de cuándo volveré. Tal vez no sea hasta el próximo año.

Había subido a cubierta a escapar de la charla de Jane la mañana de su último día a bordo del transatlántico, cuando se le acercó un hombre que Jane le había dicho que era director de cine. Hasta entonces sólo había asentido con la cabeza cuando alguna vez se habían cruzado por algún pasillo; sin duda porque siempre le había dado la impresión de que él prefería mantener las distancias.

—Buenos días, señorita Randall. Es usted la señorita Randall, ¿verdad?

—Sí... —Chloe notó que tenía acento americano—. Alguien me dijo que era usted Brent Hardwood, pero me temo que no nos han presentado.

Él sonrió y asintió.

—¿Le han dicho que soy un director de Hollywood y se pregunta si es verdad?

Fue Chloe la que asintió entonces.

—Pues le aseguro que es verdad. El caso es que no me divierte que me persigan fascinadas jovencitas por los pasillos, señorita Randall; por eso mantengo las distancias. Pero me he fijado en usted. Tiene cierto porte, un modo de sostener su cabeza de lo más atractivo. ¿Ha pensado alguna vez en convertirse en actriz?

A Chloe se le aceleró el pulso. ¿Cuántas veces había soñado con algo así? Sin embargo, a pesar de lo que acababa de decirle aquel hombre, Chloe imaginó que sólo estaba elogiándola en vano; aunque no entendía bien por qué.

—Bueno, supongo que no podría hacerlo —dijo ella—. No estoy segura de tener talento para ello.

—El talento es algo que no siempre se requiere para esta profesión —dijo él—. Una estrella se hace en la sala de montaje, señorita Randall.

El hombre sonrió con picardía, y Chloe se dijo que tal vez fuera una personas vanidosa; aunque tal vez tuviera derecho a serlo si era bueno en su trabajo. Le había dejado claro que sabía ser encantador cuando quería, pero a bordo había adquirido fama de frío con cualquiera que se le acercara. Después de lo que había oído de él, a Chloe se le habían quitado las ganas de conocerlo; pero en ese momento le respondió devolviéndole la sonrisa.

—Lo que yo tenía en mente era algo como...

Chloe no estaba destinada a descubrir lo que estaba a punto de decirle, porque Jane se acercó en ese momento adonde estaban ellos como un cachorrillo emocionado.

—Ah, qué bien que os he encontrado al fin —aleteó las pestañas y le dirigió una mirada tímida a Brent Hardwood—. Es maravilloso volver a verlo, señor Hardwood. Me sorprende que no hagamos más que encontrarnos por casualidad.

Chloe se estremeció al oír la risita de Jane, sobre todo cuando percibió la reacción de Brent Hardwood. En su cara se dibujó una expresión de fastidio absoluto, que quedó algo disimulada con lo que Chloe identificó como una sonrisa falsa.

—Sí, ¿verdad? —Brent Hardwood inclinó la cabeza hacia Chloe—. Tal vez en otro momento, señorita.

Chloe suspiró al ver que se alejaba. Dudaba mucho que se le presentara una segunda oportunidad de hablar con él. Pensó que lo que tuviera que decirle no sería muy importante, porque de otro modo le habría pedido que se encontraran en privado más tarde. Claro que a ella no le importaba.

A Jane le parecía extremadamente atractivo, con su pelo rubio oscuro y sus ojos azules, pero Chloe no tenía muy claro que le gustara, y menos que confiara en él; prueba de ello, esa sonrisa falsa que le había dirigido a Jane.

—¿No te parece divino? —le preguntó Jane—. Cuéntame... ¿Qué te estaba diciendo?

—Ah, sólo estaba pasando el rato —respondió Chloe, que se negaba a caer en la trampa—. Nada interesante.

—Hemos hablado varias veces —dijo Jane mientras se atusaba el cabello—. Me dijo que debería dar clases de interpretación y que estaría divina de joven esclava en una de sus películas.

—¿Y qué opinó de eso la señora Vermont?

—¡Uy, no se lo he contado! —respondió Jane muerta de risa—. Papá jamás me permitiría hacer eso. Quiere que me case. Hay un hombre tremendamente aburrido que me ha pedido en matrimonio, y me he venido de viaje con mi tía para pensármelo —se le alegró la cara—. Vamos a dejar a varios pasajeros en Ceuta y subirán algunos más. ¿Quién sabe qué pasará antes de volver a casa?

—Espero que encuentres a alguien de tu gusto —dijo Chloe.

—Ah, bueno, supongo que me gusta bastante Henry... aunque no tanto como él —le tiró de la manga a Chloe e hizo gestos con nerviosismo hacia un hombre que se dirigía hacia ellas.

Chloe vio que se trataba de Philip Armand. Ya se había percatado anteriormente de que el señor Armand parecía dar un paseo por cubierta cada mañana a esa hora, y también de que pocas veces charlaba con otros pasajeros. Estaba claro que era un hombre que prefería estar solo, y Chloe supuso que pasaría de largo delante de ellas. Sin embargo y para sorpresa suya, el hombre se detuvo allí.

—Hace una bonita mañana, señorita Randall.

—Sí, señor Armand. Muy agradable.

Jane aleteó las pestañas de nuevo, pero él se limitó a asentir concisamente a modo de saludo. Ella se sonrojó y se quedó avergonzada, y Chloe se molestó por su amiga. Tal vez Jane fuera pesada a veces, pero no había necesidad de ser grosero con ella.

—Oh, debo de ir a hablar con el señor Bond —dijo Jane al ver a un pasajero que conocía bien—. Si me disculpáis un momento...

Chloe miró con fastidio a Philip Armand.

—La ha asustado. ¿Tanto le costaba sonreírle?

—No tengo tiempo para chiquillas tontas, ni para sonrisas falsas. Además, si la hubiera animado se habría puesto muy pesada.

—Entonces me pregunto si tendrá tiempo para hablar conmigo —Chloe levantó la cabeza mostrando cierto desafío.

—Nunca he pensado que fuera usted tonta, señorita Randall; aunque se junte con algunas jóvenes notablemente cargantes.

—¡Justine no es cargante! Y aquello fue un accidente —gritó Chloe, que enseguida se dio cuenta de que se había delatado—. Sí, reconozco que Jane es un poco boba y cargante a veces; pero no había necesidad de herir sus sentimientos.

—En eso le doy la razón. Estaba pensando en otra cosa y no me di cuenta de que la estaba ofendiendo.

—Bueno, pues lo ha hecho —Chloe estaba empeñada en no ser clemente con él.

—Entonces debo recompensarla. ¿Van a asistir las dos al baile?

Chloe asintió.

—Entonces les pediré a usted y a la señorita Vermont que bailen conmigo. ¿Será suficiente?

—Me atrevo a decir que a Jane le parecerá suficiente si le sonríe.

Su risa le suavizó las facciones y destacó el encanto que ella había intuido que se ocultaba tras su ceño.

—¿Entonces debo sonreír al ir como un cordero al matadero? Muy bien, señorita Randall; obedeceré su orden.

Chloe negó con la cabeza, pero se olvidó de su enfado.

—Debería hacerlo porque le complazca.

—Ah, pero a mí pocas cosas me complacen —dijo él—. Salvo cuando estoy en compañía de alguien con quien disfruto... como en este momento.

—No ha querido buscar mi compañía antes de hoy —soltó Chloe de manera impetuosa.

Se arrepintió de inmediato de haberlo dicho así; sobre todo al ver un destello en su mirada que le dio a entender que otra vez le estaba tomando el pelo.

Claro que ella sola se lo había buscado... Parecía como si aquel hombre disfrutara poniéndola nerviosa.

—No sabía que pudiera usted desear mi compañía, señorita Randall —respondió—. Parece hacer amigos con facilidad. Pero me ha contado el profesor Hicks que se bajan del barco en Ceuta, y como yo también desembarco mañana, quería ofrecerles mis servicios. Si puedo servirles de ayuda a usted y sus acompañantes para organizar algún viaje o buscar alojamiento, me encantaría serles útil.

—Es muy amable por su parte —dijo Chloe, sorprendida de que se hubiera molestado siquiera—. El profesor es un viajero experto y supongo que ya habrá decidido su itinerario; pero le agradezco su amabilidad.

Philip Armand inclinó la cabeza.

—Estoy seguro de que está en lo cierto, señorita Randall, pero si en cualquier momento necesitaran asistencia, yo estaría encantado de prestársela —la miró de un modo extraño—. Ahora, la dejaré para que se reúna con sus amistades... hasta la noche.

Chloe lo observó marchar. Qué hombre tan extraordinario, tan seguro de sí mismo, casi arrogante y sin embargo indudablemente atractivo. Se debatía entre dos opiniones acerca de él, ya que no sabía si le gustaba o le disgustaba.

Esa noche aún no se había decidido, aunque él se mostró encantador en extremo, y bailó con Jane, con ella e incluso con la tía de Jane. Mientras Chloe lo observaba y se preguntaba a qué se debía aquel cambio, se dijo que el Philip Armand de esa noche podría haberse tratado de un hombre distinto al que había conocido.

Ella había bailado esa noche con varios hombres, en su mayoría mayores y formales, agradables pero un tanto aburridos, cuando finalmente él se había acercado a ella.

—¿Estoy perdonado? —le preguntó mientras con delicadeza se abría paso en la pista de baile. Estaban tocando un tango, que en opinión de Chloe era el más emocionante de los bailes nuevos. Hacía falta habilidad para ejecutar los pasos apasionados, sobre todo cuando el caballero tenía que inclinar hacia atrás a su pareja.

—Debería preguntarle a Jane, no a mí —le respondió ella, que lo miró entonces con cierta picardía—. ¿Sabía que el káiser prohibió a sus tropas que bailaran el tango, porque podría afectar a la moral?

—Sin duda fue por eso por lo que perdieron la guerra.

La respuesta de Armand Philip le hizo reír; habitualmente, sólo Justine respondía a su sentido del humor tan rápidamente.

—Ah, veo que me ha perdonado, después de todo...

—Sólo si es capaz de bailar el tango bien; como espero que lo haga.

Ella esbozó una sonrisa encantadora. Un destello asomó a los ojos de Armand, y cuando él le tomó la mano para empezar a bailar, Chloe sintió un cosquilleo en el brazo, como un suave calambre. Por unos instantes se dejó hipnotizar por esos ojos; y aún medio aturdida, Chloe entreabrió los labios para emitir un leve suspiro entrecortado al ver la pasión que ardía tras aquella máscara de cortesía. Aquel hombre con el que estaba bailando era muy distinto al extraño sereno y educado que se había encontrado de vez en cuando en el barco, y Chloe se sintió envuelta en aquel aire peligroso de su persona. El corazón empezó a palpitarle muy deprisa; y cuando él le puso la mano en la cintura, ella sintió que estaba a punto de desvanecerse. ¡Sus bromas parecían haber despertado al tigre que parecía llevar dentro!

—Ah, ahora sí que estoy animado —dijo él antes hacer una floritura y empezar a bailar con ella.

Chloe no había bailado de ese modo en su vida. Él la llevaba al compás de la música, y seguía con soltura los complicados pasos. A Chloe le daba la impresión de que los pies no le rozaban el suelo; y sintió como si flotara al son de la música, guiada por el magnetismo de su pareja. Todo su cuerpo vibraba con un sentimiento nuevo: una osadía que no reconocía, pero que le pareció identificar vagamente como deseo.

¿En qué estaría pensando? ¿Habría perdido totalmente la cabeza? Debía de ser el ritmo dulce y evocativo de la música lo que le producía aquellas sensaciones; y sin embargo, cuando él le deslizó la mano por su piel sedosa, Chloe se dio cuenta de que tenía más que ver con el hombre que con la música.

—Ah... —suspiró cuando la música dejó de sonar.

Tras unos segundos en los pareció como si le grabara la mirada a fuego en el alma, él la soltó.

—Qué lástima. Me habría gustado seguir bailando eternamente.

—Ahora ya sí que me doy por perdonado —dijo él.

Miró hacia el otro lado del salón, donde Jane Vermont charlaba con Brent Hardwood, y la pasión de su mirada se apagó.

—Veo que la necia de su amiga está coqueteando con ese americano. Yo en su lugar le advertiría para que tuviera cuidado. Aparte de hacer películas estúpidas, sé que no es de fiar.

Chloe sintió que él se retraía, y eso le dolió. ¿Cómo podía cambiar tan repentinamente después de ese momento tan mágico del baile? Durante unos minutos habían compartido un momento íntimo; sin embargo él ya parecía estar muy lejos de ella. Claro que a lo mejor sólo ella había sentido la magia del momento. Chloe disimuló para ocultar su ridícula sensibilidad.

—¿Por qué no le gustan sus películas?

—Creo que tiene la intención de hacer algo simplón al estilo de *El jeque*, la película con la que Valentino causó tanto revuelo hará tres o cuatro años. Imagino que la habrá visto.

—Sí... siete veces —dijo Chloe, medio a la defensiva medio enfadada—. ¡Me encantó!

Philip Armand esbozó una sonrisa de pesar.

—Valentino es un actor extraordinario. Transformó un argumento de lo más ridículo en algo casi creíble. Desgraciadamente la película ha dado pie a una serie de imitaciones que son un insulto para el estilo de vida de los beduinos. Eso debería saberlo usted, señorita Randall. El profesor Hicks está totalmente de acuerdo.

—Sí... por supuesto yo sé que las cosas no son así en realidad. Aunque supongo que eso no es importante, ya que siendo una película romántica y divertida, seguramente tendrá el propósito de entretener.

—Como quiera —él inclinó la cabeza mientras la acompañaba adonde estaban sus amistades.

En su mejilla temblaba levemente alguna terminación nerviosa, y Chloe sintió que debía de haberle disgustado con su comentario. ¿Pero por qué iba a importarle que un director de cine americano quisiera hacer una copia de la clase de película que había dado la fama a Rodolfo Valentino?

Chloe se dio cuenta de que no podía dejar de pensar en Armand Philip mientras se preparaba para meterse en la cama esa última noche a bordo del barco. Era sin duda el tipo de hombre a quien Justine consideraría romántico, y su impetuoso corazón se había dejado descarriar durante el baile. Por un momento había creído que existía algo especial entre ellos dos, algo extraño e intenso, algo que si se perdía jamás se volvería a encontrar... Claro que todo eso resultaba ridículo. Ellos dos no eran más que dos extraños que se habían encontrado brevemente, y cuyas vidas pronto se separarían para no volver a encontrarse jamás.

Sería ridículo que se pusiera a imaginar algo distinto. Además, él había dicho algo de su prometida. Chloe, que sólo de pensar en la desconocida prometida sintió la intensa punzada de los celos, trató de quitarse a aquel hombre de la cabeza. Era una verdadera tontería por su parte imaginar que él pudiera albergar más que un interés pasajero hacia ella. Se dijo que tenía que dejar de dar rienda suelta a su imaginación de ese modo. Lo cierto era que le había parecido un hombre intrigante desde el principio; ¿pero qué tendría aquel hombre que la empujaba a querer saber más cosas de él de las que sabía?

Estaba segura de haber visto su fotografía en el periódico, y la noche anterior casi había recordado el artículo. Frunció el ceño mientras se concentraba para acordarse de lo que fuera que le rondaba el pensamiento, pero que no terminaba de tomar forma. Chloe aguantó la respiración al recordarlo de pronto. ¡Pues claro! En la foto Philip Armand estaba con otro hombre... un hombre que llevaba una túnica y en la cabeza el tocado de un... ¡El tocado de un jeque! ¡Sí! Era un artículo que hablaba de un intento de asesinato. Poco a poco los detalles del artículo empezaron a hacerse más precisos en su mente. Habían tratado de asesinar a un importante mandatario de uno de los países productores de petróleo de la Península Arábiga. Y Philip Armand era el primo o algo parecido del hombre que estaba con él en la foto. Sin embargo, no recordaba que él se hubiera presentado con ese nombre. Recordaba que su nombre en el artículo era algo así como Hassan... o Pasha. ¿O habría sido tal vez el del otro hombre?

Chloe no estaba segura; y en la foto él también estaba muy distinto, porque llevaba un pañuelo y la vestimenta de un jeque. Debía de estar equivocada. Sin embargo, si ella estaba en lo cierto, explicaría por qué a él le había molestado tanto coincidir en el mismo viaje con un director de cine americano que hacía películas que en su opinión interpretaban mal el estilo de vida beduino.

Aun así, eso no terminaba de explicar su actitud hacía Brent Hardwood. Había visto en él una rabia intensa al hablar de aquel hombre, un desafío subyacente para el que presentía que debía de haber otra causa; incluso le había dado la impresión de que fuera casi algo personal...

Chloe trató de ignorar aquellos pensamientos, diciéndose que no debía preocuparse por algo que no tenía importancia alguna para ella. Sólo quería dormir bien esa noche y estar lista para el día siguiente.

—Por favor, no perdamos el contacto —le rogaba Jane a la mañana siguiente, cuando Chloe se despidió de ella—. Ha sido estupendo tenerte de amiga, Chloe. Ojalá te quedaras a hacer todo el crucero. Pero supongo que estarás deseando llegar a vuestro destino.

Chloe le prometió que le escribiría y le contaría a Jane dónde iban y lo que veían.

—Tal vez pase mucho tiempo hasta que pueda echar una carta —dijo ella—. Vamos a viajar hasta los pueblos más remotos en cuanto el profesor pueda conseguir un medio de transporte. Es un viaje de investigación, no de placer. Tengo que tomar notas al dictado y ayudar al profesor a encontrar lo que sea que esté buscando; lo cual tal vez se traduzca en tener que leer mucho y caminar también mucho.

—Pobrecilla —Jane la miraba horrorizada.

Ella nunca había trabajado en su vida, y esperaba no tener que hacerlo jamás.

—Espero que no sea demasiado horrible para ti. La tía Vera dice que algunos de esos lugares pueden ser muy primitivos. Ten mucho cuidado con lo que comes, Chloe. Mi tía se puso muy enferma en una ocasión que estuvo en Marruecos.

—La señorita Ramsbottom lleva un botiquín de primeros auxilios —le aseguró Chloe—. Mis amigos tienen experiencia en viajar por la región, así que no creo que tengamos ningún problema.

—Entonces, adiós...Y no te olvides de escribir.

Había otras persona que abandonaban también el barco esa mañana. Chloe vio a Brent Hardwood con los demás miembros del equipo de rodaje, a quienes sólo conocía de vista. Ninguno de ellos se había mostrado muy hablador, aunque según había oído, habían tomado algunas fotos del capitán y de su tripulación.

Vio que Armand Philip, o como se llamara, era recibido por un hombre que lo saludó e inmediatamente tomó el maletín que llevaba en la mano y se dirigió hasta un coche de aspecto elegante. Armand Philip volvió la vista hacia el barco justo antes de montarse en el asiento trasero del coche, e inclinó la cabeza hacia ella pero no sonrió. De nuevo, a Chloe le dio la impresión de que estaba enfadado, y se preguntó qué le habría molestado esa vez.

¡Qué hombre tan extraño! Cuando quería se mostraba simpático y encantador, y al momento se volvía frío y arisco. Se preguntó por qué un hombre se comportaría así, y decidió que debía de tener muchas cosas en la cabeza.

—Bueno, ya estamos aquí —dijo el profesor Hicks—. ¿Ya te has despedido de todo el mundo, Chloe?

—Sí, por supuesto —Chloe sonrió—. Estoy deseando empezar nuestra aventura.

—¿Aventura? —el hombre asintió complacido—. Sí, supongo que es una especie de aventura. Parte de mi trabajo puede parecer tedioso, sobre todo para una joven como tú, me atrevo a decir; pero conocer gente y ver sitios nuevos siempre es emocionante.

Chloe y Amelia Ramsbottom se sentaron en la parte de atrás del atestado autobús que los llevaría a su hotel. Era bastante nuevo, cortesía de uno de los hoteles construidos por los españoles, que habían proliferado en los últimos años.

—Cuando vinimos aquí por primera vez no había autobuses y apenas había coches —le confió Amelia mientras el autobús terminaba de llenarse y echaba a andar por la carretera llena de baches—. Recuerdo que alquilamos una carreta tirada por un caballo muy viejo; y en Marruecos tuvimos que montar en burro; y en camello cuando fuimos al desierto, por supuesto.

—Qué valiente fuiste al acompañar al profesor en sus primeros viajes —dijo Chloe—. Supongo que todo ha cambiado bastante desde la guerra, ¿no es así?

—Oh, sí, mucho; todo el mundo empieza a darle importancia a los viajes al extranjero. Estoy segura de que será tan popular para la gente de a pie ir a pasar las vacaciones a sitios como España y Portugal como lo ha sido para los ricos ir a la Costa Azul.

—¿Crees que esta vez viajaremos en camello?

—Espero que no —respondió Amelia—. Charles conseguirá alguna clase de vehículo. ¿Sabes conducir, Chloe?

—Sí, aunque no tengo mucha experiencia. No podía permitirme tener un coche, pero papá me animó para que aprendiera a conducir. Pensaba que algún día podría serme útil.

—Me atrevo a decir que podría ser. El profesor conduce, pero me temo que yo no.

Chloe se quedó impresionada con lo que vio cuando iban por una carretera polvorienta y llena de baches. El cielo estaba despejado, sin una sola nube, y en contraste con el azul infinito las casas parecían aún más blancas y luminosas y las flores que cuajaban los jardines, en cajas colgantes y macetas, eran una profusión de color. Dominaba un estilo definido en los arcos y las cúpulas de los edificios, dándole el sabor oriental que ella había esperado; porque aunque fuera un protectorado español, Ceuta era mora.

De tanto en cuanto se veía alguna preciosa casa de campo tras cuyas altas tapias asomaba parte de un frondoso jardín, y Chloe pensó en la gente que viviría allí; pero también vio casas pequeñas que parecían hechas o bien de piedra o de adobe y que parecía como si fueran a derrumbarse. Pasaron junto a grupos de niños que paseaban a orillas de la carretera, muchos de ellos descalzos y harapientos. También había mendigos ulcerosos o tullidos, comerciantes que mostraban su género al paso del autobús y unos hombres que conducían un grupo de camellos hacia la ciudad.

El autobús cruzó despacio la ciudad, atestada de carros, burros, gente y vehículos de motor. Chloe no tenía ninguna idea preconcebida, pero parecía como si las modernidades del este hubieran empezado a influenciar aquel mundo anclado en el pasado. Por ejemplo, el hotel al que fueron conducidos había sido construido después de la guerra.

De la calurosa y sucia calle accedieron a un patio fresco, enlosado con preciosos azulejos coloridos como joyas, y en cuyo centro borboteaba una fuente de piedra y azulejos. Un sinfín de macetas de barro contenía una variedad de plantas, y a ambos lados de la entrada al vestíbulo se alzaban dos enormes palmeras.

El interior era una mezcla de arquitectura y decoración árabes con algunas influencias del art déco en el mobiliario. Fueron recibidos educadamente por el director del hotel en persona, pero el idioma que a Chloe le pareció que se utilizaba más a menudo no era el español, como había esperado, sino el francés. Se alegró de haber llegado al nivel superior en el colegio. Sin embargo, muy pronto se percató de la acalorada discusión en inglés entre una joven bastante bonita y uno de los recepcionistas.

—¡Me resulta imposible estar a gusto en esa habitación tan pequeña y horrorosa! —gritaba la mujer en tono enfadado—. Brent me prometió una suite, y deben dármela.

—Pero Angela, querida, no tienen disponible la suite —le estaba diciendo un hombre que vestía un traje blanco arrugado; tenía la cara sofocada y la frente cubierta de sudor—. Brent tiene la única y él...

—Entonces tiene que dármela —dijo ella haciendo un mohín—. Sólo vine a este horrible país porque él me prometió que todo sería maravilloso y que podría tener lo que deseara.

Chloe no pudo seguir la discusión, porque un sonriente botones vestido de blanco recogió sus maletas y la invitó a seguirlo. Chloe así lo hizo, pero sintió curiosidad por aquella mujer cuya cara le resultaba conocida. Estaba casi segura de que era una estrella de cine. ¿Cómo se llamaba? Él la había llamado Angela... Sí, claro. ¡Angela Russell! Había actuado en varias películas de cine, la mayoría de ellas ambientadas en lugares exóticos.

—¿A qué ha venido tanto alboroto? —preguntó Amelia cuando se detuvieron un momento al final del descansillo.

—Ah, creo que ésa era Angela Russell, la estrella de cine —respondió Chloe—. He visto algunas de sus películas, aunque me parece que lleva una temporada sin hacer ninguna. Parece que no está muy conforme con la habitación que le han dado. Creo que quería una suite o algo así.

Amelia emitió un resoplido de fastidio.

—Este hotel el un palacio comparado con algunos donde nos hemos hospedado. Una mujer como ésa no debería viajar si va a protestar por cada cosa que no le guste. Uno tiene que pensar que se va a encontrar un poco incómodo cuando sale de casa.

Chloe sonrió, pero también pensaba que no todo el mundo podía sentirse tan seguro como la señorita Ramsbottom. Personalmente, la actriz de cine le había parecido bellísima y había comprendido que a la joven estrella no le gustara su habitación.

La suya le pareció perfectamente normal y confortable cuando el mozo le abrió la puerta momentos después. Aunque los muebles eran los básicos y sólo había una cama individual bastante estrecha, una cómoda y un ropero, el cuarto estaba limpio y se adecuaba a sus necesidades; y el cuarto de baño estaba en el mismo pasillo, unas puertas más allá.

—La mía es igual que la tuya —le dijo Amelia cuando se pasó a recoger a Chloe de camino al vestíbulo—. Agradable y acogedora, además de cómoda.

—Sí, está bien —dijo Chloe mientras bajaban las escaleras de camino al comedor—. Pero no vamos a quedarnos aquí muchos días, ¿verdad?

—Este hotel será nuestro campamento base —respondió el profesor Hicks, que se había unido a ellas por el camino—. Dejaremos aquí la mayor parte del equipaje cuando viajemos a otros pueblos y ciudades, Chloe. Y en ocasiones es posible que tengamos que quedarnos donde estemos, de modo que siempre dejaremos en el coche un bolso de viaje por si nos hace falta.

Cuando los condujeron a su mesa, Chloe oyó que la actriz estaba protestando otra vez. Estaba con el hombre que había estado tratando de calmarla antes, y también estaba con ellos Brent Hardwood. Chloe no pudo evitar escuchar lo que estaba diciendo la actriz, porque tenía una voz bastante chillona.

—Es asqueroso —dijo la joven—. Si como esta bazofia volveré a enfermar; y a saber cuándo podremos empezar a rodar...

—Pide otra cosa —le respondió Brent, que parecía algo molesto pero que claramente trataba de disimular—. No te gusta nada, Angela..

Chloe había pedido un plato de cordero con verduras y arroz, que le pareció delicioso. Se preguntó si habría algo que contentara a la actriz, que se veía que era una consentida y una persona acostumbrada a salirse con la suya.

Había terminado el segundo plato y estaba pensando si tomar o no postre cuando vio que uno de los camareros acompañaba a un hombre hasta una mesa que había detrás de un planta grande; era una mesa apartada que no se veía bien desde todo el comedor, y que hasta ese momento había permanecido vacía.

Así que Armand Philip también se hospedaba allí, pensó Chloe, que se sonrojó cuando él la miró y asintió concisamente con la cabeza a modo de saludo. Chloe se dio cuenta demasiado tarde de que se había quedado mirándolo fijamente. Chloe sabía que había un hotel más moderno y lujoso que aquél en el otro extremo de la ciudad. No imaginaba por qué Armand Philip había decidido alojarse allí... A no ser que estuviera intentando pasar desapercibido... Chloe supuso que sería más fácil perderse entre la última afluencia de turistas allí que en restaurantes más exóticos o elegantes donde habría menos gente.

Entendió que de nuevo se estaba dejando llevar por su imaginación. Aparte de que él siempre le había parecido un personaje misterioso, su desbordada imaginación empezó nuevamente a tejer todo tipo de tramas imposibles. Pero al ver la expresión ceñuda del misterioso Armand Philip, Chloe se apresuró a ignorar todas aquellas ideas. Él, que había notado su interés, sin duda pensaría que era tan insoportable como Jane Vermont. ¡Y no lo era! Notó el calor que le subía por las mejillas al recordar las tonterías que se le habían ocurrido después de bailar con Armand Philip. Se dijo que, por supuesto, tan sólo había sido la magia del baile. Ella no le interesaba, y tampoco ella estaba tan segura de que ese hombre le gustara... O tal vez le gustara, pero desde luego no estaba enamorada de él. Cuando una estaba enamorada se sentía feliz, o al menos era así como se lo había imaginado siempre. Sin embargo ese hombre sólo conseguía que se sintiera agitada y nerviosa. ¡Diantres!

—¿Quieres pudin? —le preguntó el profesor Hicks.

Chloe se volvió a mirarlo y dejó de pensar en el irritante señor Armand Philip.

—Se me ocurrió que tal vez quisieras aprovechar la tarde para salir a dar una vuelta; o tal vez quieras ir al zoco a hacer alguna compra. Me gustaría salir temprano por la mañana.

—Sí, creo que haré eso —dijo ella mientras dejaba la servilleta sobre la mesa—. Si estás seguro de que no me necesitas esta tarde.

—Voy a organizar el transporte para mañana —respondió Charles—. No, querida, tú ve y diviértete.

—¿Te gustaría venir, Amelia? —le preguntó Chloe.

—No, gracias Chloe —respondió la mujer—. Voy a descansar un poco en el jardín del hotel. Pásatelo bien, pero cúbrete los brazos y la cabeza; y no te alejes mucho de las calles principales. No queremos que desaparezcas el primer día, ¿entiendes, querida? Me atrevo a decir que tu padre jamás nos perdonaría.

—¿Pero a qué te refieres? —le preguntó Chloe asombrada—. ¿Por qué iba a desaparecer?

—Quiere decir que eres una chica muy bonita —le explicó el profesor con una sonrisa—. Y te aseguro que no sería la primera vez por estas tierras que una joven guapa que va sola es secuestrada por hombres sin escrúpulos. Pero mientras vayas por las calles principales, no te pasará nada.

—¿Trata de blancas? —dijo Chloe—. Pensaba que eso era algo de las películas de Hollywood.

—En absoluto —dijo Amelia—. Te aseguro que ocurre. Hace unos años, cuando estábamos en Egipto, un hombre trató de comprarme por seis camellos al profesor. ¿Qué te parece? —adoptó una expresión algo tímida y se echó a reír de un modo extraño.

—Sí, y a mí me costó muchísimo quitármelo de encima —dijo Charles con gesto de pesar—. Casi se me había olvidado, Amelia. En esa época eras una mujer excepcionalmente guapa. Con el paso de los años uno tiende a olvidar esas cosas...

Chloe notó la mirada de dolor que Amelia disimuló rápida y hábilmente, y se dijo que la señorita Ramsbottom estaba enamorada del profesor. Seguramente llevaría años enamorada de Charles Hicks. Pero parecía evidente que él nunca se había dado cuenta. El profesor Hicks había estado enfrascado en su trabajo y seguramente nunca se le había ocurrido que su secretaría tuviera esos sentimientos hacia él.

Esa breve pero reveladora mirada le hizo sentir compasión por Amelia, y Chloe se dijo que soportaría el mal humor que a veces tenía la secretaria sin protestar.

—Prometo que no haré ninguna tontería —dijo Chloe—. Además, éste es un protectorado español. Aún no estamos en Marruecos, así que imagino que no corro ningún peligro...

Tres

Era la primera vez que Chloe estaba sola en una ciudad extranjera. Jane y la señora Vermont siempre habían estado con ella en las visitas guiadas que había organizado la tripulación del barco; pero en ese momento estaba totalmente sola, y se sentía un poco rara.

Se alegró de haberse cubierto los brazos y la cabeza siguiendo el consejo de Amelia.

Después de ver que tanto los hombres como las mujeres la miraban como si fuera una especie rara, a los diez minutos de salir del hotel Chloe tuvo ganas de dar media vuelta. Pero razonó que no debía dejarse llevar por un nerviosismo tonto y se obligó a caminar hasta por lo menos el bazar que había visto camino del hotel.

En cuanto superó su sensación de incertidumbre inicial, empezó a relajarse y a disfrutar del paseo. Todo era tan diferente y exótico: la gente, con su piel morena y sus chilabas largas y sueltas, y los niños que le pedían monedas al pasar. Le habían advertido para que no diera dinero, y por ello se resistió a la tentación aunque las caritas de los niños fueran muy tentadoras. Le fascinaba la arquitectura mudéjar y le intrigaban los coloridos patios de azulejos que atisbaba tras las altas rejas de algunas casas al pasar.

El bazar estaba lleno de gente, y los mercaderes se apostaban a las puertas de sus tiendas para vender a voces su mercancía e invitar a los paseantes. Chloe se tomó su tiempo para examinar la abundancia de artículos de piel suave y bellamente trabajada, las largas chalinas de seda, las sandalias, los artículos de bronce y las mesitas de madera tallada con incrustaciones de plata o bronce. Con mucha sensatez, sólo se había llevado una pequeña suma de dinero, ya que el profesor le había aconsejado que no llevara encima cantidades más grandes por si acaso le robaban. Pero sí que tenía suficiente para comprarse un bolso de cuero que le gustó, y pudo regatear con el comerciante en francés.

Satisfecha de haber fijado un buen precio, Chloe le pasó las monedas. Al salir de la tienda y de regreso a la entrada del bazar, Chloe se vio asediada por otros comerciantes que ensalzaban sus artículos.

—No, gracias —dijo mientras varias manos la agarraban del brazo al tiempo que parloteaban en una lengua que le era totalmente extraña—. No tengo dinero para comprar nada más.

Al ver que no aceptaban un no por respuesta, Chloe se zafó de ellos y echó a correr. Giró a la derecha al salir del bazar; y sólo después de calmarse un poco se dio cuenta de que había tomado la salida equivocada.

No estaba en la calle principal que conocía, sino en un callejón estrecho entre casas que casi se tocaban de lo pegadas estaban. De pronto le pareció que oscurecía, y al levantar la vista vio que el cielo estaba nublado, como si fuera a ponerse a llover en cualquier momento. Pensó que había pasado más tiempo en el bazar del que había planeado, y que se había hecho de noche antes de lo previsto.

Nerviosa por regresar al hotel antes de que se pusiera a llover, Chloe volvió sobre sus pasos. Debía de encontrar la calle principal para orientarse desde allí, pero no estaba segura de dónde debía girar.

Cuando llevaba unos minutos vagando por las calles, se dio cuenta de que alguien la seguía. Volvió la cabeza y vio a dos hombres vestidos con largas chilabas blancas que se dirigían hacia ella; parecían mirarla con entusiasmo, y de pronto Chloe sintió miedo de verdad. ¿Y si la advertencia de Amelia no hubiera sido tan ridícula como le había parecido en el hotel? ¿Y si esos hombres querían secuestrarla?

El corazón empezó a latirle muy deprisa, y cuando vio la calle principal al final del callejón, Chloe echó a correr lo más deprisa posible. El miedo se apoderó de ella cuando oyó que uno de los hombres la llamaba, señal de que también habían echado a correr detrás de ella.

¿Por qué no habría vuelto al hotel al principio? Había sido consciente enseguida del interés que había suscitado entre la gente, pero su orgullo le había impedido ceder a la ansiedad. Se le pasó por la cabeza que aquellos hombres tal vez quisieran venderla para llevarla a un harén; pero como ya estaba a punto de llegar a la calle principal se dijo que allí estaría a salvo de un posible ataque.

¡Estaban a punto de alcanzarla! Duplicó sus esfuerzos, a los pocos segundos salió a la calle tan deprisa que se chocó con un hombre que en ese momento pasaba por allí.

—Oh, lo siento tan... ¡Señor Armand! —gritó Chloe con una mezcla de sorpresa y alivio—. Esos hombres me persiguen. Creo que querían secuestrarme.

—Lo dudo —respondió.

Él se volvió entonces hacia los hombres para hacerles varias preguntas en un idioma que Chloe no había oído en su vida. Pareció seguir una especie de discusión, antes de que los hombres la miraran y le brindaran una clara disculpa. Philip Armand se volvió a mirarla con cara de guasa.

—Parece que la han confundido con otra persona, señorita Randall. Habían oído que una bella actriz americana se hospedaba en un hotel cercano; y como usted es bella y podría ser americana por su aspecto, querían que les firmara un autógrafo.

—¿Un autógrafo? —Chloe lo miró con incredulidad primero a él y después a los hombres, que cabizbajos arrastraban los pies con gesto avergonzado—. ¿Pero por qué me perseguían? Me han asustado.

—Se lo he explicado, y lo sienten mucho; pero han visto películas donde los fans persiguen a sus ídolos en América, y no pensaron que pudiera estar mal.

Tras cruzar unas palabras más con los dos hombres, éstos se disculparon de nuevo antes de marcharse con gesto desalentado.

—Se emocionaron pensando que habían visto a

una actriz americana; seguramente le habrían pedido que los llevara a América, ya que han oído que es un país rico. No todos los días se encuentra uno con alguien famoso. Ésta es gente sencilla, señorita Randall. Les dije que usted les había perdonado; espero no haberme equivocado. ¿Ha pensado en denunciarlos?

—¡Pues claro que no! Yo... En fin, supongo que me dejé llevar por la imaginación.

—¿No cree que a lo mejor ha visto demasiadas películas de Hollywood? —sugirió él.

Ella se sonrojó al ver el gesto burlón en su mirada.

—Le aseguro que en esta época mi gente ya no secuestra a jóvenes.

—¿Su gente? —se quedó mirándolo con interés—. Entonces no me había equivocado. Pensaba que Armand no era su verdadero nombre. Vi una foto de usted en un periódico...

—Sí, eso fue un error —respondió él de mala gana—. Jamás debería haberlo permitido. Si me reconoció usted, otros también podrían hacerlo...

—Oh, no lo reconocí enseguida; tardé un poco. Me dio la pista cuando habló del estilo de vida de los beduinos... —Chloe se ruborizó al percibir su mirada suspicaz—. No creo que mucha gente se hubiera fijado en el artículo. Yo sólo lo hice porque a mí me interesa... —balbuceó al ver de nuevo su expresión ceñuda—. No me interesa la política, señor Armand; sino la literatura árabe... la poesía, para ser exactos. Citó usted algo de Umar Ibn Abi Rabia, cuyo trabajo no fue aceptado por algunos eruditos más piadosos. Eso fue lo que me llamó la atención.

—Ah, sí... los poemas de amor —arqueó las cejas—. No habría imaginado que fuera usted una estudiosa del árabe, señorita Randall.

—No lo soy. Ojalá fuera tan lista. Soy capaz de entender algunas palabras... Pero de verdad existen algunos poemas maravillosos y otras composiciones que se han traducido al inglés y al francés. Estoy haciendo una colección. Tal vez un día indague a ver si alguien estaría interesado en publicarlos en un volumen. Algunos de los poemas de amor son tan bellos...

Cuando dejó de hablar tenía las mejillas ardiendo. Philip Armand parecía sorprendido y divertido al mismo tiempo. Aquel hombre la miraba con evidente aprobación, y sin saber por qué Chloe se puso tan nerviosa que le pareció incluso como si le faltara el aire... ¡Qué ilusa era!

—Sí, lo son —concedió él—. Y es una pena que algo tan bello y artístico languidezca sin ser leído. Algunos de los textos más bellos fueron escritos originalmente en lengua árabe; hay una sensualidad en el lenguaje que fluye por la lengua y se desliza sobre los labios.

La lengua, los labios... ¡Qué boca tenía ese hombre! Y qué atractivo le parecía cuando la miraba de esa manera.

Chloe trató de frenar sus desenfrenados pensamientos. ¿Pero qué demonios le pasaba? ¡Era una romántica incurable!

—A menudo he deseado poder leer los poemas originales, pero como he dicho antes no conozco bien el idioma.

—Eso es porque nadie le ha enseñado.

Había un brillo en su mirada que le provocó un escalofrío en la espalda.

—¿Querrá contarme más de lo que ha descubierto mientras regresamos al hotel, señorita Randall? —en sus ojos oscuros había cierto desafío—. Conoce el *Rubaiyat*, por supuesto.

—Oh, sí, y me sé de memoria algunas partes...

Él arqueó las cejas con evidente sorpresa. Entonces Chloe cerró los ojos.

—Empieza así: «¡Despertad! Que ya el sol desde el remoto Oriente, dispersó las estrellas de su sesión nocturna...»

—»Y al escalar de nuevo el cielo iridiscente, la regia torre ciñe con su lanza ardiente» —continuó él.

—¡Vaya! —suspiró ella al ver la cara de sorpresa de Philip Armand—. Pensaba que era la única que me había aprendido ese verso. La mayoría parece conocer el de la copa de vino.

—Pero usted es distinta, señorita Randall —sugirió él—. Usted me intriga. Cuénteme más cosas.

Chloe lo miró con timidez.

—Es la primera vez que hablo así sobre mi trabajo. Papá dice que es mi pequeña afición, y mis amigos no entienden por qué me interesa tanto el estudio de la literatura árabe. Justine dice que ya hay suficientes poetas ingleses como para molestarse con algo escrito en una lengua imposible que nadie es capaz de entender.

—¿Justine es su exuberante amiga del barco?

—Sí. Siento que le echara a perder el traje; y que yo se lo ensuciara después todavía más.

—Creo que cuando algo está estropeado, es difícil estropearlo más.

—¡Pero bueno, se está riendo usted de mí! —lo acusó Chloe.

—Sí, y es una crueldad por mi parte —respondió frunciendo la boca.

Chloe se fijó de nuevo en aquella boca tan bonita.

—Pero a veces es bueno reírse —continuó él—. Créame, hace mucho tiempo que no tenía ganas de reírme de nada.

—¿Puedo preguntar por qué?

—Alguien que yo quería murió.

—Ah, entiendo... Lo siento muchísimo. Sé lo que duele eso. La muerte de mi madre fue un mazazo para mí.

Él asintió, pero no dijo nada más. Parecía como si su dolor fuera algo muy íntimo para él, o como si tal vez estuviera aún demasiado reciente para hablar de ello.

—¿Puedo preguntarle cuál es su verdadero nombre?

—¿No lo recuerda del artículo del periódico?

—No del todo. Pensé que podía ser Hassan... ¿O Pasha tal vez?

—Es Pasha —dijo él—. Pasha Ibn Hasim. ¿Podría guardarme este secreto, señorita Randall? Preferiría que no lo supiera nadie en el hotel, ni en ningún otro sitio.

—Sí, claro... si usted lo prefiere así —dijo ella con el ceño fruncido—. Espero que tenga una buena razón para utilizar un nombre falso.

—Armand es el apellido de mi bisabuela. Era francesa; y su padre se llamaba Philippe. Yo tengo pasaporte británico y figura ese nombre, de modo que no es enteramente falso.

—Ah...

—No era mi intención insinuar nada —dijo Chloe un poco avergonzada.

—Pues claro que sí, pero no pasa nada. Tengo buenas razones para viajar con un seudónimo. Mi padre fue asesinado en Argelia cuando yo tenía sólo nueve años. Mi tío me envió a Inglaterra para que me educaran allí porque pensaba que sería más seguro que yo estuviera en un país extranjero; y como mi madre era inglesa, yo tenía parientes allí.

—Su padre fue... ¡Cuánto lo siento! No tenía ni idea —Chloe estaba horrorizada, y pensó que jamás había oído algo tan horrible—. Por eso... No se preocupe, no diré a nadie ni una palabra de lo que me ha dicho. ¿Es usted un jeque importante o algo así?

Pasha se echó a reír.

—No importante en el sentido que usted piensa. Sin embargo, un miembro de mi familia sí es una persona muy importante.

—Por favor, no me cuente más —dijo ella—. Es preferible que no sepa más; por si acaso inadvertidamente digo algo que no deba decir.

—No tenía intención de contarle nada que pudiera poner en peligro la seguridad de ese familiar que he mencionado; ni por supuesto la suya.

Chloe lo miraba con los ojos muy abiertos.

—Usted debe de ser una persona muy importante, si su pariente pudiera correr peligro por algún comentario descuidado por mi parte...

Pasha no respondió, y Chloe notó que él se había retraído de nuevo; pero ya no le pareció tan extraño, ni tampoco el hecho de que a veces se mostrara tan hosco.

Parecía que Pasha Ibn Hasim llevaba encima un peso enorme, y su vida no podía ser fácil. Cuando casi habían llegado a la puerta del hotel, Chloe se volvió hacia él.

—Gracias por su ayuda. Ahora ya sigo yo sola —vaciló—. Por si no volviéramos a vernos, le deseo buena suerte —y entonces, sin saber por qué lo hacía, se inclinó hacia él y lo besó en la mejilla—. Cuídese mucho, Pasha Ibn Hasim. Adiós.

Chloe se dio la vuelta antes de que a él le diera tiempo a contestar, y corrió al hotel sin volverse a mirar. Lo había besado impulsivamente; y, por alguna razón que ni siquiera ella entendía, pensó que no podía concebir la idea de que él corriera la misma suerte que su padre.

Chloe buscó a Pasha con la mirada a la hora de la cena, pero él no estaba en el comedor del hotel. El equipo de rodaje tampoco había bajado a cenar, y cuando lo comentó con Amelia, la mujer le dijo que un par de horas antes había visto a la actriz y a Brent Hardwood montarse en un coche muy elegante que había ido a recogerlos.

—Tal vez algún pez gordo de la ciudad les haya invitado a cenar —dijo la mujer—. Corren infinidad de rumores sobre esta película que están haciendo. Se cree que la van a rodar principalmente en Marruecos, pero algunas de las escenas se van a rodar aquí mismo, en el hotel; y los del hotel creen que eso les dará fama.

—El director espera que la película traiga nuevos huéspedes al hotel—dijo el profesor—. Yo no tengo ni la más mínima idea; nunca he visto una de esas películas, y la verdad es que no me interesan. Prefiero una buena película alemana; y también los franceses hacen películas bastante buenas...

—Por principio, papá no va a ver una película alemana —dijo Chloe—. Es por la guerra; fue algo macabro y terrorífico.

—Me atrevo a decir que vosotros los jóvenes preferiríais un guión de Elinor Glyn —dijo Amelia—. Personalmente, no creo que nadie pueda superar a Charlie Chaplin. Es el maestro de la comedia.

—La verdad es que no me importa ver a ese tipo —comentó el profesor—. Es bastante divertido... —Charles sonrió—. ¿Te apetece escribir un rato al dictado esta noche, Chloe? ¿O quieres irte temprano a la cama?

—No me importa escribir un rato al dictado —le aseguró Chloe—. Para eso estoy aquí.

—Entonces buscaremos un rincón tranquilo en los jardines —dijo el profesor—. He visto un sitio donde podremos sentarnos sin que nadie nos estorbe. Voy por mi cuaderno de notas y nos vemos allí dentro de un momento.

—Muy bien, estaré en el jardín —dijo Chloe—. Supongo que se refiere al banco que hay cerca de las palmeras de la esquina...

—Sí, eso es, querida —dijo el profesor antes de marcharse.

—Creo que me voy a tomar un café en el vestíbulo mientras leo un rato —comentó Amelia—. No me necesitas para nada, ¿verdad, Chloe?

—No, gracias, Amelia —dio Chloe.

Chloe cruzó el vestíbulo en dirección a la parte de atrás del hotel, donde había unos jardines muy bonitos y bastante grandes para un hotel como aquél. Se detuvo un instante a oler una bonita rosa de té, y fue entonces cuando oyó unas voces fuertes que salían de detrás de un enorme arbusto cuajado de flores. Parecían las voces de dos hombres, que sin duda discutían; pero como lo hacían en aquel idioma desconocido para ella, Chloe no entendió lo que decían.

Y entonces uno de ellos mencionó un hombre que había oído por primera vez esa tarde... ¡El de Pasha Ibn Hasim! Chloe se colocó la mano detrás de la oreja para oír más de lo que se estaba diciendo, y le pareció oír la palabra «Hassan» y de nuevo el nombre de Pasha. ¡Cuánto le habría gustado entender lo que estaban diciendo! Le resultaba tan frustrante saber que estaban hablando de alguien que ella conocía y sin embargo no ser capaz de entender ni una palabra... Y entonces uno de ellos dijo una frase en francés, y Chloe entendió que estaban hablando de un intento de asesinato.

Se quedó de piedra. ¡Era imposible! Ojalá aquellos hombres siguieran hablando en francés en lugar de en el otro idioma incomprensible.

—¡Ah, ahí estás querida! —exclamó de pronto Charles Hicks—. Siento haberte hecho esperar.

Asustada, Chloe se volvió con rapidez hacia él. Los hombres también habían dejado de hablar bruscamente tras la interrupción del profesor; y éste llegó adonde estaba Chloe, los dos hombres salieron de detrás de los arbustos y se dirigieron al vestíbulo. Al pasar junto a Chloe, uno de ellos se fijó en ella. Al ver la expresión de amenaza en los ojos del hombre, a Chloe le dio un vuelco el corazón. El hombre le dijo algo en voz baja a su acompañante, pero el otro negó con la cabeza con mala cara. Por su gesto, Chloe entendió que el segundo hombre opinaba que no corrían peligro porque ella era extranjera y no habría entendido lo que decían.

Y por supuesto no había entendido nada, salvo los nombres y esa única frase en francés. Seguramente se habría equivocado... ¿Pero no le había dicho Pasha que su padre había sido asesinado?

La cabeza le daba vueltas con aquel torbellino de ideas confusas, pero Chloe tuvo que dejarlos de lado cuando el profesor dio con el recogido rincón y le pidió que se sentara para tomar al dictado. Chloe sacó la libreta que siempre llevaba en el bolso y le sonrió, indicándole así que estaba lista para comenzar.

Incluso aunque esos hombres hubieran tramando algo, ella no podía hacer nada de momento. Pasha no había aparecido a cenar, y Chloe no sabía cómo ponerse en contacto con él. Se dijo que podría por lo menos dejarle una nota en recepción esa noche, antes de subir a la habitación.

Un recepcionista muya agradale le dio a Chloe el sobre y la cuartilla que había pedido. Chloe escribió una nota, la guardó en el sobre y después de cerrarlo escribió el nombre de Philip Armand para que se lo dieran a él cuando regresara al hotel.

—Desde luego, señorita Randall. ¿Puedo hacer algo más por usted?

—No, gracias; tan sólo asegúrese de que el señor Armand reciba el sobre.

Sola en su habitación, Chloe pensó de nuevo en lo que había oído esa noche en el jardín. No estaba muy segura de que tuviera sentido; y eso se lo había dejado claro en su carta. Lo más probable fuera que Pasha pensara que otra vez estaba imaginándose cosas. Pero Chloe se sentía bien porque por lo menos ella había hecho lo posible por advertirle.

Cuando finalmente se quedó dormida, Chloe soñó con una tienda del desierto y con un apuesto y peligroso jeque.

El profesor quería salir temprano, y cuando bajaron a desayunar apenas había gente en el comedor. Chloe preguntó en recepción, y le dijeron que el señor Armand había recibido su nota cuando había llegado la noche anterior; pero no había dejado ninguna respuesta para ella.

Se sintió un tanto decepcionada, pero también era consciente de que era una bobada por su parte esperar una respuesta del señor Philip.

—¿Estás lista, Chloe, querida?

Chloe acudió corriendo adonde la esperaba el profesor. Ese día empezaría su viaje de verdad, ya que se disponían a cruzar a Marruecos y a visitar varios sitios. El primer punto importante en el itinerario del profesor era Fez, y más adelante viajarían también a Marrakech.

El coche que habían alquilado para su uso era un enorme turismo descapotable, más cómodo de lo que Chloe se había imaginado, que tenía una capota suave que podían bajar para disfrutar de la brisa cuando hiciera buen tiempo.

Cuando el profesor arrancó el coche y avanzó unos metros, Chloe volvió la cabeza hacia el hotel y vio a Pasha; y aunque sabía que él la había visto, no agitó la mano. Tontamente, la idea de no volver a verlo la entristecía de un modo incomprensible para ella.

—Marrakech fue fundado en el año 1062 —le decía el profesor a Chloe, mientras se asomaban por la ventana de una casa que habían alquilado justo a las afueras. Estaba situada en lo alto de una colina y las vistas de la ciudad eran inmejorables.

—Durante siglos fue un importante centro mercantil, y hoy en día es igualmente importante a nivel comercial.

—Parece una sitio emocionante —dijo Chloe—. Amelia me estaba contando que fue la capital de varios sultanatos, y que hay unos cuantos edificios antiguos y mezquitas que son interesantes.

—Sí, aunque desgraciadamente no os permitirán la entrada en las mezquitas —dijo el profesor—. En Fez me sentí decepcionado cuando no pude ni siquiera acercarme a la mezquita de Muley Idris, pero el sepulcro es tan sagrado que los que no sean musulmanes no pueden acercarse a su entrada. Sin embargo, me atrevo a decir que aquí hay numerosos edificios muy bellos que podréis admirar, por lo menos por fuera.

Llevaban ya tres semanas viajando, y Chloe había descubierto en ese tiempo que el profesor era un hombre infatigable cuando se trataba de visitar los sitios que le interesaran. Se alegró de que fueran a descansar unos días, porque además tenía ganas de escribir algunas cartas.

—¿Me necesitas para tomar notas al dictado esta tarde? —le preguntó—. Se me ocurrió quedarme aquí y lavarme el pelo.

Charles pareció darse cuenta de que le estaba exigiendo demasiado, y adoptó una expresión contrita.

—Debes perdonarme, Chloe. Os he hecho trabajar mucho a las dos estas últimas semanas —añadió—. Por eso se me ocurrió alquilar esta casa en lugar de irnos a un hotel. Aquí estarás más cómoda, Chloe... Pero no, no te necesito esta tarde. Yo voy a ir a la ciudad, pero tú puedes quedarte a relajarte unas horas.

—Sí, me gustaría mucho —dijo ella—. He visto un jardín muy bonito en esta misma calle, un poco más abajo. A lo mejor bajo a darme un paseo cuando me haya lavado el pelo y me lo deje secar al aire.

—Y yo voy a quedarme aquí para preparar algo de comer —dijo Amelia—. Me apetece comer algo que no sea el pan y queso y la fruta que llevamos comiendo estos últimos días.

Habían preferido alimentarse con la comida que habían adquirido en los mercadillos locales, en lugar de comer en las pequeñas posadas que se habían encontrado por el camino. Las carreteras eran largas y polvorientas, y siempre llevaban agua hervida en el coche, porque Amelia insistía en que uno tenía que tener mucho cuidado con esas cosas.

A Chloe le había parecido muy interesante viajar, pero a veces también muy duro, y a menudo se había maravillado de la resistencia de sus compañeros de viaje, que parecían tomárselo todo con calma. Sin duda Amelia y el profesor estaban acostumbrados; pero desde luego a ella no le habían gustado algunas de las habitaciones en las que había tenido que dormir, y en alguna ocasión había recordado con nostalgia la comodidad del hotel de Ceuta.

Se habían llevado ropa suficiente para el viaje, aunque ello significara que tenían que lavarse la ropa interior y los camisones; ropa que muy a menudo no podían planchar.

Chloe paseó por la calle hasta los jardines que había visto cuando habían pasado con el coche. El jardín se abría a la calle, y como no había ningún cartel que dijera que fuera un jardín privado y no había vallas, supuso que estaría abierto al público.

La casa que habían alquilado sólo tenía un pequeño patio trasero que no le había parecido muy agradable para sentarse. Chloe pensó que le gustaría relajarse un rato en aquel bonito jardín, con sus palmeras y sus arriates de flores. Para sorpresa suya, vio que había también varias fuentes comunicadas por un pequeño riachuelo ornamental.

Paseó junto al riachuelo, que se abría paso entre flores de aromas intensos, hasta llegar a un banco de madera donde decidió sentarse un rato para poder leer el libro que se había llevado.

Tenía el pelo casi seco, y sintió el cosquilleo de su cabello, que la brisa removía suavemente.

El asiento estaba un poco duro y le resultó incómodo; así que pasado un rato, Chloe decidió sentarse en la hierba seca. Después de leer unas páginas, Chloe se tumbó y cerró los ojos. Reinaba tanto silencio en aquel bello lugar y hacía tanto tiempo que no se relajaba de ese modo...

—No sería lógico dormirse al sol.

La voz del hombre la asustó, y Chloe abrió los ojos y se incorporó alarmada al ver una imponente figura allí de pie delante de ella. Se colocó la mano delante de los ojos a modo de pantalla.

—¡Pasha! —exclamó—. ¿O debo llamarle señor Armand? —Chloe se preguntó si estaría soñando, porque últimamente aquel hombre no dejaba de aparecer en sus sueños—. Perdóneme, no sé cómo llamarlo.

Él se adelantó y se agachó junto a ella.

—Me llamo Pasha. En el hotel quise que se me conociera por otro nombre; pero aquí estoy a salvo. Ésta es la casa de mi primo, Ahmad Al-Hadra.

—¿La casa de su primo? —Chloe se inquietó al darse cuenta de lo que le estaba diciendo él—. Entonces he entrado sin permiso en una propiedad privada. Lo siento mucho. Vi el jardín y pensé que era público... Como no ha ni vallas ni carteles...

—A mi primo le gusta más así. Dice que el viajero siempre es bienvenido en su casa; dado, por supuesto, que venga en son de paz.

—Yo desde luego vengo en son de paz —Chloe se echó a reír—. Qué hombre más maravilloso debe de ser su primo; permitir que otros admiren la belleza de un jardín como éste es un acto de lo más generoso por su parte.

—Es su cultura; o su tradición, si prefiere llamarlo así —dijo Pasha—. Cuando nuestras gentes viajaban, siempre acogíamos a los extraños que llegaban a nuestro oasis, y los que llegaban en son de paz recibían comida y agua.

—¿Y los que no?

—Ah, ésa es otra historia; pero no para contar en una tarde tan maravillosa —Pasha le tendió la mano y la ayudó a levantarse—. ¿Le gustaría conocer a mi primo, señorita Randall?

—Oh, sí... si le parece bien —dijo Chloe—. Quiero decir... ¿estoy respetable? Llevamos días viajando, y me lavé el pelo esta tarde. Seguramente lo tendré hecho una pena; y además tengo la ropa toda arrugada.

—Sashimi estará encantada de prestarle un peine si lo necesita —dijo él—. Es la esposa de mi primo, y más o menos de su edad, imagino... ¿Cuántos años tiene usted, señorita Randall? ¿Diecinueve... veinte?

—Tengo veintidós —respondió Chloe—. Todo el mundo dice que parezco más joven; lo cual significa que debo de ser un tanto inocente, supongo.

—En absoluto —él esbozó una amplia sonrisa que le aceleró el pulso—. Ingenua tal vez sería una palabra mejor para describirla. A ratos tiene usted una expresión atolondrada, señorita Randall... que en realidad resulta de lo más encantadora.

—Ah —lo miró con las cejas arqueadas—. No estoy segura si debo o no tomármelo como un cumplido.

—Le aseguro que mi intención ha sido ésa.

Pasha la condujo entre los arbustos y los árboles, y al poco apareció la casa. Era un edificio largo y bajo con arcos y ventanas; algunas partes de las paredes del patio estaban cubiertas de brillantes azulejos, en contraste con las paredes encaladas, de un blanco luminoso. Las macetas de barro adornaban por doquier todo el conjunto del patio, donde también había una mesa de mimbre con sillas bajo una sombrilla amarilla.

Chloe vio a un hombre y una mujer junto a la mesa; y cuando se acercaron, la pareja se levantó y se volvió a mirarlos con curiosidad.

—¿Pero qué es lo que has encontrado? —dijo la mujer en francés—. ¿A quién nos has traído de visita, Pasha?

—Señorita Randall, ésta es mi muy querida Sashimi —dijo Pasha—. Es de origen franco argelino y prima de mi madrastra Mariam, que vive en América. Sashimi, quiero presentarte a la señorita Chloe Randall. Me la encontré durmiendo en vuestro jardín, pero tuve el honor de conocerla hace unas semanas. La señorita Randall y yo viajamos juntos desde Inglaterra en el mismo barco.

—Ah, entonces es el destino que os ha vuelto a unir —Sashimi dijo en inglés, e inclinó la cabeza—. Estaba escrito que os volvierais a juntar en nuestro jardín, señorita Randall... ¿O puedo llamarte Chloe?

—Me encantaría que me llamaras Chloe. Me alegro de estar aquí; aunque debo disculparme por meterme sin permiso en vuestro maravilloso jardín.

—Estaba escrito, como ha dicho Sashimi —Ahmad habló por primera vez—. Estas cosas no ocurren si Allah no las ordena; de modo que eres portadora de una bendición para nuestra casa, Chloe. Nos alegramos de que estés aquí. ¿Quieres quedarte a tomar el té con nosotros?

Dio una palmada y un hombre ataviado de blanco

salió e inclinó la cabeza, antes de desaparecer de nuevo por donde había llegado.

Chloe miró a Sashimi.

—Creo que debo de tener un aspecto muy desaliñado...

—¿Te gustaría asearte antes de tomar el té? —sonrió y asintió—. Por favor, acompáñame, Chloe.

Chloe la siguió al interior de la casa donde se combinaban los zócalos de azulejos con sencillos muebles en madera oscura. Sin embargo, las habitaciones de Sashimi eran distintas, más soleadas y espaciosas, los muebles más claros y elegantes, de diseños francés, y las cortinas blancas y finas, mecidas en ese momento por la suave brisa que entraba por las ventanas abiertas.

—Aquí hay peines... perfume... —Sashimi la llevó a su tocador—. Por ahí está el baño... Por favor, utiliza lo que necesites. Si no necesitas nada más, te espero fuera.

—Nada más, gracias.

Chloe entró en el moderno baño decorado al estilo art déco. La bañera y el lavabo eran verdes, y el suelo blanco y negro con un dibujo geométrico que imitaba el de las paredes. Todo tenía un toque francés, mezclado con un estilo vagamente árabe, que le concedía un encanto único.

Era la primera vez que Chloe había estado en una casa particular en Marruecos, y aquélla era sin duda la casa de unas personas que si bien no eran millonarias, sin duda vivían holgadamente. Abrió el grifo del agua y se refrescó un poco la cara, que tenía un poco colorada del sol; después utilizó el cepillo que encontró en una estantería para cepillarse el pelo. Notó que lo tenía más largo de lo que solía llevarlo, y que el sol le había aclarado un poco las puntas. Se lo retiró de la cara, decidió que su aspecto era razonablemente adecuado y salió de nuevo al patio.

Oyó la risa de Sashimi cuando se acercó a la puerta que daba al patio.

—Mientes muy mal, Pasha —gritó—. Pero no me burlaré más de ti. Tu pequeña inglesa es encantadora... encantadora...

Sashimi se dio la vuelta cuando Chloe salió al soleado patio.

—Ah, aquí estás; no has tardado nada —le dijo mientras se fijaba en que Chloe no se había aprovechado de su invitación para utilizar sus cosméticos—. Pero no necesitas artificios para estar guapa.

—Haces que se ruborice, Sashimi —dijo Ahmad.

Chloe notó que la expresión de la joven se apagaba un instante, como si le hubiera molestado algo. Pero no estuvo segura de qué.

—No te burles de nuestra invitada. Por favor, siéntate conmigo —la invitó Ahmad—. Cuéntame cómo has llegado hasta aquí.

—Gracias —dijo Chloe mientras arrimaba una silla a la de Ahmad—. Tal vez Pasha os haya contado que viajo con el profesor Hicks y la señorita Amelia Ramsbottom —hizo una pausa, y él asintió con la cabeza—. Llevamos casi tres semanas viajando sin descanso; desde que salimos de Ceuta. Habíamos pensado volver al hotel, pero el profesor estaba atareado con su trabajo y no hemos dejado de ir de un sitio a otro. Ha sido difícil lavar y planchar la ropa; y por eso tengo esta pinta hoy.

Él inclinó la cabeza pero no hizo ningún comentario.

—He oído hablar del trabajo del profesor Hicks. Tengo entendido que es un hombre notable. ¿Crees que nos haría el honor de cenar con nosotros una noche, incluidas tú y la señorita Ramsbottom, por supuesto?

—Estoy segura de que le encantaría —dijo Chloe—. Estamos hospedados un poco más arriba, en esas casas del final de la calle. Creo que en el número cinco.

—Entonces pasaré mañana para quedar con vosotros —Ahmad miró a Pasha—. A no ser que quieras hacerlo tú, primo.

—Soy un invitado en tu casa —respondió Pasha, y su primo asintió—. ¿Adónde se dirigirán después, señorita Randall?

—El profesor no se suele decidir hasta la mañana de la marcha —dijo Chloe—. Hemos bajado por la costa, y hemos visitado Fez antes de ir a Rabat, además de muchos otros lugares de interés; creo que cuando salgamos de Marrakech vamos a visitar Agadir; y me parece que terminaremos en un pueblo en el Sahara oriental. El profesor tiene intención de hacer del viaje al desierto la culminación de nuestro viaje por Marruecos; y después de eso volveremos a casa.

—¿Han estado en las montañas? —le preguntó Pasha—. Creo que eso te gustaría, Chloe.

Ella sonrió cuando él la llamó por su nombre. Hasta entonces la había llamado señorita Randall, pero Sashimi había dejado atrás las formalidades.

—Debes visitar la ciudad mientras estés aquí —dijo Sashimi—. Y no me refiero sólo a los edificios. Deja que te lleve a casa de algunas de mis amigas, Chloe. Supongo que te gustará ver dónde me compro la ropa.

—Bueno, sí...

A Chloe le cayó bien la simpática chica morena. Sashimi era encantadora y ese día llevaba un vestido precioso. Era un modelo que parecía francés, y aunque las faldas eran más largas de las que se llevaban en ese momento en Occidente, resultaban muy femeninas y modernas, y no eran para nada lo que Chloe habría esperado en una esposa musulmana.

—Si el profesor puede pasar sin mí un rato, me encantaría.

Sashimi parecía contenta.

—Estoy segura de que te dejará que me acompañes por lo menos un día.

Quedó claro que Sashimi estaba acostumbrada a salirse con la suya; al menos la mayor parte de las veces.

—Se lo pediré cuando cene con nosotros; estoy segura de que no podrá negarse.

—Crees que nadie puede negarte nada Sashimi —le dijo su marido con una sonrisa burlona.

Chloe notó de nuevo una levísima alteración en la expresión de la esposa. Y aunque fue tan sólo un cambio en su mirada, Chloe se quedó pensativa.

—Como ves, Chloe, mi esposa está muy consentida. Me temo que nosotros somos así. Tendemos a mimar demasiado a nuestras mujeres.

—Chloe ha visto demasiadas películas de Hollywood —dijo Pasha para tomarle el pelo—. Cree que tenemos a nuestras mujeres encerradas en los harenes y que no las dejamos salir nunca.

—Por supuesto que no —se defendió Chloe—.

Pero he notado que muchas mujer llevan velo cuando van al mercado. ¿Tú también lo llevas, Sashimi?

Sashimi se echó a reír encantada.

—Me pongo un pañuelo a la cabeza cuando salgo a la calle; pero jamás me pondría un velo.

—¿Ves cómo la consiento? —Ahmad sonrió a su esposa—. Pero la verdad es que ella cumple con la costumbre cuando es necesario. Sin embargo, a menudo estamos en Londres, en París... A veces en Nueva York. No veo necesidad ni razón para que mi esposa sea distinta a las demás mujeres preciosas que se ven en esas ciudades.

—Pero Ahmad es un hombre culto —dijo Pasha con expresión ceñuda—. Hay muchos incluso entre nuestros jóvenes que todavía creen que una mujer debe llevar el velo en público. Sobre todo aquellos que no han recibido el beneficio de una educación como Sashimi y mi primo.

—Sí, entiendo —dijo Chloe, disfrutando de la relajada camaradería que había encontrado en aquella reunión—. Yo suelo taparme los brazos y la cabeza como señal de respeto, sobre todo cuando hemos hecho alguna visita turística que nos ha llevado cerca de alguna mezquita. Hoy pensé que nadie me vería.

—Estaba escrito que nos encontrarías —le dijo Sashimi—. Y ahora tomaremos un té... ¿O preferirías acaso un sorbete como a menudo toman las mujeres, Chloe?

Como ya había visto que se servía el té en vasos altos, con menta y hielo si así se prefería, Chloe eligió el té. Sabía que era una bebida deliciosa y muy refrescante cuando se tomaba así; al igual que las pequeñas tartaletas de almendra que acompañaban la bebida. Cuando se quiso dar cuenta, había pasado una hora.

—Debería volver —dijo—. O mis amigos empezarán a preguntarse dónde estoy.

—Te acompaño.

Cuando Pasha se levantó, Chloe pensó que la idea de pasar un rato a solas con él le resultaba apetecible.

—Me han gustado tu primo y su mujer —le dijo cuando regresaban por los jardines—. ¿Tienes muchos parientes aquí?

—Ah, unos cuantos —respondió—. Están dispersos por todas partes, desde Marruecos a Argelia, y también por el Golfo Pérsico —la miró con gesto interrogante—. ¿Por qué me lo preguntas?

—Por mera curiosidad —dijo Chloe—. Me ha sorprendido, eso es todo. Creí que habías dicho que tu gente viaja de un sitio a otro.

—Antiguamente nunca dejaban de viajar, y una tienda era el único hogar que conocían; pero la vida ha cambiado tanto para los beduinos como para otros pueblos en este mundo moderno en el que ahora vivimos, Chloe. Muchos beduinos han adquirido riquezas, y han elegido vivir en casas hechas de ladrillo o piedra; pero como has oído decir a mi primo, les gusta viajar a menudo. Ahora suelen hacerlo a ciudades como París o Londres más que por las antiguas rutas de las caravanas, aunque hay algunos que todavía permanecen fieles a las tradiciones de antaño.

—Es tan interesante escucharte hablar —Chloe asintió con la cabeza—. Sí, eso encaja con la investigación del profesor. Él piensa que es una pena que... —dejó de hablar al ver que se acercaban a la casa donde se hospedaba—. Parece que el profesor tiene compañía.

Delante de la casa había aparcado un coche grande y elegante. Cuando Chloe se detuvo vio que salía un hombre del vehículo.

—¡Pero si es Brent Hardwood...! —exclamó Chloe en tono bajo—. Estaba en el barco.

—Sí, creo que es él —comentó Pasha en tono seco.

Chloe se volvió hacia Pasha y vio el repentino cambio en su expresión; su gesto era de pronto duro y su mirada fría. De nuevo se había retraído, se había encerrado en sí mismo, como si el rato agradable que habían pasado juntos no hubiera ocurrido.

—Creo que debes excusarme ahora; te dejaré con tu amigo. Buenas noches.

—Pero...

Chloe se quedó mirándolo mientras él echaba a andar calle abajo. ¿Pero qué era lo que había pasado? Él había supuesto que Brent Hardwood era su amigo, pero eso era una auténtica ridiculez. ¿Por qué le había dado por pensar eso? Había hablado con él en una sola ocasión en el barco, y no había sido porque ella hubiera querido.

Pensó en ir detrás de Pasha y preguntarle qué pasaba; pero decidió no hacerlo. Pasha tenía cambios de humor imprevisibles... y de pronto Chloe también estaba molesta. Habían pasado una tarde tan divertida, y en un abrir y cerrar de ojos había cambiado totalmente. ¿Por qué se habría ido de ese modo?

Se dijo que ni siquiera había tenido la oportunidad de hablar con él sobre la conversación que ella había oído en los jardines del hotel la noche antes de que el profesor, Amelia y ella salieran de Ceuta. Se había olvidado del asunto durante esos días; pero había tenido la intención de preguntarle sobre ello a la vuelta de casa de su primo. Le fastidiaba no saber todavía si había pasado algo importante en esas semanas.

Cuando entró en la casa su irritación aumentó. ¿Por qué había invitado el profesor a Brent Hardwood? ¿Y qué demonios querría el americano? Lo había visto la última vez en el hotel en Ceuta, pero no había imaginado que volvieran a encontrarse.

Cuatro

—No estoy segura de entender lo que me estás diciendo.

Chloe miró a Charles Hicks con consternación. No era posible que estuviera sugiriendo lo que a ella le parecía que estaba diciendo.

—Pero yo pensaba que el plan era quedarnos aquí por lo menos una semana —continuó Chloe.

—Sí, ésa era la idea original —concedió el profesor con una sonrisa de oreja a oreja—. Pero cuando me encontré con el señor Hardwood y él me sugirió su idea... Bueno, me pareció demasiado buena como para rechazarla.

—Sería de gran ayuda para mí —dijo Brent Hardwood, que se dirigió a Chloe con modales encantadores, como si percibiera su renuencia—. Angela se niega en redondo a hacer las escenas del desierto, y yo no sabía qué hacer. Entonces me encontré con el profesor por casualidad, y me acordé de ti.

—¿Me está pidiendo que sea la doble de Angela Russell? —Chloe no daba crédito a todo aquello—. Pero si ni siquiera me parezco a ella...

—Podrías parecerte cuando nuestro maquillador termine contigo; al menos lo suficiente para lo que nos proponemos —dijo él—. Noté un leve parecido entre vosotras cuando estábamos en el barco; aunque más que en el físico, os parecéis en los gestos. Ya en el barco tuve la intención de proponerte si estarías dispuesta a hacer de doble en algunas escenas; pero nos interrumpió aquella joven tan boba.

—Jane Vermont —Chloe lo miró con cara de pocos amigos—. No estoy segura...

A pesar de sus dudas, la tentación estaba ahí. Después de todo, ella había soñado con participar en una película, y sabía que jamás se le presentaría otra oportunidad como aquélla.

—Es una oportunidad estupenda para mí —dijo Charles Hicks—. El señor Hardwood va a volar hasta las puertas del desierto, y se ha ofrecido a llevarnos. Nos ahorraremos muchos días de coche, Chloe, querida; pero en realidad depende de ti.

La miraba de tal modo que ella sintió que sería egoísta por su parte rechazar la propuesta. Reflexionó con pesar sobre la invitación de los primos de Pasha que tendría que declinar, pero también sentía el principio de una emoción intensa en la boca del estómago. Después de todo, no tenía por qué gustarle el director para actuar en su película, ¿no?

—Bueno, si cree que puedo hacerlo...

—Sabía que accederías —dijo Charles—. Se lo dije, ¿verdad, Hardwood? Amelia pensó que no ibas a querer, pero yo estaba seguro de que verías en esto una oportunidad excelente para todos.

—Si no os importa, creo que me quedaré aquí —dijo Amelia, sorprendiéndolos a todos—. Me siento un poco cansada, Charles. Y he estado en el desierto en varias ocasiones...

—¿Otra vez te encuentras un poco pachucha, Amelia? —Charles asintió comprensivamente—. Bueno, creo que todos te entendemos a la perfección; además, tengo la casa para toda la semana; pero si fuera necesario alquilarla más días, la alquilamos; aunque creo que en una semana habré visto lo suficiente y podré reunirme aquí contigo.

—Si estás seguro de que no te importa.

Chloe se fijó en Amelia y decidió que parecía bastante cansada.

Chloe no dejaba de darle vueltas al asunto, y por eso decidió hablar un momento en privado con Amelia antes de que se fueran a dormir esa noche.

—¿Estás enferma? ¿Preferirías que me quedara aquí contigo?

—No, por supuesto que no, Chloe, querida. No estoy enferma, tan sólo un poco agotada; y si quieres que te diga la verdad, la idea de volar no me entusiasma... Además, a Charles no le haría demasiada gracia si cambiaras ahora de opinión. Nunca le he dicho que me pone nerviosa montarme en un avión.

—Ya, entiendo —Chloe sintió alivio—. Sí, la primera vez da un poco de miedo. Papá me llevó en un vuelo a París cuando cumplí veintiún años. Fue bastante emocionante en cuanto logré calmar mis nervios.

—Sí, imagino —concedió Amelia—. Pero no creo que cambie de opinión. Además, no me gusta demasiado ese hombre —miró a Chloe de manera extraña—. Ten cuidado con él, querida; no me inspira ninguna confianza.

—Para ser sinceras, creo que no me fío tampoco de él —Chloe se echó a reír—. A veces se muestra encantador, por supuesto, pero tiene algo raro... —se encogió de hombros—. Aunque, bien pensado no tiene por qué gustarme para actuar en su película, ¿no?

—No, claro que no. Además, será una experiencia muy emocionante para ti, Chloe.

—Sí, yo pienso lo mismo —admitió ella—. ¡Me gustó tanto la película de Rodolfo Valentino! Y creo que ésta será un poco del mismo estilo, ¿no te parece?

—Tal vez... —Amelia pareció dudar—. Al menos Charles estará contento. El señor Hardwood le prometió que le dejaría utilizar su avión para adentrarse en el desierto... Aparentemente hay un fuerte en ruinas que tiene especial interés en ver.

—Ahora comprendo por qué es tan importante para él —dijo Chloe—. Una persona iba a venir a casa a invitarnos a todos a cenar mañana. Si le dejo una nota... ¿se la darás, Amelia?

—Sí, por supuesto, querida —Amelia la miró con curiosidad—. ¿Amigos tuyos, Chloe?

—¿Recuerdas al señor Armand del barco?

—¿Armand...? —Amelia asintió—. Sí, vagamente.

Era un hombre bastante reservado, ¿verdad? No estoy segura de haber hablado en él, aunque tal vez me saludara al pasar. Creo que un día Charles mantuvo con él una interesante conversación.

—Sí, era bastante reservado entonces; aunque nosotros dos charlamos en un par de ocasiones. Me ayudó en Ceuta, cuando yo pensaba que me seguían dos hombres en la medina.

Chloe se sonrojó, y Amelia la miró sorprendida.

—Sí, Amelia... Me confundieron con una actriz de Hollywood —continuó Chloe— y querían que les diera un autógrafo. Pero, a lo que íbamos... El señor Al-Hadra es primo suyo, y vive aquí en Marrakech. Esta tarde los conocí a él y a su esposa, y tomamos el té...

Le explicó lo del jardín y su recibimiento amable.

—Así que no quiero marcharme sin dar ninguna explicación —concluyó Chloe.

—Pues claro que no —dijo Amelia con aprobación—. Han sido generosos y hospitalarios, Chloe. Lo menos que puedes hacer es escribirles una nota para darles una explicación. Me ocuparé de dársela al señor Al-Hadra cuando venga.

Chloe le dio las gracias y se fue a la cama más tranquila. Aún le disgustaba no poder volver de visita a casa de sus nuevos amigos, porque tenía ganas de conocerlos mejor; sin embargo también estaba emocionada con la idea de hacer de doble de una estrella de Hollywood.

Se preguntó cómo sería el actor que interpretaba el papel del jeque.

Esa noche soñó con el desierto otra vez; y que estaba dentro de una tienda. El hombre que aparecía en esos sueños se parecía mucho a Pasha Ibn Hasim.

Chloe tuvo que reconocer que el vuelo hasta el pueblo a las puertas del Sahara oriental les había ahorrado días y días de viaje por carreteras polvorientas, y que era mucho más cómodo que el viaje en coche. El avión que Brent Hardwood había alquilado era en realidad muy similar a aquél en el que Chloe había montado cuando había ido a París con su padre, y se maravilló de que alguien lo alquilara para su uso personal. Pero estaba claro que Brent Hardwood era un hombre bien situado, y al llegar a su destino no fueron conducidos al hotel que Chloe había esperado encontrar en un lugar tan remoto, sino a la enorme casa palaciega de un marroquí adinerado.

A Chloe le dieron una habitación con una balconada que daba a los jardines privados de la mansión, donde había una pequeña fuente y frescos caminos a la sombra de los árboles. Parecía casi increíble que algo así pudiera existir al límite de lo que eran miles de kilómetros de inhóspito desierto.

Chloe sabía que tan sólo una pequeña población de beduinos y bereberes conseguían subsistir viviendo del pastoreo de ovejas, cabras y camellos en la zona, que era árida y calurosa. Antaño las tribus beduinas habían sido los guerreros de la ruta de las caravanas; pero en el presente, según le había contado el profesor, muchos de ellos vivían pobremente de la poca tierra que cultivaban.

—Por supuesto que un día podrían encontrar minerales y petróleo aquí —le había dicho a Chloe—. Y eso podría cambiar mucho las cosas; pero seguiría siendo difícil de explotar por la falta de agua.

Chloe se preguntó que diría Pasha sobre todo eso, y si también tenía familiares viviendo en esa parte de Marruecos. Había dirigido la carta a Sashimi, pensando que sería lo más correcto; y rezaba para no haber ofendido a sus nuevos amigos. Tal vez cuando volvieran a Marrakech tendría la oportunidad de visitarlos.

—Creo que Angela habría cambiado de opinión en cuanto a venir aquí si hubiera sabido cómo era esto —observó Brent cuando Chloe y el profesor se unieron a él en una de las enormes salas esa noche—. Desde luego es el mejor alojamiento que me han ofrecido en este país. Espero que tu habitación sea de tu agrado, Chloe.

—Es muy bonita —respondió Chloe—. Mucho mejor que la del hotel... Ya he visto que las casas de los marroquíes ricos pueden ser muy bellas —Chloe se ruborizó al notar la mirada inquisitiva de Brent Hardwood—. Unas personas que conocí en la ciudad me invitaron a tomar el té; y fue una experiencia muy agradable.

—Bueno, entonces has tenido más suerte que yo —dijo Brent algo enojado—. Me costó mucho conseguir este sitio, ya que se mostraron reacios a alquilárnoslo a nosotros; y después Angela va y dice que está enferma y que no quiere venir. Aunque creo que nos las podemos arreglar sin ella. Puedo rodar todas las tomas del desierto contigo; las haremos de espaldas o de lado y un poco imprecisas.

—¿Y cómo se hace eso?

—Oh, tenemos lentes especiales para crear efectos distintos —dijo él—. Lo único que tienes que hacer es sonreír y ponerte bonita; o actuar como si te asustaras cuando el jeque te monta en su caballo y se va cabalgando contigo hacia el desierto. Pero no te preocupes, porque no necesitas saber nada de esto. Yo te iré diciendo lo que tienes que hacer todo el tiempo. No hay necesidad de actuar de verdad. Haremos los primeros planos en el estudio cuando regresemos a casa.

—¿Y no podrían haber hecho todo el rodaje en América? —preguntó Chloe—. Quiero decir... No hubiera hecho falta venir hasta aquí, ¿verdad?

Él entrecerró los ojos pensativamente.

—Quería que la ambientación fuera auténtica; además, tengo cosas muy buenas grabadas. Y también tenía razones personales para venir aquí.

Por la cara que puso Chloe entendió que le complacía demasiado tener que responder a sus preguntas. Estaba claro que esperaba obediencia ciega de sus actores y actrices; y no que ella pensara por sí misma. Sólo tenía que hacer lo que él le ordenara.

Chloe se dijo que la opinión que tenía de Brent Hardwood no había mejorado al conocerlo mejor. Sinceramente, empezaba a arrepentirse un poco de haber accedido a colaborar en las escenas del desierto.

Sin embargo, cuando antes de la cena le presentaron a los actores y actrices que estaban rodando la película, la emoción se apoderó de Chloe. El protagonista masculino, un hombre llamado Duke Earl, cuyo nombre le hizo a Chloe mucha gracia, no era tan guapo ni tan seductor como Valentino, pero era también muy atractivo y sin duda haría palpitar de emoción los corazones de muchas féminas cuando se estrenara la película. Había tres intérpretes masculinos más, que se presentaron como Kendal, Harry y Joe, que interpretaban varios papeles cada uno; le explicaron que se cambiaban de vestimenta y de pelucas para cada personaje que tenían que representar. También había dos actrices que hacían de esclavas, pero que también tenían sendos papeles de camareras y otros distintos al principio de la película.

—Brent utiliza muchos extras —le comentó una actriz llamada Belle—. Así resulta más barato. Sólo nos pagan una parte de lo que cobran por actuar Angela y Duke.

—Supongo que será lo habitual —dijo Chloe—. Brent no dijo que fuera a pagarme nada; pero sí que me daría algo de ropa nueva. La mayor parte de mi ropa la dejé en el hotel de Ceuta.

—Aquí tenemos mucha ropa —dijo Belle—. El equipo de rodaje llegó unos días antes que nosotros. Por la mañana te llevo y puedes tomar prestado lo que quieras.

—Qué emocionante es todo, ¿no? —dijo Chloe—. ¿Cómo se va a llamar la película? No quiero perdérmela cuando salga.

—Creo que de momento el título es algo así como *Amante del desierto* —respondió Belle—. Pero el título lo suelen cambiar a menudo. No te preocupes, Chloe. Si me das la dirección de tu casa te escribiré para decírtelo. Es inútil confiar en Brent para esas cosas; y se olvidará de ti en cuanto te saque lo que le interesa, así que ten cuidado y no te creas ni la mitad de lo que te dice. Prometería lo que fuera con tal de salirse con la suya.

Chloe se quedó algo asombrada al oír las francas palabras de la chica.

—Bueno, no esperaba convertirme en una estrella ni nada por el estilo.

—No te preocupes, Angela no te dejaría —dijo Belle—. Me apuesto lo que quieras a que en cuanto se entere de que alguien está ocupando su lugar, se presentará aquí a toda velocidad.

—Ah —Chloe pensó en lo que le acababa de decir Belle y se dio cuenta de que su viaje podría haber sido en vano—. Bueno, espero que no venga demasiado pronto. Quiero ver cómo se hace todo.

—Te aburrirás en un par de días —le dijo Belle—. Casi todo se centra en esperar hasta que te llamen; y luego, después de una hora de acción, vuelta a esperar...

Chloe asimiló aquello en silencio. Se preguntó también si Belle querría desanimarla; pero después comprobó que todos los demás actores hicieron comentarios similares cuando habló con ellos. Aparentemente, el director estaba al mando de todo, y ellos se limitaban a esperar a que él les dijera qué hacer. Visto así, a Chloe le pareció un trabajo tremendamente aburrido.

—¿Podemos ver lo que ya se ha filmado? —preguntó.

La respuesta fue un no rotundo. La película se montaría cuando Brent Hardwood volviera a su estudio de Hollywood, y muchas partes acabarían en el suelo de la sala de montaje.

Chloe reflexionó sobre todo aquello mientras se asomaba al balcón de su habitación para mirar el cielo antes de irse a dormir. Las estrellas habían salido sobre el desierto, y Chloe sintió un extraño anhelo de ir allí; pero no con las cámaras y el equipo de rodaje, sino sola. Enseguida tachó la idea de ridícula. Nunca había estado en el desierto, y no tenía la menor idea de cómo sobrevivía uno allí... Además, no era muy probable que llegara un jeque y se la llevara de vuelta a su *casbah*, como le pasaba en sueños.

Chloe veía que sueños distaban mucho de la realidad, y que hacer una película no tenía nada de romántico.

A pesar de lo que había estado pensando antes de irse a la cama, Chloe volvió a soñar que estaba en una tienda. Esa vez, al despertar, recordó con nitidez a la persona que había protagonizado junto a ella aquel sueño bastante atrevido. Chloe daba las gracias porque Pasha no pudiera intuir ni adivinar en modo alguno que últimamente aparecía siempre en sus sueños.

Pero no sólo aparecía en sueños, sino que esos sueños perduraban durante el día en su pensamiento. El sentido común le decía que Pasha se habría olvidado ya de ella: le habría ofendido que ella no hubiera acudido a la invitación de su primo, y sin duda la rechazaría por ser indigna de su atención.

Debía olvidarse de él para poder volver a tomarse con tranquilidad el resto de las cosas. Estaba a punto de descubrir el emocionante mundo que había detrás del rodaje de las películas que tanto le gustaban, y sería tonto permitir que un hombre que jamás podría ser nada para ella le estropeara la experiencia.

El equipo de rodaje había salido el día antes y montado las tiendas que los actores utilizarían durante el rodaje. Todo el mundo llevaba algún tipo de vestuario de los beduinos, y Chloe notó que algunos lugareños vestidos de manera similar a los actores se mezclaban con los miembros del equipo.

Supuso que serían extras, y también que las tiendas que utilizaban representarían el campamento beduino puesto en escena. Brent pasó casi toda la mañana concentrándose en las distintas tomas del campamento, y los extras tenían que pasearse por allí, algunos con un pellejo de agua bajo el brazo, como si estuvieran haciendo sus tareas de cada día. También habían llevado varios camellos, y de vez en cuando algún hombre cruzaba los escenarios tirando de un camello.

Había muchos gritos y gestos todo el rato, pero que Chloe viera, muy poca acción. Empezaba a pensar que Belle tenía razón en lo que había dicho, cuando finalmente la llamaron de maquillaje.

—Bueno, Brent dice que tienes que parecerte a Angela —le dijo la chica cuando le pidió que se sentara en una silla de lona de la tienda donde habían alojado el vestuario y el equipo de maquillaje—. Es una pena, tienes la piel más bonita que ella y la cara más joven y más fresca. Estarías mejor sin esto, pero debemos hacer lo que diga el jefe.

Le puso una peluca de cabello rizado rubio platino, y seguidamente le colocó una diadema de pedrería en la peluca. La diadema estaba hecha de cristal barato y de metal dorado, y a Chloe le pareció de lo más vulgar.

—Oh, no se parece a la de la película —dijo ella mirándose al espejo—. ¿Tengo que llevar todo este maquillaje, Jilly?

—Si no te maquillara se te vería muy pálida con los focos —Jilly se echó a reír—. Cuando estamos filmando, no hay nada natural ni normal. Todo es fantasía, simulación. No volverás a ver una película del mismo modo, Chloe.

—No, es cierto...

Chloe estaba ligeramente decepcionada. Observó en el espejo cómo su apariencia iba trasformándose. Y cuando le dieron el atuendo fino y trasparente que tenía que ponerse, Chloe se sintió un poco avergonzada.

—Esta falda es completamente transparente.

—Tienes que ponerte esto —Jilly le pasó unas medias de color carne—. Lo siento, cariño. Se me pasó decírtelo; se me olvida que no eres una del equipo y que no sabes estas cosas.

Chloe se metió detrás de un biombo y se puso las medias antes de ponerse el traje. Cuando terminó de vestirse se sintió un poco rara, y al verse en el espejo la sorpresa fue mayúscula.

—Esa no soy yo.

—Es la esclava que el jeque quiere para sí, aunque ella le pertenece a otro hombre —le dijo Jilly—. Estás estupenda, Chloe. Tienes mucho mejor tipo que Angela. Me pregunto si Brent se habrá dado cuenta de eso; comparada contigo, Angela está incluso un poco regordeta...

Chloe no dijo nada, pues estaba bastante nerviosa. Y cuando la llamaron para decirle que Brent la estaba esperando, tuvo ganas de echar a correr y esconderse. ¿Cómo iba a salir con esa pinta? Si la viera su padre se quedaría horrorizado; y a Justine le daría un ataque de risa. ¡Cómo imaginar que en el cine las cosas eran así!

—Vamos —le dijo Belle—. Esta tarde está de mal humor; no le hagas esperar o sufriremos todos.

Cuando Chloe salió de la tienda tuvo ganas de que se la tragara la tierra. Todo el mundo la miraba, y sintió muchísima vergüenza. ¡Jamás había llevado algo tan transparente en su vida! Si la miraban de ese modo sería porque debían de pensar que estaba horrible.

—Chloe... —Brent se acercó a ella y le puso la mano en el brazo desnudo—. Estás estupenda. Sencillamente fantástica. No estés nerviosa, por favor —Brent Hardwood la miraba fijamente, con gesto pensativo—. Iba a hacer una toma por la espalda, en la que cruzarías el plató llevando un pellejo de agua bajo el brazo... pero he cambiado de opinión.

Chloe se sintió aliviada.

—¿Entonces vuelvo y me cambio de ropa?

—¿Pero de qué estás hablando, Chloe? Voy a mirarte por la cámara... Quédate ahí de pie junto a la tienda... y mírame. Luego haces exactamente lo que yo te diga.

Chloe asintió, pero estaba un poco confusa. ¿Por qué quería hacerle tomas de la cara? ¿Acaso no le había dicho él que no harían primeros planos? Se dijo que tal vez fuera a utilizarla como esclava extra.

Un poco nerviosa, Chloe se apostó junto a la tienda donde él le había indicado y se retiró un mechón de pelo de la cara distraídamente.

—¡Maravilloso! —gritó Brent, que la miraba a través de la lente de su cámara—. Hazlo otra vez, Chloe... Levanta la mano para retirarte el pelo de la cara. Suspira y haz como si estuvieras cansada y sudorosa.

Eso no era difícil, ya que estaba cansada y sudorosa de verdad; y harta de llevar todo el día sin hacer nada. Aunó sus acciones a sus pensamientos, y Brent chilló con entusiasmo.

—¡Eso es! Es justo lo que quería, Chloe. Ahora camina hacia mí, vamos... despacio ahora. Recuerda que estás cansada y sudorosa, y que tienes roto el corazón.

Chloe le obedeció. Deseó que terminara lo que fuera que estuviera haciendo e hicieran las tomas que tanto quería para que ella pudiera quitarse aquel ridículo traje.

—Está muy bien —dijo Brent—. Ahora, date la vuelta y mira hacia el extremo del campamento... hacia tu derecha. Viene alguien... Es el hombre que amas, pero no tenía que estar aquí, y tú sabes que está en peligro... Tienes que aparentar disgusto, miedo...

Chloe volvió la cabeza y se quedó helada. Había un hombre en un extremo del campamento; y el hombre la miraba tan furioso e indignado, que Chloe se quedó horrorizada de verdad. Le asaltó una inquietud tremenda, y se avergonzó de que el hombre la viera así. ¿Qué pensaría de ella?

—Estupendo, querida —dijo Brent—. Ahora date la vuelta y corre hacia la tienda, como si estuvieras muy angustiada.

Chloe se alegró muchísimo de obedecer esa instrucción. Ella se había sentido fatal con aquel atuendo tan vulgar y tan trasparente. A eso se añadía la repulsa que acababa de ver en los ojos de aquel hombre, que sin duda la despreciaba por participar en una película que a él le parecería de mal gusto e insultante para su gente.

—¿Tan pronto estás de vuelta? —dijo Jilly—. Qué rapidez. ¿Ha terminado Brent contigo? Suele tener a los dobles atareados mucho rato.

—No sé si ha terminado —dijo Chloe—, pero yo sí que he terminado. No puedo hacer esto, Jilly. Jamás debería haber accedido a ello.

Se acercó al tocador, tomó un paño y empezó a limpiarse el maquillaje de la cara. Pero como así no salía bien, se untó un poco de crema facial y se frotó las mejillas y los labios hasta que se había retirado casi todo el colorete. Después se quitó la peluca y la tiró sobre la mesa. Alguien entró cuando iba hacia el biombo.

—Quieren que salgas otra vez —dijo Belle, que se quedó mirando a Chloe con sorpresa—. ¡Pero qué has hecho...! No puedes posar delante de la cámara sin maquillaje.

—No voy a hacerlo —respondió Chloe—. Puedes decirle al señor Hardwood que lo siento mucho, pero que tendrá que buscar a otra persona para sustituir a Angela. Yo me vuelvo a la casa.

—Pero no puedes hacer eso —gritó Belle—. Brent está muy emocionado ahora mismo. Cree que ha descubierto a una nueva estrella. Ahora mismo estaba hablando de incluir un papel para ti en la película.

—No me interesa —dijo Chloe.

Se metió detrás del biombo para quitarse el ridículo traje y ponerse el vestido que se había quitado antes. También el vestido que había tomado prestado del ropero era un modelo ligero y un poco atrevido para su gusto.

Al salir de la tienda vio que Brent estaba discutiendo con el equipo de rodaje.

—Creí haberos dicho que nada de espectadores. Me da igual quiénes sean; pero mantenedlos alejados del plató mientras estemos filmando... —dejó de hablar para mirar a Chloe; pero al ver que se había desvestido se quedó pálido de la rabia que se apoderó de él—. ¿Por qué estás vestida así? ¡Quería hacer algunas tomas más de ti!

—He cambiado de opinión —dijo Chloe—. No quiero estar en su película, gracias. Puede buscarse a otra persona para sustituir a Angela.

—Mira, Chloe... querida... —Brent Hardwood se acercó a ella—. Eso ha terminado. Ha sido una estupidez por mi parte verte como la sustituta de Angela. Tú tienes una figura mucho mejor, y a la cámara le encanta tu cara. Quiero que me dejes enseñarte a actuar. Podrías ser la siguiente Mary Pickford.

Chloe lo miró con incertidumbre. Pero ella estaba pensando en otra persona... Miró disimuladamente por allí y vio que no había rastro de Pasha en ese momento. No tenía idea de por qué se había presentado allí un rato antes, pero parecía que después de ver lo que había visto, había preferido marcharse. Si antes había pensado que ella era una joven inmadura, estaría ya seguro de que no tenía remedio. ¿Pero... qué más daba lo que él pensara de ella?

¿Y por qué se había presentado allí? No era posible que ella fuera la razón de su presencia, porque de haber sido así Pasha habría ido directamente a buscarla.

Chloe se había asustado al ver a Pasha. Sin embargo, se daba cuenta de que tal vez su reacción había sido exagerada. Sin embargo, no se había sentido a gusto desde que se había puesto el traje transparente. Mary Pickford nunca usaba esa clase de ropa; sus papeles eran mucho más reales, y Chloe decidió que se sentiría más cómoda con un papel así y luciendo otra clase de ropa.

—Me sentía ridícula con ese traje.

—Y no te hacía justicia —dijo Brent—. Estoy seguro de que el departamento de vestuario puede buscarte algo mejor... si consintieras intentarlo de nuevo.

—No estoy segura...

—Hoy no —dijo él—. ¿Mira, por qué no vas a la casa, te das un buen baño y descansas un poco, Chloe? Ha sido un día muy largo para ti, y sé que piensas que siempre es así; pero te aseguro que no. He cometido el error al tenerte por aquí toda la mañana; pero te aseguro que no se repetirá. Sé cómo cuidar de mis estrellas.

Chloe vaciló. Aún no estaba segura de que aquel asunto fuera para ella, pero sin duda debería darle al menos la oportunidad de explicarse. Aquél había sido un día aburrido y cansado, pero a veces también escribir al dictado le resultaba cansado y tedioso. Seguramente había otras aspectos de la vida de una estrella que serían más divertidos.

—Bueno, supongo que me lo podría pensar.

—Sí, podrías pensártelo —le dijo Brent sonriéndole—. Todo esto es culpa mía, querida. Vuelve a la casa y descansa; y esta noche hablaremos.

Chloe asintió. Se dirigió a uno de los coches que estaban allí para llevar y traer a los actores hasta el lugar del rodaje. El chófer le abrió la puerta con una sonrisa en los labios que a Chloe le pareció burlona. Pensó en preguntarle qué era lo que le hacía tanta gracia, pero finalmente decidió ignorarlo.

—El jefe debe de tener mucho interés —comentó el hombre mientras se sentaba al volante—. No suele reaccionar así cuando una de sus chicas se pone a dar la lata.

Chloe frunció el ceño, pero no le preguntó a qué se refería con «una de sus chicas». Ella no era una de las chicas de Brent Hardwood en ningún sentido de la palabra; y ni siquiera estaba segura de querer ser una estrella. Pero sí que necesitaba tiempo para pensárselo antes de decidirse.

Ojalá Angela Russell estuviera allí con ellos, porque habría sido agradable poder pedirle consejo. No estaba segura de poder hablar de aquello con el profesor... pero tal vez lo intentara. Ser el doble de alguien durante unos días no era lo mismo que convertirse en una estrella. Se preguntaba si uno aprendía a actuar o era algo que ocurría sin más. Esperaba que Brent se lo aclarara esa noche.

Chloe se asustó un poco al enterarse de que el profesor se había ido al desierto a ver una ciudadela en ruinas, y de que no volvería en unos días. En su breve nota, el profesor Hicks le decía que estaba seguro de que se lo pasaría mejor filmando que visitando las ruinas con él, y que debía relajarse y divertirse. Añadía que él regresaría a más tardar a finales de la semana siguiente, cuando volverían juntos a Marrakech.

Chloe terminó de leer la nota con expresión ceñuda y pensativa. Le habría gustado que el profesor le hubiera hablado de sus intenciones la noche anterior. Él no podría haber intuido siquiera que ella se desilusionaría tan rápidamente con el nuevo trabajo; pero por lo menos podría haberle contado algo.

Como no tenía con quién hablar, Chloe se dio un baño de espuma y se puso un bonito vestido que le había prestado Belle. Era un modelo rojo sin mangas de talle bajo y falda corta y coqueta. Chloe pensó que con aquel vestido se parecía un poco a la estrella que Brent le había dicho que podía ser si lo intentaba.

Se ató el pelo con un fino pañuelo rosado, se pintó un poco los labios y se puso detrás de las orejas unos toques de un perfume que había comprado en uno de los bazares. Las sandalias, que también las había tomado prestadas para esos días, eran de tacón alto y con tiras de suave cuero dorado; nada que ver con las otras bajas más cómodas que ella solía llevar.

Brent la miró con aprobación cuando bajó a cenar con los demás esa noche. Preguntó dónde estaba el profesor, asintiendo cuando ella le dijo que Charles se había marchado al desierto a visitar un fuerte en ruinas.

—Aparentemente el guía estaba disponible y aprovechó la ocasión. Pensó que estaría demasiado ocupada aquí como para querer acompañarlo.

—Una muchacha bonita como tú no debería molestarse con un hombre mayor y aburrido como él —dijo Brent, sonriendo de un modo que a Chloe le resultaba enervante—. Creo que podemos encontrar algo mejor para ti, querida.

La palabra «querida» también la ponía nerviosa, pero hizo un esfuerzo por sonreír. No tenía otro remedio que quedarse allí esa semana, y suponía que por lo menos tenía que tratar de hacer lo que había prometido.

—Siento lo de esta tarde —le dijo después de la cena, cuando habían salido al jardín porque Brent quería hablar con ella a solas—. Sólo es que... me sentí totalmente ridícula con ese traje, que me pareció tan de mal gusto. No parece para nada lo que se ve en las películas.

Brent asintió comprensivamente.

—Sí, sé lo que parece... Pero piensa en todas las películas que has visto, Chloe. A veces tendremos que hacer cosas que te pueden parecer extrañas, Chloe; pero así es como se hacen las películas. El producto final es totalmente diferente.

—Sí, supongo que sí —Chloe se sentía un poco boba—. Creo que ser estrella de cine puede ser emocionante; así que volveré a intentarlo mañana.

—Sabía que lo harías —dijo Brent con una sonrisa—. Además, ya tengo a los guionistas elaborando un papel para ti. No vas a ser una esclava, Chloe; de modo que no tendrás que volver a ponerte ese traje.

—No... Pero pensaba que quería que sustituyera a Angela.

—Ésa era la idea, pero he decidido reducir su papel; ella ya no da tan bien ante la cámara como antes.

Cambiaremos el rumbo de la historia. Podemos matarla; y el héroe volverá a los brazos de una mujer francesa que había conocido en Argelia... —Brent estaba claramente emocionado de nuevo—. Es una trama fantástica, Chloe. El protagonista se enamora de esta mujer que conoce en un club nocturno; pero ella lo traiciona, de modo que él vuelve al desierto a reflexionar sobre su vida. Es allí donde aparece la esclava; pero entonces ella es asesinada, y él vuelve a su verdadero amor, que se ha arrepentido de pelear con él y quiere regresar.

—Bueno, desde luego sí que es diferente... —Chloe lo miró con vacilación—. ¿Qué clase de ropa llevaré?

—Oh, vestidos muy elegantes que ciñan esta fantástica figura que tienes, Chloe. ¿Por qué la ocultabas bajo esa ropa tan horrible? —la miró de arriba abajo—. Esta noche estás más guapa que nunca... Pero espera a vestirte como debe ser. Cuando te lleve a América conmigo, lucirás los mejores diseños de la moda. Y tu cabello... Sí, te lo aclararás un poco, y tal vez te pongas unas ondas. Pero tienes que dejártelo un poco más largo. Utilizaremos pelucas en la película, pero en el futuro te quedará mejor el pelo largo... —de repente su voz era más melosa, como el ronroneo de un gato—. Eres una mujer muy bella, Chloe.

Chloe no estaba segura de que le gustara todo eso. Aquel hombre parecía pensar que iba a dirigirle la vida.

—No estoy segura en cuanto a regresar a América con usted... —Chloe dejó de hablar cuando Brent Hardwood la agarró de los brazos y le apretó la carne—. ¿Pero qué hace? ¡Me está haciendo daño!

—Eres tan bella y sensual, Chloe —suspiró—. Sin duda te habrás dado cuenta de que estoy loco por ti. No creas que te voy a utilizar para una película y luego te voy a olvidar. Voy a hacer de ti una gran estrella. Serás famosa... Los hombres se enamorarán de ti, y las mujeres te envidiarán. Tendrás ropa y joyas fabulosas, y cubriré tu cuerpo de pieles... —susurró con voz ronca—. Hasta hoy no me había dado cuenta de que tienes un cuerpo precioso...

Chloe reaccionó instintivamente al oír esa nota en su voz. Ella no deseaba nada de aquello, ni quería que ese hombre le hablara así. Trató de apartarse de él, pero Brent la agarró con fuerza y la estrechó contra su cuerpo mientras agachaba la cabeza para tomar posesión de sus labios. Ella protestó asqueada, se echó para atrás y lo empujó.

—¡Cómo se atreve! ¿Pero qué se ha creído que soy yo?

—Una mujer que quiere ser una estrella, y que sabe que los favores hay que pagarlos —le respondió en tono burlón—. No creerías que todo era gratis, ¿verdad, Chloe?

—¡Usted... me da asco! —Chloe lo miró con repugnancia—. Si cree que voy a permitirle que me toque...

—Quiero hacer más que tocarte —dijo él.

Y dicho eso Brent Hardwood la agarró y le susurró al oído palabras que ella no había oído jamás; palabras que le resultaron tan desagradables que le dieron ganas de vomitar.

Chloe se apartó de él como pudo y le dio una bofetada.

—Es asqueroso... —dijo ella—. No le dejaría hacer eso ni por todo el oro del mundo. ¡Y no quiero ser una de sus estrellas, muchas gracias!

—¡Perra! —le soltó él, al tiempo que se acercaba otra vez a ella.

Chloe chilló de miedo y echó a correr. No podía quedarse allí por si él volvía otra vez a por ella. ¡No podía! A lo mejor Brent Hardwood intentaba atacarla, o hacerle alguna de esas cosas tan horribles que le había susurrado al oído. Se estremeció de asco. Sí... tenía que salir de allí... ¿Pero adónde ir?

¡Si por lo menos estuviera allí el profesor! Chloe intuía que la ciudadela donde había ido Charles Hicks no podría estar muy lejos. Él le había dado el nombre y le había dibujado un pequeño plano para explicarle dónde estaba el sitio; lo tenía en la bolsa que tenía en el dormitorio.

Avanzó apresuradamente por el pasillo hasta su habitación, medio temiéndose que Brent la persiguiera hasta allí; cerró la puerta con llave y se puso a recoger todas sus cosas con la mayor rapidez posible. El plano que el profesor le había dibujado para explicarle adónde se dirigía no era del todo preciso. Pero Chloe dedujo que parecía estar más o menos en línea recta saliendo del pueblo. Seguramente habría algún campamento cerca, y no le resultaría difícil encontrarlo.

Volvió al vestíbulo de la entrada, y oyó la voz de Brent que hablaba con Belle en la habitación que había al otro lado de la pared. Brent le estaba preguntando si había visto a Chloe. Pero Chloe sabía sus intenciones... ¡Y menudas intenciones!

No podía quedarse en esa casa ni una noche más.

Por la mañana contrataría a alguien para que la llevara hasta la fortificación del desierto; pero de momento lo primero era encontrar un sitio donde quedarse. No se sentiría segura hasta que no estuviera en algún sitio donde Brent Hardwood no pudiera encontrarla.

Al salir notó que hacía un poco de fresco esa noche. Como se detuvo un momento en la puerta, Chloe se fijó en uno de los coches que utilizaba el equipo de rodaje. Por casualidad el conductor de aquel coche no estaba por allí, aunque no debía de andar lejos, porque el motor estaba encendido y la puerta abierta. Chloe vaciló un instante, pero al momento siguiente tiró la bolsa en el asiento del pasajero y corrió a sentarse al volante. Ya se estaba marchando cuando oyó que alguien gritaba desde la casa.

Bajó la ventana con rapidez y le aseguró al hombre que le devolvería el coche cuando hubiera terminado. Momentos después se perdía en la noche oscura.

Qué rabia que la hubieran visto. Si iba a la única posada del pueblo y pedía una habitación, Brent podría seguirla hasta allí fácilmente.

¿Y por qué no ponerse en camino inmediatamente? Le echó un vistazo al salpicadero y vio que la aguja indicaba que el depósito de gasolina estaba lleno. No tenía ni idea de la distancia a la que se encontraba la fortificación en ruinas, pero se dijo que habría algún sitio donde comprar combustible si se quedaba sin gasolina. Había visto chiquillos vendiendo latas en muchos de los sitios donde se habían detenido durante sus viajes, y estaba segura de que esa escena se repetiría igualmente en su camino hacia el desierto.

La luna y las estrellas brillaban sobre el desierto en

un cielo despejado de nubes, y Chloe no sintió miedo de ir allí sola. Había sentido también la atracción de su misterio la noche anterior, y deseado poder estar allí sola. ¿Además, teniendo un mapa, qué más podía necesitar? Según el profesor las ruinas estaban a menos de un día de viaje. Si salía de viaje inmediatamente, podría por lo menos haber hecho casi la mitad del viaje antes de que saliera el sol. Chloe se sintió mejor y pensó que tenía sentido salir de viaje en ese momento; tal vez incluso pudiera llegar para desayunar con el profesor.

Cuando pasó delante del reducido grupo de casuchas de barro que utilizaban las gentes que había visto cuando iba a los exteriores esa mañana, Chloe pensó que habría alguien vendiendo fruta y agua; siempre había alguien vendiendo algo en los sitios más inverosímiles.

Todo era perfecto y fácil; y si se perdía tenía una brújula en el bolso. En pocas horas podría estar con el profesor, donde estaría mucho más segura que en esa casa con el odioso de Brent Hardwood.

Cinco

—¿Qué quiere decir con que no tiene idea de dónde está? —Pasha miró al otro hombre, logrando apenas controlar su rabia—. ¿O es que no quiere que hable conmigo? ¿Qué le ha hecho, Hardwood? Será mejor que no haya sido algo que no me guste.

—Ya le he dicho que no sé dónde está; y tampoco me importa mucho. Se largó anoche en uno de nuestros coches.

—¿Y no intentó ir detrás de ella para ver dónde iba? —Pasha apretó los puños para controlarse y no partirle la cabeza al hombre—. ¿Es que no sabe lo peligroso que es que una mujer salga sola por esos caminos? Esto no es la ciudad...

Por la expresión de indiferencia de Hardwood, Pasha entendió que al otro no le importaba lo que pudiera pasarle a Chloe Randall, y el odio se asentó en él como un poso de amargura. Tuvo que echar mano de toda su voluntad para controlar su rabia y no atacarlo, decidiendo que se ocuparía de Hardwood más adelante.

—Se va a arrepentir si le ocurre algo a la señorita Randall...

Pasha dio un paso hacia él, y Hardwood se quedó pálido.

—Sé que piensa que fui yo el responsable de la muerte de Lysette —dijo el hombre—. Pero le aseguro que la culpa no fue mía... y no estaba embarazada de mí.

—¿Sabía lo del hijo?

Pasha se adelantó y le agarró del cuello; le apretó un poco la nuez de tal modo que Hardwood se atragantó y se quedó sin aire. Sin embargo, Pasha sabía exactamente cuánto tenía que apretar, y también que en ese momento su víctima no corría verdadero peligro.

—¡Será mejor que me diga lo que sabe! —le amenazó Pasha.

—¡Oiga... me estás ahogando...! —sollozó Hardwood con un hilo de voz—. Suélteme y le diré lo que sé.

Pasha le soltó el cuello y le dio un violento empujón. Hardwood se tambaleó y se precipitó contra una cómoda. Levantó la vista mientras trataba de recuperar el aliento.

—¡Demonio asesino! —escupió con voz ronca mientras retrocedía instintivamente, tal vez al ver el brillo de ira en los ojos de Pasha—. Sí, reconozco que Lysette me volvió loco, y que me habría acostado con ella si ella hubiera querido; pero alguien se me adelantó. Era preciosa, y yo no fui el único que me di cuenta. No sé quién era, pero sí sé que era rico y que no era americano. Creo que podría haber sido uno de su pueblo.

—¿Un árabe? —Pasha entrecerró los ojos—. Está mintiendo. Nosotros no maltratamos así a nuestras mujeres; además, una mujer de buena familia siempre es tratada con respeto.

—No sé de sus costumbres; pero Lysette vino a mí llorando cuando descubrió que estaba embarazada, y quería que yo la ayudara a deshacerse de ello. Yo le advertí que era un riesgo y me negué —dijo Hardwood—. Me dijo que un hombre la había seducido después de prometerle que se casaría con ella... y había alguna sospecha de que él podría haberla deshonrado para avergonzarle a usted... —los ojos oscuros de Hardwood brillaban de hostilidad—. Si quiere saber mi opinión, ella se estrelló en el coche a propósito. Tenía miedo de lo que le dijera cuando se enterara de que había quedado deshonrada. Si alguien la mató, fue usted, Philip.

Pasha sintió de nuevo la rabia que le corría por las venas, un resentimiento que había aumentado con el paso del tiempo y que de pronto estallaba sin previo aviso. ¿Cómo se atrevía aquel payaso a mentirle de ese modo? Porque todo eran mentiras. Hardwood había inventado aquella historia para disimular la culpabilidad que sentía.

—Está mintiendo, Hardwood —murmuró entre dientes, mientras intentaba controlarse—. Lysette sabía que yo la quería; sin duda tendría la seguridad de que yo la ayudaría.

—Tenía miedo de que la repudiara, de que la desheredara. Piénselo bien... ¿Qué habría pensado usted en su lugar?

Pasha se dio la vuelta, de repente confuso. ¡Tenía que

ser mentira todo! Era imposible que Lysette le hubiera tenido tanto miedo. Un día descubriría la verdad, y entonces Hardwood pagaría por lo que había hecho. Pero de momento había otras cosas que requerían su atención.

Aspiró hondo para pensar con claridad. Cuando Sashimi le había dicho que Chloe se había marchado, Pasha se convenció de que debía seguirla; porque no podía arriesgarse a que el desaprensivo de Hardwood le destrozara la vida a otra joven. Sin embargo, cuando había visto a Chloe Randall con aquel ridículo traje se había sentido molesto con ella y se había marchado enfadado. Su intención había sido la de advertirle al profesor del peligro que corría Chloe; en lugar de decírselo directamente a ella, por si acaso perdía los estribos y le decía cosas que pudieran pesarle después.

Cuando había visto que el profesor se había marchado al desierto, Pasha había pensado que Chloe estaba aún más vulnerable. Por eso había vuelto esa mañana a la mansión; para intentar hablar con ella. Entonces se había enterado de que Chloe se había marchado sola.

Pasha apretó los labios, presa de una intensa emoción que ni siquiera él alcanzaba a entender. ¿Qué le habría hecho el maldito de Hardwood para que Chloe se hubiera marchado con tanta prisa? Pasha se dijo que podría haberlo matado cuando había tenido oportunidad... ¡Pero él no era un asesino! Tal vez ordenara una ejecución una vez demostrada la culpabilidad de un hombre, pero ésa era la justicia del pueblo. Antiguamente la ley era la de «ojo por ojo»; era la justicia de los hombres desde los primeros tiempos. Sin embargo, el asesinato a sangre fría era otra cosa.

¿Dónde debía buscar a Chloe? Pasha se sentó con

preocupación al volante del coche que le había prestado un primo y tomó la dirección del pueblo. Como sólo había una posada allí, pensó que la encontraría en ella.

Chloe entrecerró los ojos y fijó la vista en la carretera que tenía delante. Estaba cansada y no estaba segura de por dónde iba. Llevaba casi toda la noche conduciendo por la carretera del desierto; o más bien por lo que en ese momento empezaba a ver que era una pista al borde de los cientos de kilómetros de árido desierto. Al principio había pasado algunas aldeas con casas de adobe, que sabía que eran asentamientos bereberes; había oído el suave tintín de los cencerros de las ovejas o el bramido de algún camello, sabiendo que había gente que vivía en aquellas casitas.

Pero hacía horas que no veía ni un edificio, y la carretera, que era cada vez peor, se había convertido en una pista estrecha y llena de baches. Y para colmo de males, parecía que de pronto esa pista había desaparecido del todo. Delante sólo estaba la arena que se extendía hasta donde alcanzaba la vista, aunque a lo lejos parecía levantarse para formar lo que sería un repecho rocoso, o tal vez una duna más grande.

El sentido común le advirtió que las ruedas del coche se hundirían y patinarían si se adentraba en la arena. Comprendió que sería una verdadera locura tratar de adentrarse en el desierto; y que además era imposible continuar a pie sin agua ni víveres. Y hasta el momento no había podido comprar gasolina. Se fijó en la aguja del depósito y vio que todavía indicaba que estaba a la mitad de su capacidad... ¡Pero... eso no era posible! Le dio un pequeño golpe con el dedo, y de pronto la aguja subió de nuevo como si el depósito estuviera lleno.

¡Ay, no! ¡Estaba estropeada1 Sintió un pánico intenso mientras se decía que no tenía idea de lo que quedaba en el depósito. Menos mal que era imposible podía continuar por el desierto, porque de haberse quedado sin combustible más adelante...

Se preguntó cómo viajaría la gente por un terreno tan duro y pedregoso como aquél. Chloe paró el coche y se bajó a echar un vistazo. Dio unos pasos para ver qué pasaba e inmediatamente se le hundieron los pies casi hasta los tobillos en la blanda arena. Al pensar en las historias que había oído sobre los escorpiones y las serpientes cascabel que se enterraban bajo la arena y las piedras, saltó rápidamente a la carretera.

A lo lejos vio una sombra morada en el horizonte, que bien podría ser la ciudadela donde estaba el profesor o un oasis; pero sería del todo imposible llegar hasta allí sola. No tenía miedo, pero sabía que sólo su terquedad la había impulsado a seguir conduciendo durante esa última media hora. Bien sabía ya que había cometido un estúpido error al tratar de seguir sola al profesor. Debería haber ido a la posada y esperado a que volviera Charles Hicks; o bien alquilado un coche que la llevara de vuelta a Marrakech.

¡Todavía podría hacerlo! ¿Por qué diantres no se le había ocurrido la noche anterior? Chloe se decidió sin vacilar. Volvería al pueblo y se enteraría de la mejor manera de volver a Marrakech con Amelia, a la civilización...

Miró el coche. No estaba segura de poder darle la vuelta sin hundirse en la arena, de lo estrecha que era la senda. Al volverse a mirar hacia el camino que había recorrido vio que había ya un buen trecho en el que la arena había ganado terreno; con lo cual sería muy difícil dar la vuelta. Como había conducido de noche con muy poca luz, no se había fijado en lo temible y desnudo que era el terreno alrededor.

Chloe había dejado el motor encendido al bajar por si no podía volverlo a arrancar; de modo que sólo tuvo que sentarse, meter marcha atrás y empezar a recular por la pista con mucho cuidado.

Iba muy despacio para no salirse de la carretera y que las ruedas fueran a hundirse en la arena de los bordes. Si eso ocurriera, tendría que hacer muchos kilómetros a pie.

Pasha salió de la fonda con gesto preocupado. Tras unos minutos de conversación con el dueño estaba seguro de que Chloe no había pasado por allí. ¿Entonces dónde estaba? ¿Le habría mentido Hardwood, y estaría todavía en la casa?

Cuando estaba a punto de montarse en el coche para volver a sacarle la verdad al americano aunque fuera por la fuerza, un niño se le acercó corriendo y le tiró de la manga con vehemencia.

—¿Busca a la señora inglesa del coche?

—Sí... ¿Sabes dónde está? —Pasha sacó un puñado de monedas del bolsillo y se las puso en la mano al ver que el niño asentía—. ¡Dímelo!

—Se fue por allí ayer por la noche —el chico señaló hacia el desierto—. Tomó la carretera que no lleva a ningún sitio.

Pasha maldijo para sus adentros. ¡Qué chica más

tonta! ¿Pero qué diantres pensaba que estaba haciendo? Chloe Randall pensaba que el desierto era como el campamento que habían montado para el rodaje; y que aquella carretera la llevaría directamente... ¿a las ruinas donde estaba el profesor?

Sacudió la cabeza con incredulidad mientras la idea tomaba forma en su pensamiento. La ciudadela estaba a un día de vuelo de distancia, y a varios días en camello, que aparte del avión era el único modo de atravesar el desierto. E incluso en el caso de haber elegido hacer el viaje en camello, habría necesitado de la ayuda de guías experimentados... ¡Cómo podía haber sido tan loca!

Desgraciadamente, Pasha se dio cuenta de que no era imposible, y de que Chloe había actuado pensando que allí todo era como en aquellas películas tan ridículas. Seguramente pensaría que por el camino se encontraría a algún jeque que le mostrara el camino hasta el fuerte... Pero lo más sorprendente para Pasha era que le importara tanto lo que pudiera pasarle a Chloe en el desierto.

Fuera lo que fuera, se dijo que tenía que encontrarla; y sólo había un modo de estar seguro de tener al menos el cincuenta por ciento de posibilidades de éxito. Menos mal que su primo Mohammed Ibn Ali estaba por allí...

Chloe había conseguido dar la vuelta e iba conduciendo de regreso cuando de pronto el motor se paró. Consternada, se fijó en el salpicadero, preguntándose qué pasaría esa vez. Al ver que el indicador del depósito de gasolina había bajado totalmente tuvo ganas de llorar.

—¡Ah, maldita sea! —Chloe golpeó el volante con frustración—. Vamos, cochecito, no te pares ahora...

¿Qué iba a hacer? Sabía que aún estaba muy lejos del pueblo; ni siquiera había llegado aún a las primeras cabañas bereberes, donde podrían haberle prestado algo de ayuda.

—Me iré andando, sí.

Chloe lo dijo en voz alta porque el silencio y la quietud empezaban a afectarla. Llevaba un buen rato consciente de que tenía mucha sed, y sabía que la temperatura estaba subiendo progresivamente.

—No puede quedar mucho.

Se dijo que no tenía que caminar hasta el pueblo; que en cuanto se encontrara con alguien, un chiquillo o algún camellero, le pediría ayuda. Bajó del coche y cerró de un portazo; tuvo ganas de darle una patada al coche de la frustración, pero se controló. Lo que le estaba pasando era culpa suya y de nadie más. Ni siquiera había planeado cómo repostaría gasolina en el desierto.

—Soy una imbécil —se dijo—. Una imbécil de primera clase.

Pero en el momento de la huida no había pensado en nada salvo en alejarse de Brent Hardwood lo más posible. ¡Pero, por el amor de Dios! ¡Con echar el cerrojo de su habitación habría sido suficiente! Tontamente, se había lanzado a la aventura en plena noche y ella sola.

—¿Y adónde me ha llevado eso, Chloe? Al lío en el que estoy ahora.

Al menos el sonido de su propia voz la consoló. Echó a andar carretera adelante, pero enseguida se dio cuenta de que no iba a llegar muy lejos con aquellas estúpidas sandalias de tacón. Se las quitó y las llevó un rato en la mano, pero se hartó y las tiró a la arena malhumorada.

—¡Qué sandalias más tontas! —murmuró.

Pero sabía que era ella la tonta, y que ni siquiera se había llevado una cantimplora de agua.

—¡Tonta! ¡Más que tonta!

Maldecir en voz alta la hacía sentirse mejor, pero no le facilitaba el camino. Como iba descalza, la arena que de tanto en cuanto medio cubría la carretera se le metía entre los dedos de los pies y le quemaba las plantas. Además, el sol ya caía a plomo, y no tenía ni sombrero ni tela alguna para cubrirse los brazos.

—¡Idiota... más que idiota! —volvió a maldecir, mientras se pasaba la lengua por los labios resecos.

Aparte de la sed tan horrible, Chloe notó que empezaba a sentirse un poco rara...

—Debo continuar —se dijo en voz alta—. Sólo quedan dos o tres horas más...

Se concentró en la carretera que tenía delante, pero el viento empezaba a levantar la arena alrededor, y Chloe tuvo que colocarse la mano delante de los ojos a modo de pantalla. La carretera aparecía y desaparecía entre remolinos de arena... De pronto Chloe sintió miedo de perderse. Se tranquilizó un poco al ver que la carretera reaparecía un poco más adelante, y se dijo que aquello no era más que un espejismo provocado por el calor y el viento.

Lo único que tenía que hacer era continuar caminando en línea recta...

Había transcurrido la mitad de la mañana cuando por fin Pasha estuvo listo para salir en busca de Chloe. Tuvo la tentación de ir a buscarla directamente al desierto, pero sabía que de ese modo sólo perdería el tiempo.

Miró a su primo Mohammed, que se sentó en el asiento del copiloto de la avioneta en la que había llegado el día anterior desde Marrakech.

—No tienes por qué venir —empezó a decir Pasha.

Pero el otro alzó la mano.

—Mi sitio está a tu lado, primo; esta joven es importante para ti; y por ello mientras estés buscándola todos mis recursos estarán a tu entera disposición. Mis hombres la buscarán por tierra, y nosotros por aire. Cuatro ojos ven más que dos.

Pasha asintió, sabiendo que su primo decía la verdad. Aunque eran primos, nunca habían tenido una relación tan estrecha como la que tenía con Ahmad. Tal vez fuera porque Mohammed vivía más apegado a las tradiciones, y no le gustara que Pasha hubiera elegido vivir en el mundo occidental.

Sin embargo, Mohammed había escuchado sus peticiones con el entusiasmo al menos aparente de servirle de ayuda, y Pasha se alegraba de haber podido contar con él. Si Chloe hubiera sido sensata, se habría dado la vuelta al darse cuenta de que la carretera desaparecía en el desierto, y con un poco de suerte la encontrarían enseguida.

Trató de averiguar cuánta gasolina tenía el depósito del coche que Chloe se había llevado, y sus cálculos le decían que no tendría suficiente combustible para volver al pueblo. ¿Qué habría hecho? ¿Habría sido lo bastante sensata como para esperar en el coche a que alguien fuera a rescatarla? ¿O habría pensado que nadie la buscaría?

Teniendo en cuenta que de no haber estado él allí

no se habría iniciado una búsqueda hasta el regreso del profesor Hicks, Pasha estaba casi seguro de que Chloe habría salido del coche y se habría puesto a andar. No tenía ni idea de la ropa que llevaba, pero estaba casi seguro de que no llevaría ningún tipo de sombrero, y que por eso no podría caminar mucho rato. Iría a buscarla por la carretera del desierto; aunque Chloe podría haberse desorientado y perdido, como los viajeros que a veces perdían el rumbo en el desierto.

Pasha se concentró en los peligros de la deshidratación y la insolación, sin atreverse a pensar en los demás peligros que acechaban a una mujer sola por una carretera a orillas del desierto...

A Chloe le dolía la cabeza y empezaba a nublársele la vista. No sabía si era el polvo y la arena que el viento levantaba lo que le impedía ver bien, pero le pareció que ya no veía la carretera, que empezaba a verlo todo borroso y a sentirse muy mal.

—Continúa —murmuró en voz alta mientras se pasaba la lengua por los labios.

Tenía la boca seca, muy seca... Si hubiera podido dar un trago de agua... ¿Pero... dónde estaba esa maldita carretera...? Le costaba ya colocar un pie delante del otro, y le dolían tanto los pies que apenas podía andar... La arena le quemaba las plantas, y le dolían tanto como los brazos y la cara. Se dijo que se habría quemado cuando alcanzara el pueblo.

A lo mejor debería tratar de mirar la brújula.... pero notó que ya no llevaba el bolso encima.... que debía de haberlo perdido por el camino. ¡No...! ¡No quería perder el bolso! Tenía dentro todo su dinero.... Trató de pensar, y estuvo segura de que lo había sacado del coche... ¿O no? La verdad era que no lo recordaba bien...

La cabeza empezaba a darle vueltas. Si se le había caído el bolso, lo lógico sería volver por él... ¿Pero... qué era... aquello que tenía... delante...? Algo o alguien se le acercaba..., algo que surgía del sol. Se puso las manos delante de los ojos para ver mejor, y le pareció que era un animal... un camello... Y en el camello iba montado un hombre...

Agitó la mano y trató de gritar, pero tenía la voz tan ronca que sólo le salió un murmullo seco. Sin embargo, el hombre la había visto... porque su camello se estaba sentando en el suelo, y entonces el hombre se bajó y fue hacia ella.

Chloe estaba muy mareada. El hombre vestía la ropa de un beduino... al igual que los extras del plató. Avanzó unos pasos hacia él, suspiró y se cayó al suelo desmayada cuando él llegaba hasta ella.

Oyó que el hombre le decía unas cuantas palabras en un lenguaje que no entendía, antes de inclinarse sobre ella. Chloe abrió los ojos y miró aquella cara horrible y atezada que no se parecía en nada a la de Rodolfo Valentino... Y cuando él esbozó una sonrisa mellada, con dientes ennegrecidos, Chloe se asustó. Chilló al ver que el hombre le tendía la mano, y al momento siguiente perdió el conocimiento.

—Ya no la vas a encontrar —le dijo Mohammed—. Apenas hay luz ya, Pasha. Es una pena que no se quedara en el coche...

Habían encontrado el coche fácilmente; fue Pasha el que lo vio desde el aire. Al verlo, el corazón se le había acelerado de la emoción; pero tras aterrizar sobre la superficie pedregosa de la carretera para investigar un poco más, había descubierto tan sólo un bolso en el asiento del pasajero donde Chloe lo había tirado la noche anterior. Entonces sí que había sentido una gran desesperación.

Tras un breve rastreo por los alrededores del coche, se había montado de nuevo en el avión, empeñado en encontrarla. Pero aunque recorrieron la carretera varias veces, no encontraron ningún indicio de que hubiera pasado por allí.

—Es imposible que haya desaparecido —dijo con expresión ceñuda—. Pero tienes razón, Mohammed; no vamos a encontrarla ahora que es de noche. Debemos volver al pueblo, a ver si hay alguna noticia de ella. Si no, organizaremos otra partida a primera hora de la mañana.

—No creo que pudiera sobrevivir otra noche en el desierto —le dijo su primo—. No tenía agua... Lo que ha hecho esa mujer ha sido algo muy tonto.

—Impulsivo y ridículo —concedió Pasha—. Pero creo que no entendió lo cruel que puede ser el desierto. Imaginaría que sería como lo que se ve alrededor de los pueblos, y debió de pensar que podría adquirir lo que necesitara para el viaje por el camino.

—¿Cómo puede ser eso? —Mohammed frunció el ceño—. ¿Acaso son tan ridículos estos infieles que visitan nuestros desiertos sin un guía?

Pasha no respondió inmediatamente. A veces se olvidaba de los prejuicios y de la hostilidd que a menudo sus gentes mostraban hacia el mundo occidental. El príncipe Hassan y sus amigos eran muy probritánicos, pero otros muchos no veían con buenos ojos la influencia de occidente en sus vidas.

—No es más que una mujer —respondió finalmente, encogiéndose de hombros—. Las mujeres necesitan la mano fuerte de un hombre que las proteja.

—Es cierto —concedió su primo—. No te angusties más, Pasha. Si está escrito que esa mujer morirá aquí en el desierto, entonces debes aceptarlo.

Pasha no respondió. Sus creencias religiosas eran suyas propias, y no las discutiría con su primo. Había organizado una partida de búsqueda por tierra, y esperaba que los guías y rastreadores a los que había pagado hubieran tenido más suerte que él desde la avioneta.

—Agua... —susurró Chloe mientras trataba de abrir los ojos— Agua... por favor...

Una mujer se inclinó sobre ella y le llevó una pequeña taza de metal a los labios, permitiéndole que diera sólo unos pequeños sorbos. Ella bebió con avidez y le rogó como pudo para que le diera un poco más, pero la mujer no le hizo caso.

—Ya no más... —respondió la mujer en francés—. No es bueno beber de golpe... poco a poco...

Chloe trató de darle las gracias pero tenía la lengua hinchada, y apenas podía hablar. Le dolía todo el cuerpo: parecía como si le hubieran echado agua hirviendo en los brazos, en la cara, en el cuello y en los pies. Estaba mareada y sentía ganas de vomitar.

—Por favor... estoy enferma... —susurró ella—. Ayúdeme...

Había intentado hablar en francés, pero sabía que sus palabras era apenas comprensibles. No podía pensar a derechas; lo único que sabía era que se sentía muy enferma.

—Ayúdeme... —repitió mientras las lágrimas le rodaban por las mejillas—. Por favor...

No sabía a quién le rogaba que la ayudara, pero mientras se quedaba inconsciente una cara apareció en su mente unida a un pensamiento. Si él fuera a ella...

¿Pero por qué iba a hacerlo? Sin duda la vería como una chiquilla boba a quien no merecía la pena dedicarle tiempo.

—Uno de mis hombres ha encontrado algo —Mohammed le llevó las sandalias a Pasha—. Debió de tirarlas porque no podría caminar con estos tacones.

—Entonces sí que intentó volver al pueblo a pie —dijo Pasha—. Mañana volveré al desierto...

La frase quedó a medias al sentir un revuelo a la puerta; entonces entró uno de los guardias de Mohammed para decirle que un hombre quería verlo.

—Dejadle entrar.

—No es de nuestra tribu, señor. Apesta a mierda de camello.

—Traédmelo si tiene algo que decir —dijo Pasha.

El insulto era usual cuando un miembro de otra tribu entraba en un territorio celosamente guardado que no fuera el suyo. Mohammed había montado su campamento un poco más allá del plató de exteriores de la película, y sus guardias flanqueaban la entrada de su tienda, en la que Pasha era un huésped esa noche.

—Escucharé lo que tiene que decir.

—Entra, hijo de can —murmuró el guardia al hombre que estaba fuera—. Recuerda tus modales con su excelencia, o te daré una patada en el...

—Adelante, amigo —lo invitó Pasha, cortando la retahíla de insultos—. Dime lo que sabes y se te pagará por ello.

—Que la alabanza de Allah descienda sobre su cabeza, mi señor —replicó el hombre, que se arrodilló delante de Pasha—. He oído hablar de vuestra grandeza y de la generosidad que muestra para aquellos que le sirven.

—Sí, sí —dijo Pasha, controlando su rabia lo mejor que podía—. ¿Tiene noticias de ella... de la mujer que busco?

—La encontré medio muerta, mi señor; está en mi campamento, donde las mujeres están cuidando de ella. Nos llegó la noticia de que buscaban a una inglesa, y envié a mis hombres a buscarla, sabiendo que seríais generoso con el que la encontrara...

El hombre entrecerró los ojos con astucia.

—Será bien recompensado por sus servicios —dijo Pasha—. He dado mi palabra; pero dígame, ¿está muy enferma?

—De no haberla encontrado sin duda habría muerto. Pero no escatimé esfuerzos para rastrear la zona y dar con la mujer que deseaba encontrar —la mirada del hombre brillaba de ambición mientras trataba de dejarle claro a Pasha el valor de lo que había hecho—. Pero fue la voluntad de Allah que yo la encontrara. Que Allah bendiga su casa, señor...

—Sí, sí, gracias —respondió Pasha—. ¿Pero dónde puedo encontrar a la señorita Randall? ¿A qué distancia está su campamento?

—Me ha costado medio día de viaje llegar hasta aquí, señor.

—Entonces si salimos ahora...

—Ahora no puedes irte —dijo Mohammed—. Si es la voluntad de Allah que ella sobreviva la encontrarás igualmente viva mañana, Pasha. Este hombre debe descansar y comer. Y muy pronto se hará de día...

Pasha sintió la frustración que lo comía por dentro, pero sabía que el consejo de Mohammed era bueno. Sería mejor dejar descansar al hombre, y el camello necesitaba agua y comida, además de descanso. Él también necesitaría hacerse de unos camellos y de los sirvientes para transportar lo que fuera a requerir cuando encontrara a Chloe. Si se llevaba el avión no había ninguna seguridad de poder aterrizar bien o de despegar.

Las mujeres de aquel hombre estaban atendiendo a Chloe, y sabrían qué hacer si estaba herida o enferma igual de bien que los médicos que le habría enviado de haber podido; o incluso mejor.

—Como dice —respondió—, está en manos de Allah; será mejor esperar hasta la mañana —miró al mensajero—. Le pagaré cuando vea a la mujer —nombró una suma que asombró al hombre que había rescatado a Chloe, que claramente no era un hombre rico.

—Que Allah bendiga su casa —el hombre saludó y se inclinó ante Pasha, retrocediendo hasta salir de la tienda.

Cuando el hombre se marchó, y Mohammed salió a dar instrucciones a sus hombres para que le dieran comida y alojamiento para esa noche, Pasha empezó a pasearse por la tienda con impaciencia.

No se contentaba con dejar el destino de Chloe Randall en manos de Allah ni de ningún otro ser; pero sabía que de momento no podría hacer nada más, salvo rezar. Hacía mucho tiempo que no había rezado; porque desde la muerte de Lysette ya no estaba seguro de que Dios existiera salvo en las mentes de aquellos que creían en él.

—Concededme esto —dijo, haciendo un trato con sus propios dioses, ya que eran los dioses de la honestidad, de la justicia y del deber los que guiaban sus pasos—. Dadme su vida y trataré de ser mejor persona.

Chloe se despertó y era de noche. Gritó; y alguien se acercó a ella y la levantó para darle de nuevo de beber. Le dolía la piel donde la agarraron, pero entonces alguien le untó algo en los brazos y sintió un poco de alivio.

—Gracias —susurró—. Gracias... por favor... ayúdenme...

Se hundió de nuevo en aquel espacio oscuro de dolor y sed, y la fiebre la llevó a un mundo de sueños extraños donde ya no sabía qué era real y qué imaginario.

El dolor siempre estaba allí, cada vez que se despertaba, pero poco a poco fue consciente de un cambio. Le pareció que otra persona se acercaba a ella y le susurraba palabras de consuelo. Le dieron algo que pareció mitigar su dolor, pero que la sumía un poco más en la inconsciencia, de modo que ni siquiera era consciente de que estuvieran atendiéndola.

La intensa sed había desaparecido, y ya no le dolía tanto el cuerpo; pero no era capaz de desembarazarse de aquel letargo, como si estuviera drogada... Chloe sintió cierto temor de que la hubieran drogado y aprisionado en contra de su voluntad, y se incorporó con un grito de pavor.

—Túmbate, boba —le dijo una voz suave y tranquilizadora, que ella obedeció al instante—. Nadie va a hacerte daño. Has estado muy enferma, pero ahora ya estoy aquí. Cuidaré de ti y pronto te pondrás bien. No hay nada que temer mientras yo esté aquí contigo.

La voz la calmó y se quedó dormida otra vez.

Cuando se despertó era de día, y Chloe miró a su alrededor tratando de recordar dónde estaba.

—¡Agua...! ¿Pueden darme agua... por favor...?

Por primera vez logró hablar con claridad. Ya no le dolía el cuerpo como antes, y tenía la lengua del tamaño normal. Quiso incorporarse, pero se mareó y tuvo que tumbarse de nuevo sobre aquel mullido montón de cojines.

Los almohadones tenían un perfume agradable, un suave perfume a rosas. Pero ése no era el mismo olor que había notado al despertar la primera vez, que había sido desagradable. ¿Dónde estaba? Miró a su alrededor y vio que estaba en una tienda muy grande...

Entonces Chloe recordó. Estaba en el desierto cuando alguien había llegado hasta ella montado en camello.

Recordó que su aspecto la había asustado, y creyó

haberse desmayado de miedo; o tal vez hubiera sido del calor y el agotamiento.

Un hombre había entrado en la tienda y se acercaba adonde estaba tumbada. Iba vestido con una túnica larga y suelta y llevaba el tocado de los beduinos. ¿Sería el hombre que la había encontrado? Por un momento sintió miedo de nuevo. ¿Qué querría de ella? ¿Aceptaría dinero por ayudarla o bien...? Se le aceleró pulso... Entonces vio su cara y lo miró con incredulidad.

—Has venido... —susurró mientras se preguntaba si estaría soñando—. ¿Cómo... cómo sabías dónde encontrarme?

—Mi primo hizo correr la voz de que te estaba buscando. El hombre que te encontró no es de la familia de mi primo, pero vino a nosotros y nos dijo que te había encontrado... Y yo he venido lo antes posible.

Esbozó una sonrisa que le aceleró el pulso; sus ojos negros de mirada intensa eran tan ardientes que Chloe sintió un cosquilleo por todo el cuerpo.

—¿Cómo te encuentras? —le preguntó él.

—Mejor —respondió ella con timidez.

Parecía como si él tratara de dominar alguna profunda emoción; casi como si quisiera devorarla en cualquier momento.

—Tenía tanta sed —continuó Chloe—, pero ahora estoy mejor, gracias. Alguien ha estado cuidando de mí... —sintió las mejillas ardiendo de pronto—. ¿Fuiste... tú?

—A ratos. Me traje medicinas que no se encuentran en el desierto. Estabas tan dolorida... Pero las drogas te relajaron.

—Qué estúpida fui —dijo Chloe—. Pensé que podría llegar al fuerte en unas horas...

Notó que él la miraba con humor, con una mezcla de reproche e indulgencia, casi como si ella fuera una niña traviesa.

—Me di cuenta de mi locura y quise volver al pueblo para que alguien me llevara a Marrakech.

—¿Y qué fue lo que te hizo salir tan desesperadamente en plena noche? —su mirada se volvió repentinamente fría—. ¿Qué te hizo ese cerdo?

—Él... me sugirió cosas que me asquearon; eso es todo —bajó los ojos, incapaz de mirarlo—. Iba a hacer de mí la nueva Mary Pickford; pero quería ciertas cosas a cambio... Y luego me abrazó... —vaciló, un instante—. Fui una estúpida. Habría sido suficiente con cerrar con llave la puerta de mi dormitorio, pero...

—¿Te entró el pánico y echaste a correr? —Pasha asintió comprensivamente—. ¿Fue tal vez la primera vez que un hombre te hacía esa clase de sugerencias, Chloe?

—No fue nada agradable —dijo Chloe—. Esas cosas que me dijo me hicieron sentirme mal. Le di una bofetada y se puso furioso. Sólo quería alejarme de él, y no me di cuenta de que el sitio a donde había ido el profesor no estaba tan cerca.

—Tal vez en avión sí —dijo Pasha—. El profesor Hicks te dio un plano que sacó de su imaginación, Chloe; ese dibujo que tienes en el bolso no se parece en nada al mapa que necesitarías para dar con el sitio. Además, habrías necesitado guías experimentados y agua para varios días. También ropa adecuada.

—Sí, ahora me doy cuenta de todo eso —Chloe

pasó las manos con nerviosismo por las sábanas, que eran de lino fresco y tenían un perfume ligero y alegre— ¡Pensarás que soy una tonta!

—Has sido muy ingenua —respondió él—. Pero no eres la primera europea que subestima los peligros del desierto. Tú no sabías nada de los riesgos que encierra; ni de cómo protegerte. Le echo la culpa al profesor Hicks por darte la impresión de que el fuerte estaba a menos de un día de camino del pueblo; y por dejarte sola con ese hombre. Debería avergonzarse de lo que ha hecho; y yo mismo se lo diré cuando lo vea.

—No... por favor... —le suplicó Chloe—. En realidad no es culpa suya. Yo debería haber tenido más cuidado. Siempre he sido un poco impulsiva —le tendió la mano, y él le dio una pequeña taza de agua—. No sé cómo voy a agradecerte lo que has hecho por mí.

—No hay necesidad de agradecerme nada. Yo tenía mis razones para no confiar en Hardwood, y fue una suerte que pudiera dar la alarma. De otro modo... —se encogió de hombros—. Pero, como dice mi gente, ha sido la voluntad de Dios que vivas.

—El hombre que me encontró y las mujeres que me cuidaron cuando me trajeron aquí...

Él sonrió, pues entendía lo que ella quería decir.

—Les he pagado y se han marchado hace dos días.

—Entonces, esta tienda...

De nuevo se fijó en el sitio donde estaban y se dio cuenta de la belleza de aquella tienda, con lujosas alfombras que cubrían el suelo, arcones de madera, lámparas de bronce y pequeñas mesas de madera que flanqueaban otro diván cubierto de cojines.

—¿Es tuya? —terminó de decir.

—No; aunque es parecida a la que utilizo a veces. Ésta me la ha prestado mi primo Mohammed Ibn Ali, que posee muchas. Sus hombres vigilan nuestro campamento, y sus mujeres llevan cinco días atendiéndote. Como estabas demasiado enferma para moverte, te trajimos estas comodidades.

—¿Tanto tiempo llevo enferma? —sorprendida Chloe tragó saliva para aliviar la tensión que le atenazaba la garganta—. ¡El profesor se estará preguntando dónde estoy!

—Ya sabe que estás en buenas manos, y que volverás a Marrakech conmigo cuando estés lo suficientemente bien para viajar.

—Ah...

Chloe no sabía qué decir. Él no le había preguntado si ella quería viajar con él, simplemente le había informado que sería así. Al mirarlo sintió como si se le encogiera el estómago; se sentía extrañamente cohibida en su presencia.

—Gracias —dijo Chloe—. Supongo que he debido de causarte un enorme problema.

—Existe una antigua ley que dice que cuando salvas una vida eres responsable de esa persona. Lo menos que puedo hacer es devolverte sana y salva al sitio donde deberías estar.

—Eres muy amable...

—No —la miró con el ceño fruncido—. Nunca confundas lo que se hace porque es lo correcto con la amabilidad. No soy amable, Chloe. Cuando me conozcas mejor descubrirás que cuando hago algo, lo hago por alguna razón.

—Ah.

Chloe no le entendía. Le extrañaba que quisiera dinero; ni ella se hubiera atrevido a ofrecérselo. ¿Entonces, qué razón tenía Pasha para haberse hecho cargo de su vida?

Él le sonrió y negó con la cabeza.

—No te preocupes, Chloe. Lo verás todo claro con el tiempo. Ahora te voy a dejar. Las mujeres vendrán a estar contigo para que te sientas más cómoda; y tal vez esta tarde te sientas mejor y quieras levantarte un rato.

Chloe lo siguió con la mirada cuando salió de la tienda. Él le había dicho que con el tiempo se enteraría de por qué había hecho aquello, y que lo entendería cuando lo conociera mejor.

Pero en sus ojos había visto de nuevo aquel brillo intenso que le hacía estremecerse. ¿Por qué la miraría así? Sintió que la piel le ardía de nuevo, que la garganta y la boca se le quedaban secas.

¿A qué se referiría él? ¿Acaso iban a conocerse mejor? ¿Habría querido decir que ella le gustaba; que era especial para él? Una emoción intensa hizo latir su corazón, porque no tenía ninguna duda de lo mucho que le gustaría pasar más tiempo con aquel hombre.

Seis

Después de marcharse Pasha llegaron dos mujeres a la tienda. Le dieron agua y comida; y Chloe se dio cuenta del hambre que tenía. Las mujeres la animaron a comer, sonriendo y charlando en una lengua incomprensible. Le fastidiaba no poder comunicarse con ellas, y cuando intentó hablarles en francés las mujeres se limitaron a negar con la cabeza. Pero como eran muy amables, empezaron a tratar de decirle cosas por señas.

Habían llevado una jarra de agua y un brillante cuenco de cobre, y le indicaron que lo usara para lavarse la cara. También le habían llevado suaves toallas, una especie de jabón líquido y ropa limpia.

Le mostraron diferentes conjuntos, invitándola a que eligiera el que más le gustara. Había varias faldas de vuelo, y túnicas sueltas que se colocaban sobre la falda y se ataban a la cintura con un cinto trenzado. Vio que también le habían llevado un pañuelo para proteger la cabeza del intenso calor del sol, y una banda de pequeños medallones de oro para adornarle la frente.

Chloe escogió una falda roja y una túnica blanca, que parecía más o menos de su talla, y las mujeres asintieron con aprobación mientras le mostraban un cinturón de oro viejo que hacía juego con los demás complementos.

Cuando se lavó los brazos vio que se le estaba levantando la piel, y se alegró de que la túnica tuviera mangas largas y amplias. Las mujeres le dieron un espejo de mano cuando terminó de vestirse; pero al mirarse Chloe exclamó asustada por las manchas que tenía en la cara. ¡Estaba horrible!

Una de las mujeres le pasó un bote de grasa y le indicó con gestos que se la extendiera sobre la piel. Con gestos trataba de decirle que la crema le repararía el daño con el tiempo, y Chloe la aceptó agradecida.

Ella no era una chica vanidosa, que sólo dedicaba lo mínimo a arreglarse; pero le impresionó verse la cara tan pelada.

Chloe sonrió a las mujeres para decirles que las entendía y empezó a aplicarse un poco de grasa en la cara. La crema era ligera y fresca, con un ligero perfume a rosas.

Salió de la tienda, consciente de que su aspecto no era el mejor; pero esperaba que con el tiempo su tez recuperara su textura y su color natural.

Hizo una pausa al ver a Pasha fuera hablando con otro hombre igualmente alto y corpulento, porque prefería no acercarse a ellos; pero entonces Pasha la vio, le sonrió y fue hacia ella.

—Ese traje te sienta mejor que el que llevabas en esa estúpida película. ¿Te encuentras lo bastante bien para que te presente a mi primo?

—Sí, por supuesto. Debo darle las gracias por su hospitalidad.

Chloe sintió timidez, más de la habitual, cuando Pasha la condujo hasta donde estaba su primo y se lo presentó. Mohammed Ibn Ali la miró de arriba abajo con sus ojos oscuros, y aunque la saludó con cortesía no le sonrió ni le dio la mano. Ella sintió la hostilidad de aquel hombre, que no poseía ni rastro de la amabilidad y la simpatía que había encontrado en casa de Ahmad al Hadra.

—Deseo darle las gracias por su ayuda; me temo que he causado muchos problemas.

Él inclinó la cabeza para asentir.

—Es cierto; pero estaba escrito. Estas cosas tienen su propósito.

Chloe no estaba segura de cómo responder. Sintió cierto alivio cuando el hombre dejó de observarla con su mirada crítica que parecía haberla medido y haberla encontrado en falta.

El primo de Pasha estaba a punto de continuar su camino para adentrarse más en el desierto. Pasha le explicó después que algunos hombres y mujeres permanecerían con ellos unos días más.

—Se van a quedar con nosotros hasta que estés lo suficientemente bien para regresar al pueblo —le dijo Pasha—. Debemos hacer parte del trayecto en camello, aunque han preparado una pista de aterrizaje y mi avión estará esperándonos cuando lleguemos al primer asentamiento bereber.

—Has hecho tanto por mí... —Chloe se ahogó de la emoción.

Sabía que habría muerto sola en el desierto de no haber sido por su ayuda, y sintió tanta gratitud que se le llenaron los ojos de lágrimas.

—Me siento ridícula, y no sé cómo decirte que...

—Fue una ridiculez que accedieras a participar en esa película tan tonta —él la miró con expresión ceñuda—. Ese traje que llevabas puesto eran tanto inapropiado como escandaloso...

—Pero...

Chloe estaba a punto de decirle que no había tenido elección, pero algo le hizo cambiar de opinión. ¿Por qué se mostraba de pronto tan arrogante por algo tan estúpido? Le agradecía todo lo que había hecho por ella, pero pensándolo bien él no era quién para dictarle lo que debía hacer.

—No me gusta Brent Hardwood, pero eso no quiere decir que su película fuera a ser ridícula. Además, esas películas agradan a muchas personas.

—Jamás estaremos de acuerdo en ese tema —le dijo con un brillo de humor en sus ojos.

A Chloe le dio la extraña sensación de que la estaba provocando intencionadamente, como si quisiera que ella se enfadara con él. ¿Sería posible que no quisiera que ella le expresara su gratitud?

—Pero acordaremos poder mostrar desacuerdo. ¿Quieres que demos un paseo juntos?

Chloe asintió. El campamento estaba situado en un pequeño oasis, donde había un grupo de árboles junto a un pozo. Cuando estuvieron más cerca Chloe vio que algunos estaban cargados de fruta.

—Dátiles —le dijo Pasha al ver su interés—. Pero no son como los que conoces en casa.

—Imagino que esos estarán verdes —dijo Chloe—. Pero me sorprende que crezca nada en un sitio como éste; o que haya vida alguna en el desierto.

Se estremeció al mirar hacia la vasta llanura que se extendía hasta donde alcanzaba la vista.

—Un escaso veinte por ciento de esta superficie es cultivable —dijo él—. Aquellos que eligen vivir aquí dependen de sus ovejas y de sus cabras, y de fruta como ésta; pero el agua es escasa y valiosa. Los beduinos eran fieros guerreros antaño; hoy en día tan sólo unos cuantos permanecen fieles a la tradición, mientras que los demás encuentran distintas maneras de vivir.

—Como tu primo de Marrakech; y como tú, ¿no?

Pasha asintió.

—Tengo muchos familiares en esta parte del mundo; están diseminados por toda la región; aquí y en Argelia, en Siria y en el Golfo Pérsico. Sólo Mohammed Ibn Alin se aferra obstinadamente a la tradición.

—No le he parecido bien —dijo Chloe—. ¿Será porque te has molestado tanto en buscarme?

—Por eso y por otras cosas. Para él eres una infiel —Pasha vio que fruncía el ceño—. Algunas de mis gentes aceptan que debemos ser amigos del mundo occidental, y aceptar esas cosas que antes no aceptábamos, y otros se resisten a los cambios.

—Entiendo... bueno, eso creo —Chloe suspiró y

ahogó un bostezo—. Perdóname —se tambaleó ligeramente hacia él—. Me siento un poco rara...

Pasha le rodeó la cintura para que no se cayera, y Chloe se apoyó en él con sumo alivio.

—Sigues estando débil. Deberías descansar.

—Oh, todavía no —le rogó Chloe.

Le gustaba tanto estar con él; se preguntó por qué le gustaba tanto su compañía. ¿Sería el consuelo de su cuerpo fuerte, o habría algo más?

—Deja que me quede aquí junto a ti un rato más. Quiero conocerte mejor.

—¿De verdad?

Sus ojos oscuros encerraban una mirada intensa, aunque en ese instante le pareció más dulce.

—Eso me alegra, puesto que es también mi deseo, Chloe.

La miró con un vehemencia que la hizo estremecerse. Chloe recordó aquel baile mágico a bordo del barco, y por primera vez empezó a ser consciente de lo que había descubierto entre sus brazos. Aquélla era la pasión que había visto en las pantallas de cine... ¡pero real! Una emoción intensa le corrió por las venas. En ese momento no estaba en el cine... ¡Ésa era la vida real! Aunque le pareciera increíble, estaba en un oasis del desierto, bajo un cielo cuajado de estrellas, junto a un jeque que en ese momento parecía como si estuviera a punto de besarla... tal vez incluso a punto de hacerle el amor...

El corazón le golpeaba en el pecho, los muslos le ardían, mientras se balanceaba un poco hacia él. Aquella extraña y maravillosa sensación parecía elevarla por los aires, perder el control... Sin embargo notó que a él le pasaba lo mismo, que la deseaba tanto como ella a él, porque se lo vio en la mirada. Entonces Pasha le tendió la mano con gesto tierno pero controlado, como si quisiera dominar su deseo.

Ella entreabrió los labios ligeramente cuando él se acercó un poco más. Se preguntó si Pasha sentiría los rápidos latidos de su corazón cuando la abrazó y la besó suavemente en los labios.

Una sensación de exquisito placer le recorría el cuerpo. Su beso no encerraba exigencias, ni nada que la alarmara, tan sólo una dulzura que la llevó a responder con ánimo a su caricias, y a fundirse con su cuerpo mientras la embargaba una sensación extraña, desconocida hasta ese momento.

—Eres embriagadora —le murmuró Pasha al oído.

Aquel cuerpo esbelto y musculoso que se erguía bajo las túnicas quemaba su piel. Ella se estaba derritiendo con el calor de su pasión, incapaz de resistirse a sus deseos.

—¿Sabes acaso lo que me haces?

—Yo... no lo sé...

—Haces que quiera tocar cada centímetro de tu cuerpo, saborearlo y...

Pasha soltó una risotada, y Chloe lo miró muy sorprendida, con los ojos muy abiertos y la mirada inocente.

—¿Pasha? Yo...

Pasha continuó riéndose al ver su expresión.

—Pareces un cervatillo asustado —le dijo en tono indulgente, antes de soltarla—. ¿Acaso es tan sorprendente que quiera hacerte el amor, Chloe? —añadió en tono más serio.

—Me ha sorprendido porque me parece muy agradable —le dijo ella sin mentir.

Su cambio de humor la confundía, y Chloe no sabía cómo responder. ¿Por qué se había retirado tan repentinamente? ¿Acaso habría hecho ella algo malo? Aunque deseara con todas sus fuerzas que él le hiciera el amor, lo cierto era que no tenía experiencia alguna.

—No sé por qué ibas a querer besarme. No soy guapa, y en este momento debo de estar horrible con toda la cara pelada —se tocó las zonas ásperas de las mejillas.

—Has estado mejor —dijo Pasha con cierta preocupación en la mirada—. Pero de todos modos estás preciosa, Chloe. Tu sonrisa, tus modales, tus ojos —le tocó la mejillas con dedos firmes—. Nada podrá cambiar eso. Estas marcas de la cara desaparecerán en unos días. Ahora que has empezado a pelarte, se te curarán enseguida. Cuando estemos en mi casa en las montañas de España descansarás y te pondrás bien.

—¿En tu casa?

Chloe, que estaba más que sorprendida, lo miró mientras trataba de adivinarle el pensamiento. Pero fracasó estrepitosamente. ¿Qué le estaría sugiriendo? El corazón le latía muy deprisa.

—Pero... no puedo... es decir... es muy amable por tu parte... pero... no estaría bien.

—¿Tienes miedo de que intente seducirte o aprisionarte en mi harén?

—¡Oh, no! Pues claro que no... —vaciló al ver el brillo de humor en su mirada—. Pero ya has hecho tanto; además está mi trabajo...

—Creo que al profesor Hicks no le importará cederte a mí —Pasha sonrió con gesto elegante y provocativo, más que interesado—. ¿Quieres que le pida a Sashimi que nos acompañe, por tu pudor?

Chloe no podía mirarlo a los ojos.

—Yo... no sé qué decir. No estoy segura de por qué quieres que yo... —levantó la vista y vio la pasión en sus ojos—. Ah... —notó un calor que le subía por el cuello y la cara.

—No soy Brent Hardwood —dijo él—. Pero sí que creo que algunas cosas están escritas, Chloe —le sonrió mientras con la punta de un dedo trazaba el contorno de su mejilla para continuar bajándolo por el cuello—. ¿Querrás confiar en mí, Chloe?

Chloe se preguntó si debería confiar en él. Él le había dicho un día que estaba prometido a alguien, y eso le había provocado algunos celos. Sin embargo hacía un tiempo que no creía ya en aquella prometida ausente.

—Sí... quiero decir... pensaba que estabas prometido en matrimonio... ¿O fue algo que te inventaste para que no se te acercaran las mujeres?

—Veo que has adivinado mi pequeño subterfugio. Fue una mentira conveniente —dijo con una expresión de pesar—. No existe nadie importante en mi vida. A veces es útil tener una prometida ausente. ¿Me perdonarás el pequeño engaño? Entonces no te conocía, y la mentira la dije sin pensar.

—Oh, sí... —respondió Chloe, que se sentía mareada y aturdida.

En ese momento, se le ocurrió que podría perdonarle cualquier cosa si de verdad él estaba interesado en ella...

—Me siento un poco desfallecida ahora mismo. Tal vez debería tumbarme un rato.

Él sonrió.

—¿Te he asustado acaso, mi pequeña Chloe? ¿Quieres huir corriendo para refugiarte en la seguridad de tus compañeros?

—¡Yo... no! —exclamó con determinación—. Quiero conocerte mejor, Pasha, pero de verdad que me encuentro un poco rara.

Pasha maldijo entre dientes al ver que Chloe se tambaleaba bruscamente; pero reaccionó enseguida y se agachó para tomarla en brazos. Una vez en la tienda, Pasha la depositó con mucho cuidado en el diván. A pesar de lo a gusto que se había sentido en brazos de Pasha, Chloe sabía que aún no estaba del todo recuperada, y que debía tomárselo con calma.

Aparte de hacerla sentirse segura, Pasha le había salvado la vida; puesto que estaba segura de que nadie se habría preocupado de buscarla de no haberlo hecho él.

Tal vez fuera una tontería permitirle que se hiciera cargo de ella totalmente, pero se sentía movida por una fuerza invisible. A lo mejor Sashimi tenía razón; a lo mejor estaba escrito en las estrellas...

Se quedaron tres días más en el desierto, y con cada día que pasaba Chloe iba recuperando fuerzas. Caminaba a diario con Pasha, y por las noches se sentaba con él junto al fuego de campamento, escuchando las canciones con las que los beduinos los entretenían cada noche. Él le enseñó algunas palabras en el idioma de su pueblo, para que ella pudiera darles las gracias a las mujeres que la ayudaban, y también le contó historias fascinantes de aquellas gentes.

—Han vivido bajo los cielos del desierto durante siglos —le dijo en una ocasión—. Pero ahora deben aprender a vivir en el mundo moderno que trae el nuevo siglo. Las cosas deben cambiar. La nueva riqueza del petróleo que proliferará en el futuro nos traerá nuevos amigos y también enemigos.

Chloe lo miró y sintió una emoción profunda que ni siquiera empezaba a entender, algún significado oculto tras sus palabras, pero no le preguntó nada. Él le diría todo lo que ella deseara saber. Se habían conocido hacía poco tiempo, y sin embargo parecía como si llevara toda su vida esperando ese momento.

Chloe no comprendía totalmente sus sentimientos hacia Pasha. Tal vez fuera verdadero amor; ¿pero cómo podía estar segura cuando jamás había experimentado nada igual? Sólo sabía que algo extraño y maravilloso le había ocurrido allí en el desierto. El sentido común le urgía a pedirle que la llevara de vuelta con sus amigos antes de que fuera demasiado tarde... Aunque tal vez ya fuera demasiado tarde.

De haber podido, no se habría separado de él. Además, no temía aquel sentimiento que había nacido entre los dos y que parecía afianzarse con cada hora que pasaba. Pasha tuvo cuidado de no asustarla, pero Chloe percibió en él una urgencia cada vez mayor y percibió lo difícil que le resultaba controlarse. Sus besos eran cálidos y apasionados, y despertaban en ella sentimientos que ella tampoco podía moderar. Y era ella la que se aferraba a él cuando él la habría soltado; y sus labios los que le rogaban que continuara besándola.

Cuando la tarde del tercer día él le dijo que se marcharían al día siguiente, Chloe se entristeció.

—Podría quedarme aquí así para siempre —suspiró ella.

—No, no lo creo, mi Chloe —le dijo con su habitual expresión divertida—. Durante un tiempo la magia del lugar sería atractiva, pero después te cansarías de esta vida. Echarías de menos la libertad de la que se goza en occidente y los beneficios del mundo moderno. Además, hay muchas cosas que quiero compartir contigo. Primero iremos a Marrakech a hablar con tus amigos, después a España, y más adelante, ¿quién sabe?

Chloe se maravilló de la facilidad con la que Pasha controlaba la pequeña avioneta que él mismo pilotaba; claro que no parecía haber nada que él no supiera hacer. Viajar con él fue toda una revelación. Todo estaba bien ordenado y no hubo ni retrasos ni frustraciones. A Chloe le dio la impresión de que con un chasquido de sus dedos la gente corría a obedecerle, puesto que sin duda poseía un aura de autoridad. Chloe descubrió por primera vez lo que significaba que a una la trataran como a una princesa.

Su estancia en Marrakech fue breve. Chloe llegó en un coche grande y lujoso al apartamento donde el profesor y Amelia seguían hospedados, esperándola a ella. Sintieron alegría y alivio al ver que había regresado sana y salva, pero cuando Chloe les explicó lo que había pasado, Charles Hicks se quedó horrorizado.

—Ni lo pensé —le dijo—. Perdóname, Chloe. Ese hombre me engañó. Pensé que era un tipo honrado, y por eso creí que estarías segura y feliz allí hasta que yo regresara.

—Debería haberme venido directamente a Marrakech con Amelia —dijo Chloe—. No fue culpa tuya, Charles. Fui una estúpida al marcharme así sin pensar; pero afortunadamente para mí, Pasha me buscó y me encontró.

Se estremeció ligeramente al recordar la pesadilla que había vivido, al pensar en lo que podría haberle pasado si él no hubiera intervenido.

—Ah, es el señor Armand —Amelia asintió—. Habló conmigo el día después de marcharte tú y me dijo que tenía la intención de volar hasta allí para asegurarse de que estabas bien. Tuviste suerte de que pensara así, Chloe.

A Chloe se le había olvidado que su amiga conocía a Pasha como Philip Armand.

—Sí, tuve suerte. Creo que habría muerto ese día si él no hubiera enviado a gente a buscarme.

—¿Y dices que ahora vas a quedarte con él en una casa que tiene en España? —el profesor la miró con incertidumbre—. No estoy seguro de estar de acuerdo con eso, Chloe. Tu padre te confió a mis cuidados...

—Tengo veintidós años —le recordó Chloe—. No necesito el permiso de papá ni de nadie para quedarme con alguien a quien admiro y en quien confío. Además, si no me hubiera ayudado él, seguramente jamás habría vuelto a casa.

—Sí, lo entiendo, y me doy cuenta de que en parte todo lo que ha pasado es culpa mía —respondió el profesor con cierto pesar—. Pero todavía me siento responsable...

—Ay, no Charles...Yo no te culpo de lo que ha pasado —le tranquilizó Chloe—. Lo siento si te parece que te estoy dejando en la estacada, pero tengo que irme.

—Está claro que estás enamorada de él —Amelia la miraba de un modo extraño—. En ese caso, creo que debes ir con él, Chloe. Una mujer siempre debe seguir los dictados de su corazón; independientemente de que sea o no lo más sensato.

—Gracias —Chloe se acercó y le dio un beso en la mejilla—. Gracias por tu comprensión, Amelia; estaba casi segura de que pensarías así.

Amelia asintió.

—Sé feliz y aprovecha lo que te regalen los dioses —le dijo ella—. Tal vez sea un consejo poco convencional, Chloe, pero si desaprovechas esta oportunidad a lo mejor no vuelve a presentársete nunca más.

—Escribiré a papá y le diré dónde estoy —dijo Chloe—. Quiero daros las gracias a los dos por este maravilloso viaje; he visto y vivido cosas de las que nunca habría tenido conocimiento de no haber sido por ti, Charles. Y tú me has ayudado tanto, Amelia. Siento que hayáis estado preocupados por mí, pero por favor no os preocupéis más. No podría ser más feliz de lo que soy; y Pasha me cuida mucho.

—Sí, estoy seguro de que lo hará —dijo Amelia, sorprendiendo a Chloe con su apoyo y comprensión—. Por favor escríbeme de vez en cuando, Chloe. Me gustaría saber qué tal te van las cosas.

—Sí, por supuesto que lo haré.

El profesor había permanecido en silencio, y Chloe sabía que no aprobaba lo que ella iba a hacer. Sin duda pensaba que era una chica tonta que no tenía idea de lo que estaba haciendo, ni de los obstáculos que podría encontrarse en el futuro.

Pero aquél no era el caso. Chloe era muy consciente de que su comportamiento era temerario, que había mucha diferencia entre las creencias de Pasha y las suyas; y de que esas diferencias sólo podían darles problemas en el futuro.

Pasha no había hablado ni de amor ni de matrimonio; ¿pero cómo esperar eso cuando ni siquiera se conocían? Él le había pedido que fuera su invitada durante un tiempo, y ella había aceptado su invitación. Chloe no estaba del todo segura del interés de Pasha. En cambio su mirada ardiente le hablaba de sentimientos apasionados, y cuando la besaba Chloe estaba segura de que la amaba, y por supuesto de su amor por él.

Ese viaje que iba a hacer con él era un salto enorme hacia el futuro, pero si hubiera rechazado su invitación se habría quedado toda la vida con la duda de lo que podría haber pasado. Y sospechaba que eso le habría roto el corazón.

—¿Entonces te quedarás con Pasha, sí? —Sashimi la miró y le sonrió—. Te dije cuando viniste aquí ese día que estaba escrito en las estrellas. ¿Y acaso no se ha demostrado?

—Sí, me lo dijiste —concedió Chloe—. Si Ahmad y tú no hubierais sido tan hospitalarios ese día, no os habría escrito la nota, y entonces...

—Habrías muerto —dijo Sashimi—. Pero fue la voluntad de Allah que vivieras, y debe de haber un propósito para ti. Cuando llegue el momento lo sabremos.

—¿Eso crees tú? —preguntó Chloe—. La vida parece tan sencilla cuando se mira de ese modo... Si todos pensáramos así, no sé si se harían las cosas.

—Aún no lo entiendes —Sashimi la miraba asombrada—. Pero un día lo entenderás. Ahora ven a ver las cosas que Pasha ha mandado traer para ti. Dijo que debías tener ropa adecuada para el viaje, y me pidió que te comprara lo que me pareciera que pudiera quedarte bien. Espero que te guste lo que te he elegido.

Sashimi llevó a Chloe a la habitación donde iba a dormir mientras estuvieran en casa del primo de Pasha. Al ver toda aquella ropa esperándola, Chloe se quedó boquiabierta. Aparte de las blusas, las faldas, los vestidos y las chaquetillas, sobre la cama había una gran variedad de ropa interior fina y elegante. Chloe se dijo que todas aquellas cosas tan bonitas no podían ser para ella.

—Pero no es posible que él quisiera que me compraras tantas cosas —dijo ella—. Pensé que serían unas cuantas nada más. En Ceuta tengo mis maletas.

—Pasha me va a decir que no te he comprado todo lo que él habría querido —Sashimi emitió una risa suave y ronca—. El primo de mi marido es un hombre muy rico, Chloe; mucho más rico que nosotros. Querrá verte lucir bonitos trajes... —escogió un vestido azul porcelana y se lo colocó delante—. Sí, pensé que este color te iría bien. Pruébatelo.

Chloe se quitó la falda y la blusa arrugadas y se

puso el vestido, que era de una tela sedosa que le ciñó suavemente la figura; entonces se dio la vuelta para mirarse en el espejo de cuerpo entero. Incluso sin peinar y sin añadir las preciosas sandalias que Sashimi había escogido para ella, esa ropa le daría un aspecto muy diferente a su vestuario habitual en tonos verdes, marrones o grises que a menudo escogía porque eran prácticos.

—Jamás me habría atrevido a comprarme algo así —dijo mientras pasaba la mano por el talle bajo y estrecho y se daba la vuelta, dejando que la falda le rozara las pantorrillas.

Se sintió esbelta y elegante... casi como si fuera otra mujer.

—No quise comprar esas faldas cortas que están tan de moda en tu país, porque a nosotros no nos parecen lo suficientemente recatadas —dijo Sashimi en tono vacilante—. Pero si quieres se pueden acortar las faldas.

—Ah, no, me gustan así, con este largo —respondió Chloe—. ¿Puedo ponérmelo ahora?

—Puedes ponerte lo que te parezca —le dijo Sashimi—. Son todos tuyos. Escoge la ropa que quieras para el viaje de mañana, y el resto te lo guardaremos en una maleta. Ahora te dejo para que te arregles, y cuando estés listas puedes bajar al patio con nosotros.

Una vez sola, Chloe se puso encima varios vestidos. Había bastantes, y todos ellos eran más bonitos que ninguna prenda de ropa que ella hubiera tenido en su vida.

Escogió un vestido que le pareció adecuado para el viaje y lo dejó aparte; entonces se quitó el vestido que llevaba puesto y se puso algunas prendas de la delicada ropa interior, antes de volver a ponerse otra vez el vestido. Se calzó un par de bonitas sandalias de cuero dorado, se peinó, se puso un poco de perfume y un pañuelo al cuello, y lista.

Cuando salió al patio donde estaban los demás, Chloe percibió la expresión de placer en los ojos de Pasha, y le sonrió para demostrarle que estaba encantada con sus regalos.

—Estás preciosa —le dijo más tarde, cuando estuvieron a solas en los jardines—. Claro que siempre supe que lo estarías vestida con la ropa adecuada.

—Yo nunca he podido comprarme cosas así —dijo Chloe mientras contemplaba su mirada ardiente con un rubor en las mejillas—. No debería haberlas aceptado, pero no me pude resistir. Me encanta todo, muchas gracias por comprármelo.

—No es nada —le dijo él—. Quiero darte mucho más, Chloe. Créeme, esto no es más que el principio.

El corazón le latía aceleradamente. ¿Querría decir con eso que la amaba? Se dijo que si no le importara ella mucho, si no sintiera algo especial, no le compraría esos regalos.

Chloe recibió una agradable sorpresa al ver la casa que Pasha tenía en España. Construida sobre una colina con vistas al Mediterráneo, era una casa baja y amplia, pintada de blanco, y muy parecida a las casas en las que se había hospedado en Marruecos; pero no era inmensa. Sólo había tres dormitorios y dos salones, aparte de los baños y la cocina, que era modernos y luminosos. Los muebles lacados en gris pálido tenían un diseño muy italiano, los sofás eran de cuero y los suelos de mármol rosa y gris. Había esperado que el diseño fuera de influencia árabe, pero en realidad no tenía nada que ver con ese estilo; era más bien una casa que habría esperado encontrar en la Costa Azul o en Italia.

Pasha estuvo encantado cuando ella expresó en voz alta su sorpresa y su placer.

—Tengo otras casas que seguramente serán más como la habías imaginado tú —le dijo—. Son donde entretengo a los huéspedes que esperan cierta formalidad; pero aquí es donde me relajo. Jamás he traído a un huésped a esta casa, salvo a Lysette y a Mariam... Y ahora a ti...

—Mariam —Chloe frunció el ceño—. ¿Me equivoco, o es cierto que en una ocasión te referiste a ella como la segunda esposa de tu padre?

—Sí, Mariam es mi madrastra. Vive en América desde que mataron a mi padre.

—Sí... —Chloe asintió—. ¿Y quién es Lysette?

Se asustó un poco al ver que el rostro de Pasha parecía descompuesto y sumamente triste.

—Ay, lo siento —se apresuró a decir—. No debería haberte preguntado...

—Tenías derecho, puesto que yo he hablado de ella —dijo Pasha.

Él le tomó la mano y la llevó a los jardines. Chloe descubrió con deleite que había un patio de azulejos, y más allá una extensión de césped, al final del cual arrancaba un camino estrecho que conducía hasta una cala escondida. El silencio de Pasha la puso sobre aviso: se estaba armando de valor para contarle algo importante.

—Lysette era la hija de Mariam. Era muy bella; una muchacha dulce y tímida, muy parecida a ti en muchas acosas, pero muy distinta también en otras. Lysette no era tan valiente como tú, Chloe. Había sido protegida y arropada, y tal vez por eso le pasó lo que le pasó.

Chloe quiso preguntarle qué le había pasado, pero no le salían las palabras. Sabía que Pasha se lo diría cuando llegara el momento.

—Murió en accidente de automóvil hace unos meses —dijo él—. Los médicos me dijeron que estaba embarazada; pero ella estaba soltera, Chloe. Creo que a lo mejor alguien la mató para evitar problemas...

—¡Ay, no! —Chloe se llevó la mano a la boca—. ¡Pasha, eso es horrible! Si tú tuvieras razón y ella hubiera sido asesinada...

—Es lo que pienso —Pasha le sonrió y le acarició la mejilla—. ¿Recuerdas cuando me reí de ti y tú me regañaste por ello?

—Sí —Chloe lo miraba con los ojos muy abiertos—. Me dijiste que hacía mucho tiempo que no habías tenido ganas de reírte.

—Hasta que te conocí a ti, me parecía que no iba a querer sonreír en la vida —Pasha la miró a los ojos con intensidad.

Su mirada tenía tanto significado, tanto deseo, que Chloe tragó saliva con dificultad. De pronto tenía la garganta seca y parecía como si el corazón fuera a salírsele del pecho.

—Fue por lo que le pasó a Lysette —continuó Pasha—. Yo la quería mucho. Era mi hermana, y estábamos muy unidos, y cuando la perdí sentí que la luz de mi vida se había apagado. Tú me has devuelto la luz, Chloe. Por ti siento que merece la pena vivir otra vez.

—Oh, Pasha...

Chloe se inclinó hacia él, cada vez más nerviosa. ¿Cómo dudar ya de que él la amaba? Todo su ser se exaltaba con sus palabras, con su mirada y con la sensación de ser deseada, de ser amada. Se acercó a él y le echó los brazos al cuello; y casi al mismo tiempo él avanzó hacia ella, enterró sus manos entre sus cabellos y empezó a acariciarle el cuello. Chloe se arqueó hacia él y Pasha empezó a besarla. Era tan maravilloso, tan perfecto. Sabía que deseaba lo que estaba a punto de ocurrir entre ellos, que llevaba esperando ese momento desde que la había besado por primera vez en el desierto.

—Oh, Pasha, te amo. Te amo tanto.

Él se inclinó para levantarla brazos, tal y como había hecho el día que había estado a punto de desmayarse, y la llevó a un dormitorio que instintivamente Chloe supo que era el suyo, donde la tumbó sobre la cama. Se echó encima de ella y empezó a besarla tiernamente, deslizando entonces sus labios primero sobre su mejilla y luego cuello abajo, donde continuó besándola con renovador ardor.

—¿Estás segura de que esto es lo que deseas? —le preguntó él con voz ronca de deseo, muerto de anhelo, y sin embargo dándole la oportunidad de dejarlo si así lo deseaba—. ¿No quieres que me aparete de ti?

—Jamás —prometió ella—. Quiero quedarme

siempre contigo, Pasha. Me salvaste la vida, y te pertenezco. Quiero ser tuya... De todas las formas que una mujer puede ser de un hombre, yo quiero ser tuya.

—Debes estar segura, mi pequeña —murmuró él mientras le mordisqueaba el lóbulo de la oreja—; muy segura antes de entregarte a mí. Porque una vez que seas mía, jamás te dejaré marchar.

—Yo nunca querré dejarte —prometió Chloe mientras arqueaba su cuerpo para sellarlo al suyo.

Él se echó encima de ella y le acarició los costados, las caderas; le pasó las manos por las nalgas mientras la estrechaba contra su cuerpo, encendiendo su deseo con la fuerza que le presionaba en el vientre.

—¿Por qué iba a dejarte si eres todo lo que deseo en la vida...? —pronunció desfallecida.

—Sólo quería que lo supieras —murmuró él con voz ronca—. Jamás te dejaría ir... porque te deseo, te necesito tanto...

Las palabras de Pasha llenaron a Chloe de emoción, y se deleitó dichosa con sus caricias apasionadas. Tembló bajo sus manos; y tembló también cuando él le separó las piernas y buscó ese lugar secreto que ningún hombre había tocado jamás. Estaba despertándola al placer, enseñándole el significado del amor como nunca lo había entendido antes, elevándola a un estado de conciencia física que en pocos minutos la había trasformado en una masa temblorosa y jadeante.

Sus labios y su lengua la acariciaron como un talentoso violinista pudiera acariciar las cuerdas de su violín; y le arrancó gemidos y suspiros, expresiones de placer intenso. Al poco estaba ya dentro de ella, y aunque al principio Chloe sintió dolor, un dolor intenso que consiguió que se le saltaran las lágrimas, enseguida él cubrió su boca con sus besos y ella se sumergió en aquella dicha que sólo él podría darle.

Guiado de su mano, Chloe coronó una elevada cima de sensaciones placenteras que jamás había conocido antes, desde donde se precipitó irremediablemente a un abismo de exquisito placer, envuelta en un mar de intensas sensaciones que la zarandearon hasta hacerla llorar de alegría. Jamás había soñado con que pudiera pasarle algo tan maravilloso; y cuando el furioso placer cedió, ella siguió agarrada a él como si no quisiera soltarlo jamás.

Él la acarició y arrulló con sus palabras, le enjugó las lágrimas y besó las partes más tiernas de su cuerpo hasta que ella acabó riéndose a carcajadas y mirándolo con expectación.

—No, no, querida —él también se reía—. No puede ser otra vez tan pronto. Yo sólo soy un hombre, no un ser superior. Debes esperar un rato, ángel mío, hasta que me haya recuperado. Me has dejado sin fuerzas, y ahora debo comer y relajarme al sol contigo.

Chloe quiso vestirse, pero Pasha la tomó de la mano y salieron juntos al jardín soleado. Se echó a reír con picardía, la tomó en brazos y corrió por el caminito hasta la cala. Ella gritaba y se reía, pero él la agarró con fuerza y se metió en el agua. Cuando le cubría por la cintura, la tiró al agua, fresca y salada, y se zambulló inmediatamente después.

Chloe sacó la cabeza, balbuceando y moviendo los brazos; y se apartó un poco de él y le salpicó en la cara.

—¿Y cómo sabes si sé nadar o no? —le preguntó ella—. Podría haberme ahogado.

—No estando yo cerca —dijo Pasha, que la agarró con la intención de meterle de nuevo la cabeza debajo del agua.

Pero ella dio un chillido y se zafó de él; se sumergió debajo del agua y buceó hasta una roca grande. Se subió a la roca y se limpió el agua de los ojos. Avergonzada por su desnudez, Chloe se cruzó de brazos para taparse los pechos.

—No te tapes —dijo él—. Me gusta verte así.

—Podría venir alguien —Chloe se ruborizó al ver que él no dejaba de mirarla—. Jamás he nadado desnuda.

—No vendrá nadie —dijo él mientras salía del agua y se subía con ella en la roca.

Su cuerpo era musculoso y esbelto, fuerte y saludable. Tenía la piel de un tono aceitunado que añadía atractivo a un hombre de su estatura. Tal vez él dijera que no era más que un hombre pero poseía el cuerpo y la belleza de un dios griego. Sabía que acariciarlo y que él la acariciara era algo que siempre le proporcionaría placer.

—Eres bella, Chloe. ¿Me crees ahora cuando te lo digo?

Ella asintió con timidez.

—Creo lo que dices, que piensas que lo soy; y eso es lo único que quiero.

Entonces se acercó a él y le acarició el brazo, regodeándose con la suavidad de su piel y el ligero cosquilleo del vello. Él la miró de arriba abajo, y ella se estremeció.

—No quiero que te quedes fría; pero debes estar orgullosa de tu cuerpo, mi Chloe. Tienes unos pechos bellos y turgentes, y una cintura por la que suspirarían muchísimas mujeres.

—Es la primera vez que me dicen eso.

—Espero que sea la primera vez que alguien te ve así.

Fingió enfado, pero ella sabía que sólo se estaba burlando. El fuego de su mirada chisporroteaba y ardía, provocándole gemidos de placer. Él debía de haberse dado cuenta de que era su primer y único amante.

—Mataría a cualquiera que lo hubiera hecho; o que lo intentara en el futuro.

Chloe se echó a reír.

—Oh, no seas tonto, Pasha. Por supuesto que no lo harías...

Ella fue a darse la vuelta, pero él la agarró del brazo para que ella se volviera a mirarlo. Chloe vio que Pasha no estaba de broma, sino que había hablado totalmente en serio.

—¿Por qué me miras así...?

—No te tomes mis palabras a la ligera, Chloe —le advirtió—. Lo que digo es lo que pienso. Eres mía, y sólo mía. Ningún otro hombre te tocará jamás. ¿Me has oído?

Ella se estremeció y lo miró a los ojos, unos ojos que de pronto le parecieron fríos y amenazadores. ¿Por qué le decía esas cosas? Sin duda sabría que no eran necesarias.

—Pero yo no te traicionaría con otro hombre —dijo ella—. Eso debes saberlo, Pasha. Tú sabes ya que nunca me he entregado a otro hombre antes que a ti.

—Sé que no ha habido nadie antes —dijo con dureza—. Simplemente te estoy diciendo que no debe haber nadie después.

—No había necesidad de decírmelo —Chloe se apartó de él, pues se sentía un poco dolida.

¿Por qué tenía que imaginar que era ligera o falsa en sus afectos?

Se tiró al agua y nadó con rapidez hasta la orilla, corrió por el caminito hasta los jardines y se metió en la casa. Se puso un albornoz que encontró junto a la puerta para secarse, y después fue a la cocina en busca de algo de comer.

Le había sorprendido que hubiera frigorífico, aunque pensándolo bien no debería haberle causado sorpresa. Pasha parecía tener todo lo que deseaba, y no había nada que no pudiera conseguir. ¿La vería a ella del mismo modo? Esa escena en la roca había ensombrecido un poco el día, pensaba mientras sacaba pan y tomates de los armarios y un pedazo de queso de cabra fresco del frigorífico.

Se volvió hacia él cuando él entró en la cocina.

—No sé si esto... si está bien para ti. No sé bien lo que tienes permitido comer. Me parece que los musulmanes no tienen permitido beber vino...

—¿Y qué te hace pensar que soy musulmán?

Chloe levantó la vista, sorprendida.

—No lo sé. Sólo asumí que lo serías. Sashimi... Mohammed... Bueno, creí que erais musulmanes.

—En la familia de mi madre son todos cristianos. Cuando fui a Inglaterra aprendí sus costumbres, y me gustaron. Adopté su fe hace algunos años, aunque sólo lo saben mis familiares y amigos más allegados. No hablo mucho de ello, por las consecuencias políticas que pudieran derivar. Sashimi no lo sabe, aunque creo que Mohammed podría saberlo. Se lo he dicho a Ahmad, por supuesto; él es para mí como un hermano.

—Entiendo —Chloe estaba sorprendida—. Lo siento, no pensaba...

—¿Imaginabas que te había traído aquí para seducirte y hacerte mi amante? —le preguntó Pasha, cuyo rostro ya no era duro ni desagradable, sino sonriente—. ¿Y aun así te entregaste a mí, Chloe? ¿Estabas lista para convertirte al Islam si te lo hubiera pedido?

—No lo sé —reconoció con sinceridad—. He venido contigo porque no he podido resistirme. Desde que me besaste por primera vez entendí que te amaba, Pasha, y quería tener la oportunidad de estar contigo para conocerte mejor. Me pediste que confiara en ti, y lo he hecho.

—¿Pero habrías aceptado lo que hubiera querido darte?

Él le acarició la mejilla, mientras ella asentía sin abrir la boca.

—Entonces me amas de verdad, y hace un momento he sido un bruto. ¿Me puedes perdonar? Soy un hombre celoso, Chloe, y tengo un genio endiablado. Mis pasiones son intensas, y a veces tan fieras que me dan miedo. Me tengo como un hombre civilizado, pero hay una parte de mí que me conecta con mis ancestros más primitivos. Trataré de controlarla. Sin embargo, no sé qué pasaría si te perdiera.

—¿Pero por qué ibas a perderme? —le dijo ella mientras se acercaba a él y le ofrecía sus labios—. Yo no entrego el corazón fácilmente, Pasha. Quiero que estemos siempre juntos.

—¿Entonces, cuándo te casarás conmigo? —le preguntó él mientras la besaba—. Por eso te he traído a España en lugar de a alguna de mis otras casas, Chloe. Aquí podemos casarnos en una iglesia anglicana... Hay muchos ingleses que se establecen aquí, en este maravilloso clima.

—Oh, Pasha...

Con el rostro resplandeciente de amor y de felicidad, Chloe avanzó un paso hacia él, levantó la cabeza y unió sus labios a los de Pasha para regalarle el más dulce de los besos.

—Cuando tú quieras, Pasha. Debes saber que soy tuya... y que siempre lo seré...

—Por supuesto —murmuró él en tono ronco—. Sencillamente, no soy más que un idiota celoso...

Siete

Chloe se despertó con los movimientos nerviosos y bruscos de Pasha, que dormía a su lado en la cama. Se sentó y se inclinó sobre él, y le pareció oír que pronunciaba un nombre. Se le ocurrió que tal vez fuera el nombre de una mujer, pero tampoco podía estar segura. Pasha podría estar soñando con su hermanastra, se decía Chloe mientras se preguntaba qué hacer, si despertarlo o no.

Tras unos momentos de agitación, Pasha pareció tranquilizarse y continuó durmiendo profundamente. Sería una pena despertarlo si el sueño ya había pasado, decidió Chloe, que le dejó durmiendo y se levantó de la cama. Se puso la bata pero no se molestó en ponerse nada en los pies y avanzó descalza por las frescas losetas de mármol del suelo.

Fuera, la noche era cálida y serena, y aunque el sol

aún no había salido, reinaba una inmensa quietud que prometía un día caluroso. Cruzó el césped hasta el borde de los jardines, que daban a un acantilado rocoso que descendía hasta el mar. Al pie del acantilado las aguas se movían pausadamente, azules y profundas, inquietas... Tanto como Pasha en sus sueños.

¡Qué belleza la de aquel lugar! Chloe continuó observando los movimientos de las olas, dejando que la paz y la belleza inmensa de los alrededores ejerciera en ella su magia habitual.

Se sentía feliz en ese lugar. Jamás había soñado estar en un sitio tan perfecto, y deseó quedarse allí para siempre. Pasha le había dicho que irían todo lo posible, pero que tenía que regresar a Inglaterra en cuanto se casaran.

—¿Te contentas con celebrar aquí una ceremonia íntima? —le había preguntado él la noche anterior, cuando estaban tumbados en la cama que compartían desde hacía dos semanas.

—Creo que sería mejor volver ya casados —dijo Chloe—. No necesito el permiso de nadie para hacerlo, pero mi padre y mi abuela son un poco anticuados...

—Igual que el padre de mi madre —concedió Pasha—. Por eso me pareció mejor presentarle a todo el mundo un hecho consumado...

Pasha ya le había hablado un poco de su familia inglesa por parte de madre. De la familia de su padre sólo había mencionado algunas frases crípticas sobre su tío el príncipe Hassan, que era una importante figura política.

—No puedo ser enteramente inglés, igual que no

soy totalmente libre de hacer lo que me plazca —le dijo—. Pero nada de eso debe interponerse entre tú y yo, Chloe. Tú serás mi esposa y yo te cuidaré y protegeré. Estoy seguro de que te gustará mi abuelo y mi familia inglesa; el resto no debe preocuparte.

Chloe se había dado cuenta de que no quería hablar sobre ciertos aspectos de su vida, y lo había aceptado. Ya sabía que tenía cambios de humor brusco, y era consciente de que a veces podía ser una persona muy intensa. Pero era suave y considerado con ella, y la había llenado de amor y de regalos durante el breve periodo que llevaban juntos.

¡Qué afortunada era! Cleoe apenas podía creer que alguien como Pasha pudiera haber elegido a una mujer tan aburrida y ordinaria como ella. ¡Debía de haber conocido a mujeres tan bellas y sofisticadas en su vida!

Se dio la vuelta al oír la voz de Pasha que la llamaba. Cuando volvía hacia la casa, él estaba saliendo al patio. Chloe se sorprendió al ver que sólo llevaba una toalla a la cintura. Pasha tenía la piel húmeda, y las diminutas gotas de sudor brillaban sobre el fino vello de su pecho. A Chloe se le encogió el estómago de deseo. Su cuerpo fuerte y potente la excitaba más de lo que habría pensado jamás. Le encantaba tocarlo, complacerlo íntimamente y el modo que él tenía de complacerla a ella. La dicha de que él le hiciera el amor era algo que siempre permanecía en su pensamiento.

—Me he despertado y he visto que no estabas —sus ojos ardían suavemente con el fuego de la pasión—. ¿Qué estás haciendo aquí?

—Estaba mirando el mar —dijo ella—. Este sitio es tan bello, Pasha.

—Tú también eres bella —le dijo él mientras se adelantaba hacia ella.

Mientras su voz era apenas un ronco murmullo de deseo, la estrechó con fuerza contra su pecho y le acarició el cuello con la nariz y la boca, mientras ella se arqueaba sobre él, cada vez más excitada con el olor y la forma de su cuerpo. Era consciente de su sexo apuntado bajo la toalla, latiendo contra ella, debilitándola con la fuerza de aquel deseo que le hacía sentir.

—¿Te he dicho últimamente que te adoro?

—Hace unas cuantas horas que no —se burló ella.

Empezaba a sentirse confiada con aquel juego al que jugaban los dos, sabiendo que podía complacerlo, consciente también de cuándo él la deseaba. Y sabía que en ese momento la deseaba. Sintió el calor de su erección, un calor que la quemaba, y se fundió con anhelo entre sus brazos mientras volvía la cabeza para terminar de unir sus cuerpos.

Su beso lo dominaba todo. Era un amante cuidadoso y considerado, pero ella nunca se olvidaba de su fuerza y de su potencia. De haberlas utilizado al máximo la habría aplastado; sin embargo, por muy urgente que fuera su deseo, Pasha siempre se mostraba paciente, siempre consciente de su respuesta, siempre esperando a que ella alcanzara el clímax. Ella sabía que él sentía tanta satisfacción del placer que ella experimentaba como del propio.

—Entonces tal vez será mejor que te demuestre lo mucho que te amo —sugirió él con un gesto pícaro de sus cejas.

—Sí, por favor...

Chloe se echó a reír, le retiró la toalla de la cintura

en un segundo y echó a correr por la casa para que él la siguiera. Como era de esperar, él aceptó el desafío; y cuando la alcanzó la subió en brazos y la llevó hasta la cama como si fuera un trofeo. Se inclinó sobre ella, le desató la bata y besó cada centímetro de su cuerpo, empezando por los pezones rosados, que lamió delicadamente con su lengua caliente, para terminar con el centro palpitante de su sexualidad.

Chloe arqueó la espalda para gozar más, mientras él la hacía retorcerse y gemir de placer.

Sus manos no paraban de acariciarle el cabello, y sus gemidos le rogaban sin palabras que se uniera a ella. Y cuando Pasha se deslizó entre sus muslos, ella ya estaba caliente y mojada, lista para recibirlo. Al principio se movieron juntos, con movimientos pausados, y después cada vez con más energía. Chloe gritó entre los jadeos que acompañaban las sensaciones más exquisitas que había experimentado jamás. Era casi como si algo en su interior se abriera para llegar hasta él, para apoderarse aún más de su esencia, para guardarlo en su corazón; y el placer que sintió la hizo estremecerse.

Después del momento amoroso permanecieron allí juntos; Pasha acariciándole la espalda con suavidad, trazando delicadamente las líneas de su espalda.

—Una semana más y serás mi esposa —se inclinó sobre ella y le retiró un fino mechón de pelo de los ojos, frunciendo el ceño al hacerlo—. Es una pena que el profesor y Amelia no puedan estar con nosotros, pero aunque conseguí enviarles un mensaje parece que se marchaban a hacer otra de sus rutas y que resultaría imposible llegar a tiempo. El profesor ha enviado un regalo y una carta para decir que le alegraba mucho que nos fuéramos a casar. Te estaba reservando la sorpresa —vaciló—. Aunque, si tú quieres, podríamos retrasar la fecha...

Pasha arqueó las cejas cuando ella negó con la cabeza.

—A mí ya se me está haciendo largo; yo la habría celebrado antes —continuó Pasha—. Pero el reverendo Thomas quiso observar todas las reglas.

—Quería que estuviéramos seguros antes de comprometernos —se burló Chloe.

Chloe se sentía lánguida y feliz, acurrucada entre sus brazos, de momento gastada toda pasión.

—Creo que le asombró que estuviéramos viviendo juntos, sobre todo porque hace muy poco que nos conocemos —añadió ella.

—Llevo toda la vida esperándote...

—Yo sentía lo mismo, Pasha; pero ya no importa, porque me siento ya como si fuera tu esposa.

¡No le quedaba ni un pedazo de su ser que él no hubiera hecho suyo!

—¿Adónde quieres ir hoy? ¿Quieres que montemos, que nos quedemos aquí a hacer el vago, o que visitemos el mercadillo?

—Vayamos al mercadillo —dijo Chloe—. Me encantaría hacer la compra contigo. Me hace gracia ver cómo no pagas nunca lo que te piden los comerciantes.

—Es lo que esperan, que regatee —dijo él—. Es una cuestión de honor por las dos partes. Piden demasiado, y disfrutan del regateo tanto como yo.

Chloe sonrió y se acurrucó en su costado. Le puso

la mano en el estómago plano, donde empezó a acariciar la fuente de su placer.

—O podríamos quedarnos aquí, así...

—Eres una mujer insaciable —se burló mientras retiraba la sábana que los cubría—. Levántate y ve a darte un baño mientras yo preparo algo para desayunar.

El asiento de atrás del coche de Pasha estaba lleno de cestos de fruta y verduras frescas cuando regresaron horas más tarde. Chloe llevó dos pesadas bolsas a la cocina, sintiéndose feliz y relajada.

Había sido divertido pasear por el colorido mercado a la cálida luz del sol; y desde luego había disfrutado del regateo tanto como Pasha. Ella le había regalado un cinturón de cuero, y él una fina pulsera de oro grabado con unos símbolos en árabe que según le explicó Pasha era un mensaje de amor que prometió explicarle después.

La mujer que Pasha tenía como empleada había estado allí a limpiar en su ausencia, y cuando llegaron tenían la comida preparada: arroz, pescado y ensalada. Lo único que Chloe tenía que hacer era llevarla a la mesa.

Pasó un rato sacando las cosas de los cestos, y cuando terminó decidió preguntarle a Pasha si quería comer dentro o fuera. En una noche tan cálida como ésa, sería muy agradable comer en el patio. Chloe se dijo que Pasha debería estar ya dentro. Habitualmente solía tardar unos minutos en cerrar las vallas y meter el coche en el garaje que había en un costado de la casa.

Chloe se asomó a la puerta de atrás para llamarlo y se quedó sorprendida al ver que estaba hablando con dos hombres. Antes de que le diera tiempo a decidir qué hacer, los hombres se dieron la vuelta y echaron a andar en dirección contraria a la casa.

Uno de ellos le sonaba un poco, y Chloe frunció el ceño mientras trataba de recordar dónde lo habría visto antes, pero de momento no lo recordaba. Ninguno de los dos le pareció español, sino que parecían más bien árabes. En esa parte de España había habido influencia árabe durante muchos años, y algunos de los lugareños podrían confundirse con árabes; pero aquellos dos eran distintos.

—¿Quiénes eran esos hombres? —le preguntó con nerviosismo cuando Pasha se acercó a ella—. ¿Qué querían?

—Nada importante —respondió él—. Trabajan a veces para mí. Simplemente les estaba dando las instrucciones finales para un asunto.

Chloe asintió. Aquélla era la parte de la vida de Pasha sobre la que él no quería contarle nada. Pero le fastidiaba que la dejara al margen, y deseó que compartiera con ella sus pensamientos.

No era una niña a quien proteger de todo, salvo de las cosas agradables de la vida; pero como no conocía bien a Pasha, no se sentía lo suficientemente segura como para insistir en que le contara la clase de negocio que tenía entre manos con esos hombres.

Sintió un ligero escalofrío de aprensión en la base de la nuca, y algo le dijo que a lo mejor no le gustaba demasiado lo que Pasha pudiera decirle. Había, o al menos eso le parecía a ella, un lado de su naturaleza más oscuro, y tenía miedo de adentrarse demasiado por ese camino, en caso de que no le agradara lo que descubría.

—¿Por qué tan pensativa? —preguntó él.

Ella negó con la cabeza.

—Iba a preguntarte si querías cenar fuera esta noche —dijo ella.

—Cenaremos después —sugirió Pasha mientras se acercaba a ella—. En este momento no deseo comer; sino que te deseo sólo a ti.

Las dudas de Chloe se desvanecieron cuando él la tomó entre sus brazos y sus labios buscaron los de ella con urgencia y necesidad. Un deseo ardiente e intenso se desató entre ellos. Y cuando él la levantó en brazos, ella se dejó llevar por el placer de su amorosa dedicación.

¿Qué importaba el negocio? ¿Qué más importaba salvo lo que sentían el uno por el otro?

Chloe se sorprendió al ver la cantidad de personas que estaban allí para presenciar la ceremonia de su boda. Pasha estaba relajado y contento, y aparentemente orgulloso de su recién estrenada esposa mientras se la presentaba a los invitados. La mayoría eran españoles que vivían por la zona, aunque también había una pareja de ingleses que además eran vecinos.

Chloe buscó con la mirada a los hombres que habían ido a casa de Pasha para hablar de negocios, pero no los vio por ninguna parte. Estaba claro que Pasha no mezclaba los negocios con el placer. Ella seguía intentando acordarse de qué le sonaban; pero aunque el recuerdo estaba allí en algún rincón de su mente, no lograba rescatarlo. Pero no había problema, porque sabía que en cualquier momento se acordaría.

—Siento haberte sorprendido con la reunión; sé que ha sido algo difícil para ti, porque no conocías a nadie —dijo Pasha cuando sus invitados se hubieron marchado—. Pero se me ocurrió que era mejor invitar a unas cuantas personas. Tu familia podría dudar de que estemos casados si lo hubiéramos hecho totalmente solos.

—Me ha gustado conocer a tus amistades —dijo ella—. El señor Milligan es un cielo...

Al ver un destello de fuego en sus ojos se acercó para besarlo y arqueó su cuerpo fragrante provocativamente sobre el suyo.

—No tienes que poner esa cara —continuó Chloe en tono risueño—. Tú serás el único hombre que voy a desear.

—No se te olvide que eres mía, señora Armand —le dijo él en tono sensual—. Y por si acaso te lo estabas preguntando, me cambié de nombre legalmente cuando me saqué el pasaporte británico.

—¿Pero por qué te parece necesario tener dos nombres, Pasha? ¿Qué es lo que necesitas ocultar?

Él la miró con cierto enfado, la soltó y se retiró un poco.

—¿Qué te hace pensar que tengo algo que ocultar? Tan sólo es más conveniente, eso es todo.

—¿Más conveniente para qué? —preguntó Chloe, empeñada en derribar aquella barrera de silencio—.

¿No crees que podrías contarme al menos parte de ello, Pasha? Soy tu esposa, y creo que te he demostrado que puedes confiar en que no revelaré nada a nadie.

—Ya te he dicho que es necesario que use otros nombres a veces, sobre todo cuando viajo —él entrecerró los ojos, como si sintiera recelo—. Y sabes que mi tío es un importante personaje político.

—¿De qué manera?

—Posee tierras muy ricas, tierras donde hay petróleo —continuó Pasha—. Entre mi padre y mi tío poseían una vasta extensión de tierra que valía mucho. Yo heredé las tierras de mi padre, además del título de jeque, que estrictamente significa el cabeza de familia. Es más un barón feudal que un gran señor o un príncipe, y el poder político de un jeque viene de su riqueza y de otros prestigios.

Pasha continuó hablando.

—Mi tierra es ya un protectorado británico, y yo recibo cierta cantidad de dinero por el traspaso de bienes mientras que varias empresas montan una compañía para producir petróleo. Con el tiempo valdrá una gran cantidad de dinero, y yo cobraré una renta por lo que se produzca durante toda mi vida; pero mi tío dirige un pequeño estado, y hasta ahora ha rechazado la protección británica. Tiene derecho a hacerlo, por supuesto, pero eso le hace vulnerable. Hay una gran inquietud en la zona en este momento, y hace un tiempo se intentó acabar con su vida. Como tiene que tener tanto cuidado, a menudo soy yo quien negocio de parte de él. Ésa es la razón por la que a veces necesito poder viajar con otro nombre.

—Ah —Chloe sintió alivio.

No sabría decir qué era lo que la había tenido tan preocupada; pero sí sabía que había tenido ciertas dudas. Después de lo que acababa de contarle Pasha, se alegraba de haberse quitado ese peso de encima.

—Entiendo —le dijo ella—. Gracias por contármelo.

—¿Estás satisfecha ahora? —le preguntó él.

Chloe vio la irritación reflejada en su mirada, como si le hubiera molestado que le preguntara; como si responder algunas preguntas no le agradara demasiado.

—Dices que me amas, Chloe. Deberías confiar en mí. Créeme, jamás haría nada que pudiera hacerte daño, porque tú eres demasiado importante para mí.

—Mientras no hagas algo demasiado peligroso —Chloe le estaba acariciando la mejilla cuando de pronto se acordó de algo—. Por cierto, nunca me dijiste nada sobre esos hombres que oí hablar en el jardín... —su voz se fue apagando, interrumpida por las imágenes nítidas que acababan de salir del recuerdo—. ¡Pero si eran los hombres con quienes estabas el otro día a la puerta de casa...!

—¿Pero de qué estás hablando?

Pasha entrecerró los ojos y su expresión se volvió impenetrable de nuevo. Chloe percibió enfado y algo más. ¿Tal vez culpabilidad?

—Por amor de Dios, Chloe —continuó—. Tienes una imaginación muy fértil. Será por culpa de todas esas películas que ves... ¿Qué es lo que te estás imaginando ahora?

—Les oí hablar.

A Chloe le daba rabia que él la mirara de esa manera, y también sus constantes referencias al hecho de que ella admirara ciertas películas.

—Fue aquella noche en los jardines del hotel —continuó ella—. Y entonces pasaron a mi lado. Uno de ellos me miró como si pensara que yo podría ser una amenaza para él; pero su amigo le dijo que se olvidara de mí. La mayoría de lo que dijeron no lo entendí, porque hablaban en un idioma desconocido; pero mencionaron tu nombre, y hablaron de alguien que iba a ser asesinado. Sé que lo dijeron, Pasha, porque esa frase precisamente fue en francés. Uno de ellos cometió un error, porque yo entendí que estaban hablando de que iban a matar a un hombre.

—¿Entonces dedujiste por eso que me iban a asesinar? —sonrió de manera extraña, con un destello en la mirada—. Bueno, siento decepcionarte, querida mía; pero desde luego no planeaban asesinar a nadie. Al menos no si eran los hombres que vinieron la otra mañana. Ya te lo he dicho, trabajan para mí...

—¿Pero qué es lo que hacen? —preguntó ella—. ¿Qué tipo de trabajo, Pasha?

—Eso es asunto mío, Chloe.

La sonrisa había desaparecido. La expresión de Pasha le puso los pelos de punta, y Chloe entendió que estaba pisando terreno peligroso.

—¿Qué es esto? ¿La inquisición? Se supone que ésta es nuestra noche de bodas, ¿no, Chloe? No sé qué ideas tienes en la cabeza, pero me gustaría que dejaras de mirarme como si...

Dejó de hablar y se apartó de ella con un gemido de frustración.

Pasha se paseaba por el césped. Chloe sintió la tentación de ir detrás de él y decirle que lo sentía, de hacer las paces, pero algo la contuvo. No había sido su intención decir nada malo; sólo había estado un poco inquieta pensando que tal vez esos hombres hubieran planeado hacerle daño a Pasha mientras fingían lealtad hacia él. Y él había reaccionado como si ella lo hubiera acusado de algún crimen.

Chloe sintió que el frío se le metía por todo el cuerpo. ¡No! Debía de estar loca por pensar en tales cosas. Pasha tenía razón al acusarla de tener demasiada imaginación. No era posible... él nunca... ¿Pero en realidad qué sabía ella de él? No le había contado nada de ese lado oscuro de su personalidad; de ese misterio que había presentido desde el principio.

A Chloe se le revolvió el estómago. ¿Cómo podía pensar algo tan horrible del hombre con quien se había casado ese día? Pasha era su marido, y ella lo amaba. Era un hombre dulce y amable...

Pero había un lado oscuro de su personalidad que no quería mostrarle; y aunque a Chloe le hubiera gustado fingir que no existía, no podía negar su existencia.

Sabía que no estaría en paz hasta que no hubiera aclarado aquella terrible sospecha que sembraba la duda en su pensamiento, y lo siguió hasta el lugar donde él se había sentado a contemplar el mar. El sol se estaba ocultando, sumergiéndose como una enorme bola anaranjada en las aguas inquietas. El cielo poseía un tinte ominoso que consiguió que Chloe se estremeciera.

—¿Es eso lo que hacen para ti, Pasha? —le preguntó—. ¿Matar a personas? ¿Es por eso por lo que tienes que ocultar tu identidad?

Él se volvió entonces a mirarla, y a ella le sorprendió lo que vio en sus ojos.

—¿Por qué tenías que estar allí esa noche? —le preguntó con amargura—. ¿Por qué tienes una mente tan inquisitiva?

—¡Pasha...!

Chloe estaba muy nerviosa, tanto que sintió náuseas de nuevo. ¿Sería verdad lo que acababa de oír? ¿Estaría reconociéndole Pasha que sus acusaciones eran ciertas?

—¡Por favor, dime que estoy imaginándomelo todo!

—¿Me creerías —dijo él, mirándola— si te dijera que jamás me ha parecido necesario ordenar la ejecución de un hombre? ¿Confiarías en mí y olvidarías lo que has visto?

—Yo... —tragó para aliviar la tensión en la garganta—. Quiero creerlo. No quiero creer en eso... en esa fealdad que parece haber dentro de ti...

—¿No? —Pasha le agarró los brazos con fuerza y se pegó a ella; su aliento caliente le rozó la cara al hablar—. Bueno, mi querida e inquisitiva esposa, me temo que no puedo tranquilizar tus pensamientos. No puedo decirte que no haya ordenado la ejecución de un hombre que mata por dinero, porque no puedo mentirte, sobre todo cuando me miras de ese modo, Chloe. Habría preferido que nunca tuvieras que saber nada sobre ese otro lado de mi vida, pero como has insistido, te lo contaré...

—¡No! —gritó ella, asustada y asqueada por su revelación—. ¡No quiero escucharlo! No puedo...

Se dio la vuelta y corrió hacia la casa, con el corazón saliéndosele por la boca. Era todo tan horrible... Pasha era poco menos que un asesino. Por muy buena que fuera la excusa con la que justificara sus acciones, el hecho seguía ahí.

¡Qué horror! ¿Cómo era posible que el hombre que amaba fuera capaz de hacer cosas tan espantosas? No alcanzaba a entenderlo. Lo único que sabía con seguridad era que sentía repulsión y asco, y que en ese momento deseaba no haber conocido nunca a Pasha.

No podía quedarse allí ni un minuto más. Tenía que alejarse de él, de esa fealdad que él le había estado ocultando. En su confusión, Chloe sólo podía pensar en el horror de lo que acababa de decirle.

¿Cómo vivir junto a él, o permitirle que siguiera haciéndole el amor? No podría hacerlo hasta que no aceptara lo que Pasha le había contado, hasta que no lo asimilara; y no estaba segura de que fuera posible.

Guardó en un bolso unas cuantas cosas que le parecieron necesarias. Volvería a casa con su padre y estaría sola un tiempo para pensar en todo aquello.

—¡Chloe! —Pasha había entrado en la habitación y estaba detrás de ella—. ¿Pero qué crees que estás haciendo?

—Estoy guardando algunas cosas en el bolso.

—Eso ya lo veo —dijo él—. Pero tus maletas ya las hemos enviado hace unos días. ¿Por qué tienes tanta prisa de guardar lo que te has dejado aquí?

Como ella no quería mirarlo, él le puso las manos sobre los hombros y le dio la vuelta para que lo mirara. Chloe percibió su rabia y notó que estaba a punto de estallar. Seguramente sin darse siquiera cuenta, Pasha le agarraba los hombros con fuerza, y Chloe protestó porque le estaba haciendo daño. En ese momento, Pasha parecía capaz de hacer cualquier cosa.

—Ibas a escaparte, ¿verdad? Como hiciste la otra vez...

Chloe levantó la cabeza, lo miró con desafío.

—Necesito estar sola un tiempo.

—¡No! —gritó él—. No permitiré que me dejes. No puedo...

—¿Por qué? ¿Porque sé demasiado? —de pronto abrió los ojos como platos—. ¿Por eso te has casado conmigo? ¿Para poder controlarme? ¿Para que no pudiera entrar nunca en una sala y acusarte de estar implicado en un asesinato?

Por un momento Chloe pensó que tal vez él fuera a matarla. Lo había desafiado, y eso lo había puesto así de rabioso, así de furioso...

—Qué ridícula eres —dijo él— si de verdad piensas eso... Pero no importa Chloe, porque eres mi esposa. Me perteneces, y yo no dejo marchar lo que es mío.

—¡Yo no te pertenezco! —gritó—. Puedo divorciarme de ti...

—Inténtalo —Pasha entrecerró los ojos con tanta fuerza que parecían dos cristales de hielo negro—. Te lo advertí, Chloe, y ahora te lo vuelvo a decir. Jamás te dejaré marchar. Eres mía y tengo la intención de que sigas siendo mi esposa; mi única esposa. Nos hemos casado en tu iglesia, y eso significa que tú tienes el mismo compromiso que yo. Estoy seguro de que ni tu padre ni tu abuela pensarían muy bien de ti si volvieras nada más casarte, ¿no te parece?

Chloe se mordió el labio, imaginando lo que lady Margaret diría de su comportamiento.

—Soy mayorcita para hacer lo que me venga en gana.

—Pero no eres libre —le recordó Pasha—. Te dije que no te dejaría ir, y lo dije muy en serio.

—¿Y si te dejo de todos modos? —dijo ella.

—Entonces te iré a buscar —dijo él—. Si me obligas, te llevaré a un sitio de donde no podrás huir como quieras. La *casbah* de mi padre es un lugar remoto en las montañas del Atlas. Tendrías pocas oportunidades de volver a la civilización estando allí, Chloe. ¿Recuerdas lo que te pasó la última vez?

Su referencia a la ordalía en el desierto la enfadó de momento. Sin embargo, Pasha sonreía... ¡Qué poco corazón! ¿Cómo podía burlarse así después de lo que ella había sufrido? Sin embargo sabía que tras esa sonrisa se ocultaba una verdadera preocupación por ella. Ése era el magnetismo de Pasha, una fuerza ante la que sólo podía rendirse, un deseo intenso de sentir sus caricias, de que él la besara y le hiciera el amor. Por un momento pensó que la tomaría y la echaría sobre la cama, que la obligaría a responder a sus exigencias, y tembló de aprensión. ¿Cuánto tiempo podría resistirse?

—No me mires así —le dijo ella antes de darse la vuelta

Le sorprendió que él la soltara.

—Deja que me marche, Pasha; será mejor para los dos —añadió Chloe.

—No. Te he dicho que eso es imposible.

—¿Entonces qué vas a hacer?

—Estamos casados —dijo él—. Eso quiere decir que vamos a seguir juntos, tanto si te gusta como si no. Te voy a llevar a que conozcas a mi familia, y tú me llevarás a tu casa, como habíamos planeado.

—¿Y después de eso? —le preguntó Chloe.

Superado el momento de debilidad, Chloe se sentía de nuevo fuerte.

—No creas que voy a ser una esposa para ti, Pasha. Puedes obligarme a quedarme contigo durante un tiempo; pero eso no significa que vaya a permitir que me hagas el amor.

—¿Ah, sí? —Pasha se acercó un poco más, exudaba fuerza y virilidad—. ¿Y si no estoy dispuesto a aceptar un no por respuesta?

Angustiada, Chloe retrocedió de un salto y soltó un grito.

—No me forzarías, ¿verdad?

En su cara se dibujaron distintas emociones, aparentemente contradictorias. Finalmente se dio la vuelta y se acercó a una pequeña mesita donde abrió una cigarrera. Chloe observó casi con fascinación cómo Pasha sacaba uno de los exóticos y finos cigarrillos turcos y se lo llevaba a los labios para encenderlo; ésa era la segunda vez que lo veía encenderse uno.

—No sabía que fumaras —dijo ella por decir algo.

—No suelo hacerlo —se volvió a mirarla con la frialdad que se había asentado ya en su mirada—. Entonces estamos de acuerdo. Tú no intentarás dejarme, y fingirás que eres una esposa feliz, si yo no te hago mía íntimamente.

Chloe tragó saliva. Sintió la fuerza de su dominio, y entendió que no podía eludirlo.

—No parece como si me quedara otra elección, ¿no crees?

—No. Ninguno de nosotros la tiene —dijo él—. Me niego a que me dejes en ridículo delante de todos, Chloe. Si dices ni una sola palabra de esto a alguien lo sentirás; y me refiero también a tu familia y a esa alocada prima tuya.

—Justine no es alocada —dijo Chloe—. Tan sólo impulsiva y divertida... No te tiró la bebida encima por descuido, fue un accidente; si no hubieras estado tan pegado a nosotras, no habría pasado.

—Muchas cosas no habrían pasado entonces —comentó Pasha con una nota amarga.

—No. Lo siento mucho —respondió Chloe con voz queda.

No sabía por qué se estaba disculpando, ya que era él quien le había mentido y engañado; sin embargo se sentía verdaderamente mal, como si hubiera hecho algo horrible, como si hubiera destruido algo bello e irremplazable.

—Sí, supongo que lo sentirás —respondió Pasha—. Voy a salir un rato. ¿Estarás bien aquí sola?

—Sí... sí, por supuesto.

Tenía ganas de llorar, pero se negaba a derramar una sola lágrima; al menos delante de él. Porque en cuanto Pasha se marchó, Chloe se echó en uno de los lujosos sofás de cuero y se tapó la cara con las manos para tratar de contener el dolor que de pronto se le hacía insoportable, como si hubiera perdido una parte de su ser.

Había pasado tres semanas junto a Pasha, despertándose y acostándose con él, y se sentía muy sola sin su presencia. ¿Qué podía hacer? ¿Buscar un sitio donde hospedarse hasta que pudiera tomar un barco que la llevara a casa? Pasha había dispuesto que un avión privado los llevara primero a pasar unos días en París y después a Inglaterra.

Tenía suficiente dinero en la bolsa para comprar un pasaje para el barco... ¿Pero de qué le serviría? Estaba segura de que Pasha iría tras ella y la alcanzaría antes incluso de que se montara en el barco. El mero hecho de dejarla sola le daba a entender lo seguro que estaba de que no se escaparía.

Además, sería una estupidez por su parte intentarlo tan pronto. Haría mejor en esperar a que Pasha bajara un poco la guardia. Y por otra parte estaba en deuda con él por haberle salvado la vida. La gente se extrañaría de su comportamiento si lo dejaba inmediatamente después de casarse. Y para colmo, no podría contarle a nadie la verdad.

Chloe jamás podría contarle a nadie la razón por la que con el tiempo se separaría de Pasha porque eso sería traicionar su confianza. Él no había querido contarle nada sobre ese lado oscuro de su vida, pero ella le había obligado a hacerlo. Al final él se lo había dicho todo; o lo suficiente como para que ella acabara diciendo las cosas que había dicho. Deseó poder retroceder en el tiempo y no saber nada de lo que sabía entonces. Con toda seguridad preferiría no haber sabido que Pasha había asesinado; si no con sus propias manos, sí decretando la muerte de los enemigos políticos de su tío.

No era tan ingenua como para no saber que esas cosas se hacían. Pero no quería estar casada con un hombre que no se inmutaba cuando ordenaba acabar con la vida de otra persona. Jamás había sospechado que Pasha estuviera implicado en esos asuntos, y estaba segura de que de haberlo sabido no se habría enamorado de él.

Chloe salió de la casa y caminó hasta el acantilado, donde se quedó un rato observando el movimiento incesante del mar. Le dolía más que nada saber que Pasha no era el hombre que ella había pensado, pero estaba empeñada en luchar contra la desesperación.

Haría el paripé de esposa feliz como él le había pedido; y luego un día, cuando él estuviera fuera en viaje de negocios, ella desaparecería sin más.

Chloe bajó corriendo a la playa, se dio un chapuzón y luego regresó a casa. ¡Tanto lujo! ¿De dónde salía el dinero de Pasha? ¿Cobraría dinero por ordenar esas muertes?

Se estremeció de repulsión y pensó en los regalos de Pasha. Ojalá pudiera tirárselos a la cara para hacerle entender la maldad de lo que estaba haciendo.... Pero también los regalos formaban parte de la farsa, y de momento era el trato que él le había obligado a aceptar. Tenía que dejar que tanto la familia de él como la suya pensaran que estaba encantada de ser su esposa.

Se cepilló el pelo, se puso el camisón y se metió en la cama de otro dormitorio, pero no echó el cerrojo. Si Pasha se acercaba a ella, si la obligara, lo dejaría a la primera oportunidad, sin importarle el qué dirán.

Pasha miró con tristeza la cama vacía que tan sólo la noche anterior había compartido con ella. Se maldijo por haberle plantado la verdad con tanta brusquedad. O bien debería haberle mentido... o bien haber terminado de explicárselo bien.

Por culpa de su tremendo orgullo había reaccionado como lo había hecho. ¡Maldito orgullo! ¿Cómo había podido hacerle daño de ese modo? Había visto el horror en su mirada inocente, la incredulidad reflejada en sus ojos y después la indignación que había ensombrecido su expresión.

Su Chloe: la preciosa e inocente chiquilla había desaparecido en ese instante. Sabía que había destruido algo precioso. Aunque la obligara a quedarse con él, y tenía la intención de hacerlo, sabía que jamás podría devolver esa expresión inocente y confiada a su encantador semblante.

Cuando se habían conocido tan sólo unos meses antes, la actitud de Chloe hacia la vida y el amor había sido casi la de una colegiala. Y a él le había agradado y complacido enseñarle a ser mujer, y ella había respondido con tanta sinceridad y tanta naturalidad que él se había enamorado más de ella.

Pero por culpa de su orgullo todo eso se había ido al traste. Podría tratar de recuperar su cariño... y desde luego tenía toda la intención de hacerlo. De ningún modo iba a permitir que ella lo abandonara; porque aunque ella no volviera a mirarlo con amor, él no podría dejar que se marchara.

Para empezar, Chloe nunca estaría del todo segura sin su protección. Él tenía demasiados enemigos, y cualquiera de ellos podría tratar de matarla o de hacerle daño para vengarse de él.

Se encendió otro cigarrillo y salió a sentarse al patio; donde el amanecer apuntaba ya tras las montañas. Tal vez hubiera sido injusto con Chloe por llevarla allí y seducirla, por casarse con ella...

Se había acostumbrado a vivir con la amenaza de asesinato. A los quince años había sufrido el primer intento de asesinato, y tan sólo la rapidez e intuición de una de las profesoras del colegio le habían salvado la vida esa vez. Después había sobrevivido a otros dos intentos más, de los que el mismo se había ocupado.

Después del primer intento su tío había decidido que Pasha debía cambiar de nombre, para que tuviera la libertad de vivir sin el miedo constante al cuchillo del asesino.

Pasha había prometido de niño que se vengaría del hombre que había matado a su padre, pero le había llevado todo ese tiempo encontrarlo; y tan sólo había sido después del intento de asesinato de su tío.

Se había llevado una desagradable sorpresa al enterarse de que uno de los hombres de Hassan estaba implicado en la trama para matarlo; un primo que había pensado que podría hacerse con el poder y la riqueza del príncipe, una vez muerto.

Ese hombre tenía que morir. Un tribunal en el estado que dirigía su tío Hassan lo había juzgado y condenado; pero él había eludido el castigo huyendo del país. Hassan le había pedido a Pasha que lo encontrara y ordenara su ejecución.

—Los británicos no nos ayudarán en esto —le había dicho el príncipe—, pero harán la vista gorda. Debes hacer esto por mí, Pasha; y por tu padre.

Pasha había sido consciente de que no tenía otra elección que aceptar lo que le pedía su tío.

Él también quería que se hiciera justicia, y sabía que sólo había un modo de hacerlo.

No había esperado sentirse culpable, puesto que su causa era justa. Abdullah debía morir, porque ningún miembro de la familia de Hassan estaría a salvo hasta que estuviera muerto. Pero ordenar una ejecución era más difícil de lo que había pensado, y Pasha había salido de Marruecos sin dar la orden final, aunque sabía que sus hombres habían localizado el sitio exacto donde se escondía el asesino.

Pasha entró en casa con sus atribulados pensamientos. Fue a abrir la puerta de la habitación donde dormía Chloe y vio que no estaba cerrada. Giró el pomo despacio y entró con sigilo para poder observarla mientras dormía. ¡Estaba tan bella así dormida, con el pelo extendido sobre la almohada y la expresión relajada! Su deseo por ella era tan grande que apenas podía contenerse...

¿Cómo iba a soportar que ella no volviera a mirarlo con amor? Debería dejarla marchar, pero no podía... ¡Ni siquiera podía pasar unas horas sin verla!

Ocho

El viaje y la breve estancia en París le resultaron insoportables. Pashsa se había mostrado atento con ella para asegurarse todo el tiempo de que estaba cómoda, pero su actitud seguía siendo fría y distante, y Chloe vivía el recuerdo de su pelea como un dolor constante en su interior.

En París, él había insistido en llevarla a la tienda de Coco Chanel, donde le habían tomado medidas y habían encargado algunos de los elegantes conjuntos. A pesar de lo confuso de sus sentimientos hacia Pasha y hacia la fuente de sus ingresos, Chloe no pudo permanecer fría mientras le mostraban los últimos diseños, y le encantaron los elegantes trajes que Pasha le pidió, además del perfume y varios accesorios.

—Son preciosos —le dijo cuando salían de la tienda esa tarde; le dolía un poco la cabeza y experimentó un ligero mareo al salir a la calle, pero enseguida se le pasó—. Gracias por comprarme los trajes, pero no habría hecho falta; Sashimi me compró más ropa de la que necesito.

—Ropa adecuada para la casa de España —dijo Pasha mientras la miraba de arriba abajo con sus fríos ojos negros—. Pero ligeramente pasada de moda, ¿no te pareció? Sashimi eligió para ti lo que se habría puesto ella; pero tú eres una mujer muy distinta. No tienes razón para taparte las piernas, Chloe; las tienes preciosas, hechas para ser admiradas. Siendo mi esposa y pasando a menudo temporadas en Londres y en Nueva York, vas a necesitar ir más a la moda. Espero que sepas que la ropa se ha comprado tanto en beneficio tuyo como mío.

Chloe digirió aquello en silencio. No sabía de sus planes, porque en realidad tampoco sabía demasiado del hombre con quien se había casado. Se había zambullido de cabeza en un idilio apasionado sin contar con las consecuencias, y de pronto estaba atrapada, presa en una jaula de oro de la cual no tenía esperanzas de escapar.

Se tranquilizó pensando que lo haría más adelante; cuando Pasha bajara un poco la guardia. Además, hacía unos días que se encontraba rara, y un poco aletargada. No estaba segura de la razón de aquel cansancio, y lo achacó al cambio de clima.

Era verano, y el calor no había dejado de apretar desde que habían llegado. En un par de ocasiones se había sentido mal en una famosa peluquería a la que había acudido; pero no había sabido cómo decírselo a Pasha, ni siquiera si debía hacerlo.

Fingir que estaban de maravilla cuando todo iba tan mal no iba a ser tan fácil como había pensado.

Fue después de abandonar el aeropuerto de Londres, cuando se dirigían ya a la casa de campo que sir Henry Rendlesham tenía en Hampshire, cuando Chloe se dio cuenta de que estaba muy mareada y tenía ganas de vomitar.

Como notó que era inminente, le pidió a Pasha que parara el coche.

—¿Qué te pasa, Chloe? —le preguntó él con gesto preocupado.

Chloe estaba muy pálida.

—Yo... lo siento, pero me siento mal...

Abrió la puerta y salió inmediatamente, en cuanto él paró el coche ; al momento siguiente estaba vomitando en la cuneta cubierta de hierba. Después de hacerlo varias veces, Pasha le ofreció un pañuelo que ella aceptó agradecida.

—Lo siento mucho, pero llevo dos días sintiéndome fatal; pensé que sería nada más por el cambio del clima y el viaje. Hacía tanto calor en París.

Pasha se quedó extrañado. Chloe no se había quejado del calor ni en el desierto ni en España. Al contrario, siempre le había parecido que su esposa disfrutaba de esa temperatura.

—¿Has pensado que podría no ser el calor, Chloe?

—¿Algo que haya comido? —lo miró mientras terminaba de limpiarse la boca con el pañuelo, e hizo ademán de devolvérselo.

—Creo que será mejor que te lo quedes —le dijo

mientras le sujetaba la puerta—. Estaba pensando que tal vez estés embarazada.

—Embarazada...

Chloe sintió algo muy extraño, una mezcla de angustia y alegría, al pensar que Pasha bien podría tener razón. Habían pasado tres semanas haciendo el amor libre y apasionadamente y, aunque no lo había pensado hasta ese momento, hacía cinco semanas ya que no le había bajado el periodo. Estaba tan sorprendida que balbuceó sin pensar lo primero que se le ocurrió.

—Pero... eso es horrible...

Pasha, que había estado mirándola con placer, dejó de sonreír y su expresión se volvió fría como el hielo.

—¿Tan horrible te parece, Chloe? Pensaba que eras de esas mujeres a las que les gustan los niños.

—Pues claro que me gustan, pero...

Se sonrojó al notar que él la miraba. ¿Qué era lo que había estado a punto de decir; que quería hijos pero no de él? Sería malvado por su parte decirle eso, porque a pesar de lo que había hecho, ella no quería hacerle daño. Estaba dolida, confusa y enfadada, pero no quería humillarlo. Sólo deseaba que desapareciera aquel dolor que sentía por dentro.

—Habría sido maravilloso... si las cosas hubieran sido distintas.

—¿Quieres decir, si no te hubieras casado con un asesino?

Pasha cerró la puerta del coche y dio la vuelta para sentarse al volante. Chloe lo miró al sentarse y le notó nervioso y enfadado.

—Por favor, no peleemos —dijo ella—. De verdad que no me encuentro bien, Pasha.

—Lo siento —Pasha se disculpó, sin apartar los ojos de la carretera—. Siento mucho que desees no haberte casado conmigo, pero me temo que con esto es aún más difícil que me dejes.

—¿Por qué? —se arriesgó a echarle otra mirada y vio que tenía los nudillos blancos de cómo apretaba el volante—. Soy perfectamente capaz de criar sola a un niño.

—Desgraciadamente, yo no lo permitiría —confesó él—. Tú no eres consciente de los peligros que existen. Solos, tanto tú como el niño, seríais mucho más vulnerables; sobre todo si es un varón.

—¿Qué quieres decir con eso? —preguntó Chloe con aprensión.

—Pues que mi hijo heredará todo lo que yo heredé de mi padre —respondió Pasha sin mirarla—. Eso significa que tal vez algunas personas quieran deshacerse de él; y de ti.

—¡No! —gritó Chloe, que instintivamente se llevó la mano al vientre.

En ese momento supo que deseaba tener aquel hijo, a pesar de todo lo que había pasado entre Pasha y ella.

—¡Qué horror, Pasha! ¿Pero por qué piensas que alguien querría matarnos?

—Porque a mí han intentado matarme ya tres veces —respondió sin alterar su expresión—. Es algo con lo que he vivido desde la muerte de mi padre; y me he equivocado al exponerte a ti a ese peligro, Chloe. Si quería casarme, debería haber elegido a una mujer distinta, a una a quien no le importara perder su independencia por el bien de su propia seguridad.

Chloe no sabía cómo contestarle. Aún estaba aturdida con su posible embarazo, y también de pensar que tanto su vida como la de su futuro hijo o hija corrieran peligro.

—Por lo menos deberías habérmelo contado —dijo ella finalmente.

—Sí, debería habértelo contado —le dijo él por fin.

—Sí, debería —reconoció él—. Lo siento, pero ya no puedo hacer mucho al respecto.

—Podrías divorciarte de mí —sugirió Chloe—. Yo podría cambiar de nombre... irme a otro sitio...

—No. No. Eso me sería imposible hacerlo.

—¡Quieres decir que no lo harás! —exclamó Chloe.

—Exacto, no lo haré.

Chloe sintió mucha rabia. Dudaba que su vida corriera peligro alguno si lo dejaba. Tal vez fuera algo que se hubiera inventado para que ella no se marchara cuando él se diera la vuelta. ¡Pues no le creía, por supuesto que no! Pensaba marcharse a la primera oportunidad que tuviera; pero aún no. Al menos esperaría hasta sentirse un poco mejor.

—Bienvenido a casa, Pasha; bienvenida, Chloe. Creo que he dicho bien tu nombre, ¿no?

Sir Henry le sonrió. Era un hombre encantador de cabello canoso, alto y esbelto, y todavía atractivo aunque pasaba ya de los setenta.

—Qué maravillosa sorpresa —continuó sir Henry—. Ya que estáis casados quiero decirte que empezábamos a pensar que Pasha no iba a encontrar a la persona adecuada... Ahora me doy cuenta de que ha hecho bien en esperar, Chloe. No podría haber elegido mejor.

Chloe se sonrojó al sentir su aprobación, ya que no había esperado que la recibieran tan bien. En lugar de fingir, respondió naturalmente.

—Gracias, sir Henry. Me alegra estar aquí, y estoy encantada de conocerlo.

—Henry —dijo él—. Por favor, llámame Henry, querida. Pasa, pasa. Os hemos preparado vuestras habitaciones. Todos estamos emocionados; no sé cómo explicar la alegría que sentimos cuando Pasha nos llamó para darnos la noticia.

Chloe le sonrió mientras se dejaba conducir al interior de la mansión, que era una vieja casa llena de encanto, con rosas que trepaban por sus muros grises de piedra y ventanas de cristal emplomado.

—¡Qué casa más preciosa! —dijo Chloe al entrar en un salón de aspecto confortable.

Suspirando de alivio tras el cansancio y ajetreo del viaje, Chloe escogió un cómodo sillón de cuero para sentarse un rato.

—No esperaba encontrarme con un sitio como este; Pasha no me ha contado muchas cosas de su familia.

—Bueno, siento decir que no hay mucho que decir —dijo sir Henry—. Helen era mi única hija. Mi hijo murió en la primera infancia —hizo una pausa, claramente angustiado, pero dominando aquel viejo dolor—. Yo tenía dos hermanos y una hermana; pero ahora sólo queda Dora. Vive conmigo, aunque en este momento está de visita en casa de su hijo, y sé que se disgustará cuando se entere de que habéis venido. Tal vez podríais quedaros unos días hasta que vuelva ella. ¿Qué os parece?

—Lo siento, señor, pero de momento eso no va a ser posible —dijo Pasha—. Aún no hemos ido a ver al padre de Chloe. Pero estoy seguro de que podré convencer a Chloe para que vuelva pronto... ¿verdad, cariño? A lo mejor tengo que viajar al extranjero dentro de poco, y estoy seguro de que preferirías estar aquí en lugar de quedarte sola en Londres, ¿no, mi amor?

Chloe se preguntó lo que tendrían en mente. ¿Pensaría que sería más difícil dejarlo si se quedaba con su familia?

—Sí, creo que sí —respondió después de tomar un sorbo del té que le había llevado el mayordomo—. No sabía que habías planeado otro viaje, Pasha. ¿Adónde vas esta vez?

—A ver a mi tío —le dijo él—. Sólo es un asunto de negocios, cariño. Creo que será mejor que te quedes. Sobre todo si... —miró a su abuelo—. Aún no estamos seguros, señor, pero pensamos que tal vez Chloe esté encinta.

Chloe se puso muy colorada al notar la mirada de sir Henry. En lugar de censura, porque sólo llevaban unos días casados, vio primero sorpresa y después alegría en el rostro del hombre.

—Felicidades a los dos; me encantaría que pensaras en la posibilidad de tener aquí el bebé, Chloe. Sé que algunos de vosotros los jóvenes de hoy en día preferís ir al hospital, pero podríamos prepararlo todo y traer enfermeras y a un médico que yo conozco y que te atendería durante todo el embarazo.

—No estoy seguro —dijo Pasha—. Supongamos que hubiera complicaciones.

—A mí me parece una idea estupenda —dijo Chloe, que se acercó a agarrarle la mano a sir Henry—. En realidad, me gustaría venir a visitarlo a menudo. Prefiero el campo a la ciudad. Creo que eso te lo dije, ¿no, Pasha?

Él entrecerró los ojos con desconfianza.

—Tal vez sí, aunque no lo recuerdo. Vendremos tanto como sea necesario, por supuesto, y como acabo de decir, deberías pensar en quedarte aquí mientras estoy fuera. Henry y Dora cuidarán de ti.

—Sí, por supuesto —dijo sir Henry, encantado al pensar que iba a verla más veces—. Me alegra tanto que te guste el campo, Chloe. Pasha no nos visita lo suficiente. Sé que es un hombre muy ocupado, pero siempre le estoy diciendo que no trabaje tanto.

—Un negocio no se dirige solo, abuelo.

—No, no. Claro que no; y tú lo has hecho muy bien —dijo sir Henry con aprobación; entonces miró a Chloe—. Me atrevo a decir que Pasha no te ha contado lo listo que es, ¿verdad? A mi nieto le gusta esconder su valor. Inventó un artilugio cuando estaba en la facultad. Es uno de esos nuevos avances técnicos. Yo no lo entiendo, pero me encanta escuchar la radio. Dice que un día habrá una máquina que nos enseñará imágenes de cosas que están muy lejos; y no como el cine, querida, sino las imágenes en el momento que están ocurriendo. Los técnicos y científicos que trabajan para el gobierno creen que es excelente, ya sabes; y ha ganado muchísimo dinero...

—Estoy seguro de que Chloe no querrá saber nada de todo eso...

—Oh, por supuesto que sí —lo contradijo ella—. Creo que voy a disfrutar mucho hablando de ti con sir Henry, Pasha. Me contará cosas que tú aún no me has contado.

Chloe le sonrió, olvidando por un momento lo enfadada que estaba con él.

—Definitivamente me vendré a quedar con usted un tiempo mientras Pasha esté fuera.

—Gracias por ser agradable con sir Henry, Chloe —le dijo Pasha más tarde, cuando estaban solos en una suite que les habían preparado—. Él me tiene mucho cariño, y no me gustaría que sufriera por esto.

—No se me ocurriría hacerle sufrir —dijo Chloe con indignación—. Me sorprende que se te ocurra siquiera pensar que podría hacerle daño a alguien como Henry. Es un cielo... —balbuceó al ver que él la miraba de un modo extraño, con las cejas arqueadas.

—Me alegro de que te caiga bien —dijo Pasha sin más comentarios.

Pero ella sabía lo que no se decía entre ellos.

—Y tampoco te conozco bien a ti —continuó, diciendo lo que sabía que era cierto.

—No, no me conoces —concedió él con una leve sonrisa en los labios—. Tu problema, Chloe, es que tienes mucha imaginación. No siempre haces juicios sensatos.

—Eso no es justo —respondió ella—. Sólo porque me gusten algunas películas... —se calló al ver la mirada de Pasha, y cambió de tema—. ¿Qué fue lo que inventaste, Pasha?

—Fue algo que tenía que ver con los conmutadores —le dijo con una sonrisa en los labios—. Hasta ahora se utilizaban de determinada forma, pero hay algo llamado electrónica que va a ser lo más importante en el futuro. A mí se me ocurrió una pequeña idea que tal vez ayude a que esas cosas lleguen antes, pero fue nada más que el pimer paso en la construcción de mi negocio, en el que se diseñan toda clase de cosas. Y no sólo se diseñan cosas que pueda inventar yo, sino que también se promocionan las ideas de otras personas. En este siglo emergerá un mundo nuevo en el campo de la técnica; y se inventarán cosas que ni tú ni yo podríamos empezar a imaginar.

—Ya, entiendo. ¿Y ganas mucho dinero promocionando los diseños e invenciones?

—¿Acaso has pensado que el dinero que me he gastado en ti estaba manchado de sangre?

Lo que vio en sus ojos la empujó a desviar la mirada; no había rabia, sino dolor en los ojos de Pasha. Por un momento ella se sintió culpable, como si le hubiera dejado en la estacada; pero enseguida tachó la idea de ridícula.

—Puedes tener la conciencia tranquila de que nada de lo que llevas lo ha pagado el dinero de mi tío; en realidad, lo que hago por él es por lealtad. Jamás me ha ofrecido dinero por ello, y yo no lo aceptaría si lo hiciera.

—Entonces siento haberlo pensado —dijo ella—. Por favor, perdóname; he hecho mal. No ha sido mi intención implicar que...

—Pero lo estabas pensando —la interrumpió él—. Está claro que tienes una opinión muy baja de mis valores morales. Pero por si te queda alguna duda, esta noche no tengo que dormir en tu cama, Chloe. La aristocracia inglesa es de lo más civilizada. Nos ponen una cama en la sala, y ahí es donde voy a dormir los días que estemos aquí. Jamás he tenido que forzar a una mujer para que esté conmigo, y no tengo la intención de empezar ahora.

Chloe no respondió. Le dio la espalda para ocultar su estado de confusión. Él se comportaba como si ella fuera la única que estuviera equivocada; pero él le había dicho que había autorizado la ejecución de un hombre. ¿Cómo esperaba que se comportara?

Tenía ganas de llorar, pero se tragó las lágrimas y fue a cambiarse para la cena. No pensaba demostrarle lo disgustada que estaba. Además, los ojos rojos siempre la delataban a una; y no quería que Henry viera que había estado llorando.

El hombre estaba tan contento de que Pasha se hubiera casado; y sobre todo de poder ver a su nieto o nieta en unos meses, que no quería empañar esa alegría.

A Chloe le asombraba que la idea de tener un bebé empezara a tomar forma y a resultarle cada vez más agradable. Nunca había pensado mucho en los hijos, ya que había esperado trabajar unos años más antes de casarse; pero de pronto se daba cuenta de que aquello que sentía ante su próxima maternidad bien podría decirse que era emoción.

No sabía lo que haría en el futuro; todo estaba un poco borroso desde que sabía que iba a tener un hijo de Pasha. Y aunque en un principio se había empeñado en abandonarlo a la primera oportunidad, se preguntaba de pronto si tal vez el acuerdo que él le había sugerido no fuera una alternativa mejor.

Sobre todo si pudiera pasar una buena parte de su tiempo allí en Meadowsweeet House, con Henry...

—Esperaré con emoción tu próxima visita —le dijo Henry, cuando Pasha y ella se despidieron de él unos días después—. Cuídate, querida. Le contaré a Dora la buena noticia, si me lo permites. Sé que estará tan contenta como yo. Verás, somos personas anticuadas, y un día el hijo de Pasha heredará el título y la mayor parte de mis bienes.

—¡Vaya! —Chloe miró a su marido—. No me había dado cuenta...

Sir Henry se echó a reír.

—No creas que es mucho, querida. A Pasha no le interesan los títulos; y mi hacienda no es particularmente valiosa. Tu marido es un hombre rico a quien no le importa lo que yo pueda dejar, razón por la cual irá directamente a su primer hijo.

—Ya... —dijo Chloe—. Lo entiendo. ¿Por eso quiere que el niño o la niña nazca aquí?

—Si te parece bien.

—¿Puedo pensármelo?

—Por supuesto —le sonrió Henry—. No debes sentirte presionada. No es más que el capricho de un viejo.

—Lo pensaré —prometió Chloe mientras le besaba en la mejilla—. Y volveré a verle muy pronto...

Llevaban una hora conduciendo cuando ella le dijo lo que había estado pensando.

—Creo que tal vez me gustaría pasar la mayor parte del tiempo en casa de Henry.

—Tal vez sea posible que pases parte del tiempo en el campo, pero quiero que estés conmigo en Londres cuando yo esté allí. Yo asisto a bastantes acontecimientos sociales, y quedaría raro si nunca estuvieras conmigo.

—Oh, sí... por supuesto... No me refería a todo el tiempo.

—¿No? —la miró con expresión un tanto cómica—. Creo que sí lo habías dicho de ese modo, Chloe; pero me temo que has hecho un trato y vas a tener que cumplir lo acordado. A lo mejor soy yo el que acabo no cumpliendo mi parte...

—Me dijiste que no me obligarías...

—Hay otras maneras, Chloe...

Chloe se estremeció al oír su voz áspera. Lo había sorprendido mirándola con deseo un par de veces en los últimos días, pero Pasha no había ido más allá de un beso casto en la mejilla; y eso había sido delante de Henry.

—No sé si a mi padre le gustará tanto la situación como a tu abuelo —dijo Chloe, que quería cambiar de tema desesperadamente—. Tal vez no le agrade mucho que me haya casado sin consultárselo.

—Te pregunté si estabas segura de querer celebrar la boda en España...

—Sí, lo sé; sé que era mejor presentarnos ya casados —dijo Chloe—. Pero mi padre esperaba que utilizara la educación universitaria que he recibido, y tal vez con esto piense que la he echado por la borda.

—¿Por qué? No hay ninguna razón por la que no

puedas continuar con tu trabajo —dijo Pasha—. A lo mejor yo podría ayudarte a recopilar material para publicar tu libro.

—Sí, supongo que podrías —lo miró pensativamente—. Muchas veces he querido traducir algo del original —lo miró mientras él conducía—. A veces no puedo evitar preguntarme... Pareces ser una mezcla de dos culturas, Pasha. Vives en occidente y hablas de las maravillas del mundo moderno; y sin embargo también crees en las costumbres de los tiempo pasados...

—Respeto las opiniones de otros, eso es todo —dijo Pasha—. Y soy leal a aquellos a quienes me debo.

—A veces la lealtad puede ir demasiado lejos.

—No sabes lo que dices, Chloe; no tienes ni idea.

—Eso es porque sólo puedo saber lo que tu quieras decirme.

Chloe lo miró fijamente. Notó por su expresión que en su interior se debatían sentimientos contradictorios; y se dijo que tal vez él fuera a contarle algo más. Esperaba que él pudiera descubrirle algo que aliviara la angustia que sus revelaciones aún le causaban; aunque no imaginaba qué podría ser.

—No puedo decirte nada que haga que te sientas mejor —dio él—. Hice lo que tenía que hacer, Chloe. Créeme, ojalá no te lo hubiera dicho.

—Y yo —pero Chloe lo dijo en voz tan baja que dudó de que él lo hubiera oído—. Gira aquí —añadió en voz más alta. Es la última casa de la calle.

Chloe se bajó del coche sin esperar a que él le abriera la puerta, aunque sabía que Pasha prefería que ella esperara. Le gustaba cuidar de ella y sus modales eran impecables. Pero aunque no lo habría reconocido, estaba muy nerviosa sólo de pensar en el recibimiento que su padre le haría a Pasha. Le daba la sensación de que su padre no se mostraría tan amable con su marido como sir Henry lo había sido con ella.

El ama de llaves les abrió la puerta y los miró con curiosidad a los dos, pero al ver que no mostraba emoción alguna a Chloe se le cayó el alma a los pies; su padre debía de estar muy enfadado con ella para recibirlos de ese modo.

Su padre estaba junto a los ventanales del salón que había al fondo de la casa; de espaldas a la puerta por donde ellos entraron. Chloe aspiró hondo y avanzó un poco más.

—Papá... —cuando su padre se dio la vuelta y la miró con tanta frialdad, Chloe se quedó callada un momento—. Quiero presentarte a mi esposo, Pasha...

—Entonces se ha casado contigo, ¿no? —le espetó su padre con una mezcla de rabia y repulsión—. Me extraña que tengáis la frescura de presentaros aquí. Si crees que voy a aceptar este matrimonio y a darte la bienvenida en mi casa, estás muy equivocada, Chloe. No sé qué tipo de ceremonia habréis celebrado...

Pasha se adelantó y rodeó con su brazo la cintura de Chloe.

—Chloe es mi esposa —dijo en tono claro y contenido—. Nos casó un reverendo de una iglesia anglicana en España. Hace años que está establecida allí para el uso de los ingleses que residen en esa parte del país.

—¿De verdad? —el señor Randall se volvió a mirarlo con la misma expresión gélida—. ¿Y con eso se arregla todo?

—Entiendo que esté un poco disgustado —empezó a decir Pasha—. Lo hicimos de un modo poco convencional, pero estamos enamorados...

—¡Amor! —resopló el señor Randall—. ¡Eso es una tontería! Ha sido un acto irresponsable y escandaloso. Chloe no sabía lo que hacía, y tengo la intención de anular este matrimonio.

—No puedes hacer eso, papá —le dijo Chloe, que estaba temblando—. Sabes que no necesito el permiso de nadie para casarme. Además, tú no lo entiendes. Pasha me salvó la vida, y yo me enamoré de él y...

—Charles Hicks me lo ha contado ya —la interrumpió su padre—. ¿Te imaginas lo que he sentido al enterarme del vergonzoso comportamiento de mi propia hija? ¡Estoy avergonzado de ti, Chloe! Te has comportado estúpidamente, y has echado a perder tu formación.

La miró con evidente disgusto, y Chloe supo que preferiría que fuera la hija obediente y sencilla que había sido en lugar de la nueva mujer vestida con elegancia en la que Pasha la había convertido.

Pero sus palabras, tal y como había sido su intención, le hicieron daño. Jamás había sido un padre muy cariñoso, sobre todo desde la muerte de su madre, pero siempre se había enorgullecido de sus logros en la facultad.

—Sí, tal vez fuera una locura echarme al desierto de ese modo —concedió Chloe—. Pero tuve suerte. Si Pasha no me hubiera encontrado, tal vez habría muerto...

—A lo mejor eso habría sido mejor que lo que has hecho —dijo su padre.

—Es horrible que diga eso —comentó Pasha antes de que ella dijera nada—. Debo rogarle que se retracte de lo que acaba de decir, señor. Está hablando de mi esposa, y no me gusta que nadie la insulte.

—Entonces debería llevársela —dijo el señor Randall—. Y no vuelva a traerla mientras siga siendo su esposa. No estoy de acuerdo con los matrimonios mixtos. Esto está abocado al fracaso, Chloe —su mirada furibunda la señaló una vez más—. No creas que vas a poder venir corriendo a mí cuando él te eche para tener otra esposa, o concubina, o como las llamen.

—Estás siendo injusto con Pasha, papá —dijo Chloe en tono bajo—. Pienses lo que pienses de él, y haga lo que haga él en el futuro, no se comportaría mal conmigo.

—Si ésa es tu actitud, no tenemos más que decirnos —dijo su padre—. Os ruego a los dos que salgáis de mi casa, porque no deseo veros más a ninguno.

—Como quieras, papá...

Chloe pestañeó con empeño para no echarse a llorar. Su desprecio hacia ella era difícil de soportar. A veces había sufrido por su frialdad en el pasado, pero no había esperado aquel amargo ataque.

—Lo lamento si te he hecho daño —añadió Chloe.

—Me has decepcionado. Tenía grandes expectativas para ti, Chloe, pero tú me has decepcionado.

Chloe se volvió hacia Pasha; y éste vio que estaba pálida y cansada.

—Será mejor que nos marchemos —le dijo—. No creo que tenga sentido discutir con él.

—Sí, por supuesto —concedió Pasha—. Creo que esto le va a pesar, señor Randall —añadió—. Y no es una amenaza, sino un presentimiento.

El señor Randall no respondió. Al salir, Pasha la miró con preocupación. Estaba muy pálida y temblaba, claramente disgustada. Pasha estaba muy enfadado, y apenas podía contener la rabia.

—¿Estás bien? —le preguntó—. ¿Te sientes mal?

—No, estoy bien —esbozó una sonrisa valiente—. Bueno, no tendrás que preocuparte de que vaya a escaparme a casa de mi padre.

Pasha sonrió de un modo extraño.

—Tal vez no creas lo que te voy a decir, pero habría preferido que te hubiera recibido de otra manera; aunque hubiera tenido yo que venir a buscarte aquí de vez en cuando.

Chloe se echó a reír.

—No te das por vencido, ¿verdad?

—No. Jamás renunciaré a ti.

Al mirarla, lo que vio en sus ojos hizo que le diera un vuelco el corazón.

—Sé que me odias, Chloe...

—No —dijo ella no voz baja—. No te odio. ¿Cómo voy a odiar al padre de mi futuro hijo? Pero no confío en ti, Pasha —vaciló al ver el dolor en su mirada—. Sé que eso te duele, y lo siento, pero me mentiste, aunque fuera por omisión de la verdad. No estoy segura de poder perdonarte eso.

—Al menos no me odias —dijo él, pero de todos modos estaba triste—. Trataré de ganarme de nuevo tu confianza, Chloe; sólo dame una oportunidad.

Chloe no respondió. ¿Cómo iba a hacerlo? Nada podría cambiar lo que Pasha había hecho, ni quién era.

Chloe paseó la mirada por el dormitorio del apartamento de Pasha. Si había pensado que la casa de España era bella, aquel apartamento era de lo más lujoso, con sus muebles de estilo art déco y sus funcionales accesorios que eran el último grito de la modernidad. El apartamento no tenía el encanto de la casa de sir Henry, pero era un lugar muy agradable para vivir en la ciudad, y tenía unas vistas maravillosas a uno de los parques centrales de Londres.

—Tenemos cuatro dormitorios —le dijo Pasha—. Puedes escoger el que prefieras. Espero que estés cómoda aquí, Chloe. No puedo decir feliz, porque sé que de eso hay poca oportunidad.

Chloe pensó que podía haberse sentido muy feliz si las cosas hubieran sido distintas entre ellos; pero habría sido feliz con él en cualquier sitio si él no le hubiera dicho que era un asesino por motivos políticos.

—Estaré estupendamente aquí —le respondió ella—. Me gustaría que todo fuera distinto... Pasha, yo quería dejarte en cuanto tuviera la oportunidad... Pero he recapacitado y creo que sería mejor esperar hasta que nazca el niño. He vomitado ya varias veces y estoy casi segura de que tienes razón. Mañana pienso ir a ver al médico que me recomendó Henry; y si el doctor confirma nuestras sospechas, entonces te prometo que no intentaré irme hasta después del nacimiento.

—No tengo intención de permitir que me dejes jamás, Chloe. Nada ha cambiado y jamás cambiará. Aunque no me dejes acercarme a ti nunca más, tengo la intención de que sigas siendo mi esposa. Mi única esposa. No me casé contigo en la iglesia cristiana para complacerte. Da la casualidad de que es también en lo que yo creo, y no estoy de acuerdo con el divorcio. Me acusas de ser una mezcla entre la tradición y la modernidad, y en este caso tienes razón. Creo en una mujer y en un hombre para toda la vida.

Chloe se pasó la punta de la lengua por los labios. Cuando la miraba así era como si el corazón se le partiera en dos. Sabía que estaba excitada, que lo deseaba. Quería que él fuera como había sido en España, que la tomara en brazos, la llevara a la cama y le hiciera el amor hasta la saciedad.

¿Pero cómo podía sentir lo que sentía, sabiendo lo que sabía de él? ¿Cómo amar a un hombre que era capaz de decretar un asesinato; tal vez más de uno?

Era imposible. No podía vivir en paz consigo misma si aprobaba sus acciones; y darle lo que quería sería aceptar su comportamiento.

—Entonces tendremos que ceñirnos al trato, ¿verdad? —dijo ella—. Tú dices que nada ha cambiado para ti, Pasha. Pues yo siento lo mismo.

Él inclinó la cabeza, como si aceptara sus palabras, pero en sus ojos brillaba la expresión de una negación. Ella sabía que se estaba conteniendo, pero que le resultaba muy difícil, y se preguntó cuánto tiempo seguiría así, llevándole la corriente. Si Pasha decidía echarse atrás, podría hacerlo; y Chloe sabía que no se le podría resistir mucho tiempo... Pero si la obligaba a entregarse, se despreciaría a sí misma y lo odiaría a él.

A veces, cuando la miraba, le parecía que tenía los ojos tristes, como si aquel abismo que los separaba le pesara enormemente; pero otras veces era tan duro, y se empeñaba tanto en hacer las cosas a su manera, que Chloe dudaba.

Sabía que en el fondo seguía amándolo, pero también que no podría volver a vivir siendo su esposa.

—¿Cuándo te vas a marchar? —le preguntó ella mientras se apartaba de su lado, para que él no le notara lo que estaba pensando.

—Hasta dentro de dos semanas no me voy.

La voz de Pasha le sonó tan cerca que Chloe se asustó. Sintió sus manos que le tocaban los hombros, y experimentó un deseo intenso de que él la besara.

—Chloe, intenta entenderlo. Yo no quise hacerlo...

—¿Entonces por qué lo hiciste? —le preguntó—. ¿Por qué me dijiste la verdad tan de sopetón como lo hiciste?

—Fue por orgullo —reconoció él—. Estaba enfadado porque habías dudado de mí; dolido porque habías pensado que era un asesino. Abdullah merece morir, Chloe. No es un asesinato, es hacer justicia.

—No estoy segura de creer en esa pena de muerte, ni siquiera aunque sea la sentencia de un tribunal —respondió Chloe con gesto pensativo—. ¡Pero un asesinato es distinto! Eso hace que seas tan malo como el hombre que mató a tu padre.

Notó la tensión de Pasha en sus hombros un instante.

—Él fue quien mató a mi padre —dijo él—. Y creo firmemente que debe morir.

Chloe se quedó de piedra, mientras él le retiraba las manos de los hombros. Había tanta amargura en la voz de Pasha que se estremeció sólo de pensarlo.

—¿Y por qué no me lo dijiste antes? —le preguntó ella pasado un momento—. Eso lo cambia todo...

Él no respondió. Chloe se dio la vuelta y vio que él no estaba en la habitación. Pasha la había dejado sola, y ella se estremeció porque se daba cuenta de que por su culpa aquel abismo que los separaba era aún más grande.

¿Por qué no le había dicho Pasha que el hombre que había mandado matar era el mismo que había matado a su padre? Seguía pareciéndole mal, pero finalmente entendía los motivos que le habían llevado a ordenar su muerte. No era un asesino por motivos políticos ni nada de eso; simplemente seguía lo que le dictaba el corazón, buscando venganza por lo que le habían hecho a él.

Nueve

—¿Qué tienes pensado hacer hoy? —le preguntó Pasha durante el desayuno unos días después—. Tengo varias reuniones hasta las ocho de la tarde. Espero que no te aburras.

—Justine me llamó ayer —dijo Chloe—. Quiere quedar hoy a almorzar en algún sitio. Le dije que podría venir aquí, si a ti no te parece mal.

—¿Y por qué me lo iba a parecer? —Pasha se sorprendió—. Ésta es tu casa, Chloe. Tienes total libertad de invitar a tus amistades o de salir con ellas. Nunca he dicho que quiera tenerte prisionera.

—Dijiste que a lo mejor me llevabas a la *casbah* de tu padre —le recordó.

—Incluso yo digo a veces cosas que no siento —dijo Pasha haciendo una mueca—. Hace años que no voy por allí, y no pienso empezar ahora. Además, me has dado tu palabra de que no pensarás siquiera en marcharte al menos hasta que nazca el bebé.

—Y la mantendré.

Pasha se dijo que nunca había visto a Chloe tan preciosa, con el pelo recién lavado, la piel fina y clara, y los ojos brillantes y más alegres en contraste con el verde esmeralda del fino chal que llevaba puesto.

—No sé qué pasará en el futuro, Pasha; no quiero hacerle daño a Henry, ni tampoco a ti, pero un día esta farsa debe terminar. No veo cómo ninguno de los dos podría continuar así toda la vida.

—Chloe...

El teléfono interrumpió a Pasha, que fue a contestar la llamada. Se ausentó unos minutos y cuando volvió ella había empezado a retirar las cosas de la mesa.

—Tú no tienes necesidad de hacerlo; lo hará la criada.

—No me importa retirar unos platos —dijo Chloe—. No estoy acostumbrada a que me sirvan, Pasha. Me gusta sentirme útil.

—Que estés aquí es lo único que te pido —le dijo Pasha con voz algo ronca—. De todos modos, tendrás una invitada en un par de días... Acaba de llamar Mariam. Dice que llegó a Southampton anoche y que le gustaría quedarse unos días aquí con nosotros. Espero que no te importe.

—No, por supuesto que no —Chloe lo miró de frente—. No podemos seguir preguntándonos todo el rato si tal o cual cosa nos importa, Pasha. Mariam es tu madrastra. Tú quieres que venga a casa, y naturalmente yo quiero conocerla.

—¿Ah, sí? —Pasha sonrió de un modo extraño—.

Muy bien, Chloe... Tengo que dejarte ahora, o llegaré tarde a mi cita. Diviértete con tu prima hoy. ¿Tienes dinero, por si quieres ir de compras?

—Me has abierto una cuenta en tu banco muy generosa —dijo Chloe.

—Pero todavía no te has gastado ni un penique.

—Aún es pronto, Pasha —Chloe ladeó la cabeza—. Ten cuidado. Si empiezo tal vez no sepa cómo parar.

Pasha sonrió porque sabía que ella le estaba tomando el pelo adrede.

—Te veré esta noche.

Chloe no se volvió para verle marchar. El corazón retumbaba en su pecho, y sabía que estaba a punto de llorar. ¡Era tan difícil vivir así! Ojalá pudiera marcharse, olvidarse de todo lo ocurrido... Pero en el fondo sabía que eso era casi imposible. Jamás se olvidaría de Pasha, bien se quedara o se marchara.

—¡Qué apartamento tan maravilloso! —exclamó Justine cuando Chloe terminó de enseñarle la casa—. Tienes tanta suerte, Chloe. Es como un sueño hecho realidad... —tomó uno de los caros bombones que había sobre la pequeña mesa de cristal—. ¿Te acuerdas cuando te estabas preparando para el viaje, cuando hablábamos de que encontrarías un apuesto amante? Cómo íbamos a saber que iba a ocurrir de verdad... Pero ha pasado, Chloe. Dime si es tan estupendo como se le ve en esta foto.

—Tú le conociste en el barco; le tiraste la bebida encima, ¿te acuerdas?

—Me dio tanto apuro que no quise mirarlo —dijo

Justine—. Pero por la foto se le ve un hombre agradable; y parece tan contento... ¡Y qué guapo es, Chloe!

Chloe sintió una punzada de pesar, porque sabía que Pasha ya no estaba contento.

—Bueno, esa la tomamos el día antes de casarnos.

—¿No tenéis fotos de la boda?

—No... La verdad es que no lo pensamos —dijo Chloe, inventándose una excusa—. Es una verdadera pena; pero es que fue una ceremonia muy íntima. Lo contrario de la que tú...

—Eso si encuentro a alguien... —Justine puso cara de resignación mientras cruzaba las piernas—. He ido a varias fiestas, pero no he visto a nadie que me guste. Mamá le ha echado el ojo a un baronet, pero él aún no ha mostrado demasiado interés por mí. Además, preferiría casarme con un hombre emocionante como... —dejó de hablar y miró a Chloe cuando sonó el timbre—. Parece que alguien está llamando a la puerta. ¿Esperabas visita?

—No —dijo Chloe extrañada—. La madrastra de Pasha viene a pasar unos días, pero llegará pasado mañana. No sé quién podrá ser ahora... Aún no conozco a sus amigos ingleses; de hecho estábamos pensando en hacer una fiesta muy pronto....

Se levantó, fue al hall y abrió la puerta con vacilación.

—¡Sashimi! ¡Ahmad! ¡Pero qué sorpresa...! Cuánto me alegro de veros... No tenía ni idea de que fuerais a venir a Londres.

—Queríamos darte una sorpresa —dijo Sashimi—. Espero que no hayamos llegado en un mal momento, Chloe.

—No, claro que no, en absoluto —respondió de inmediato—. Por favor, pasad. Tengo aquí a mi prima que ha venido a visitarme... Justine, te presento a Sashimi y a Ahmad. Ahmad es un primo de Pasha, y yo me quedé unos días con ellos en Marruecos.

Justine, que estaba sentada sobre la alfombra, se levantó y saludó a los recién llegados.

—Encantada de conocerte —dijo Sashimi—. Pero no debemos interrumpirte, Chloe. No sabíamos si ibas a estar o no en casa, y no queremos molestar.

—Pero no molestáis, Sashimi —dijo Chloe—. Estoy encantada de veros. ¿Por qué no os sentáis y tomáis un té, u otra cosa?

—Nos quedaremos unos minutos nada más —dijo Sashimi—. Vamos a pasar más o menos una semana en Londres. Espero poder convencerte para que puedas salir un día conmigo, Chloe.

—Sí, me encantaría —dijo Chloe—. Pero de momento no estoy segura de cuándo podrá ser, porque Mariam viene a visitarnos y pasaré con ella unos días. Tal vez después... —Chloe vaciló—. Estoy segura de que Pasha querrá veros. Tenéis que venir a cenar... Podría ser cuando esté aquí Mariam.

—Eso sería estupendo —dijo Sashimi, pero Ahmad no respondió.

Chloe preparó un té con menta como sabía que les gustaba a ellos, y la pareja se quedó media hora más antes de marcharse.

Cuando se hubieron marchado, Justine la miró con curiosidad.

—Ella parece muy simpática —observó Justine—. Pero él es un poco callado, ¿no? Guapo, pero un poco frío.

—¿Tú crees? —Chloe estaba sorprendida—. Fue muy amable cuando estuvimos en su casa. No sé por qué hoy estaba así.

—¿Y si no le ha gustado que estuviera yo aquí?

—¿Y por qué no le iba a gustar?

Lo que dijo su prima la dejó un poco confundida. Lo pensó un momento y se dijo que Justine debía de tener razón. Sashimi estaba como siempre, pero Ahmad se había comportado de un modo extraño sin motivo.

—A lo mejor está preocupado por algo —dijo Chloe—. Pasha a veces está así... cuando tiene un problema...

—Bueno, ella es muy agradable —continuó Justine—. Pero yo en tu lugar tendría cuidado con él, Chloe. Te ha mirado de un modo muy raro un par de veces.

—¡Ay, Justine! —Chloe se echó a reír—. Me parece que estás equivocada. Ahmad le da a todo el mundo la bienvenida a su casa, y tiene a Sashimi como a una reina. Estoy segura de que no miraría a otra mujer... ¿Por qué iba a hacerlo?

—No lo sé —reconoció Justine—. No estoy segura del significado de esas miradas; pero yo en tu lugar tendría un poco de cuidado.

Chloe sonrió y negó con la cabeza. Sospechaba que a lo mejor la ropa de Justine no hubiera agradado al primo de Pasha, que tal vez le hubiera parecido demasiado moderna para su gusto, y que por eso se había quedado callado.

—Bueno... —dijo para distraer a su prima—. ¿Cuánto tiempo vas a pasar en Londres?

—Ah, por lo menos una semana más —Justine

arrugó un poco la nariz—. ¿Puedo probar uno de esos cigarrillos turcos? Me gustan bastante —dijo mientras sacaba uno de la cigarrera de plata que había en la mesa y lo encendía—. Mi madre está empeñada en conseguir la proposición de matrimonio antes de volver a casa; pero yo no lo tengo nada claro.

Chloe se echó a reír.

—¿Pero no tienes tiempo de sobra, Justine? No tiene sentido casarse si no te enamoras.

—¿Eso es lo que te pasó a ti, Chloe?

Chloe asintió, pero le dolía el corazón.

—Me parece estupendo, Chloe. Te darás cuenta de lo afortunada que eres, ¿no? ¡Yo tendré que conformarme con el primero que me lo pida!

—No tienes por qué —dijo Chloe—. Encontrarás a alguien especial.

—Daría cualquier cosa porque me pasara lo que a ti. Es tan romántico... —añadió Justine con un suspiro—. A mí nunca me ocurren esas cosas.

Chloe se preguntó qué diría Justine si le contara la verdad; pero no podía, porque la verdad era demasiado horrible.

—Qué suerte tienes, Chloe.

—Sí —dijo ella—. Supongo que sí...

Esa noche, cuando Pasha volvió a casa, Chloe le habló de la visita de Sashimi y Ahmad, y él se quedó un poco sorprendido de que su primo estuviera en Londres.

—Qué raro que Ahmad no me dijera nada cuando hablé con él la última vez.

—A lo mejor lo han organizado espontáneamente —sugirió Chloe—. Tal vez Sashimi quisiera venir de compras; ya sabes lo mucho que le gusta la ropa.

—Sí, aunque ella suele preferir París... ¿Fuiste a algún sitio con tu prima?

—No, nos quedamos en casa a charlar —respondió Chloe—. Pensamos en ir al cine, pero no ponen nada que nos interese particularmente.

—¿Entonces no vas a ir a ver *El jeque* otra vez? —sugirió Pasha con mirada burlona.

—La he visto varias veces —ella alzó la cabeza con orgullo—. Pero iré a ver la nueva cuando salga...

—Pues claro que irás; tú y millones de mujeres más —Pasha arqueó las cejas—. ¿Por qué os dejáis engañar por tales tonterías?

—¡Ay, desde luego eres imposible! —dijo Chloe—. No nos lo creemos todo; pero son historias muy románticas y divertidas —al ver su mirada burlona, Chloe también le hizo burla—. Creo que sólo lo dices para que me enfade.

—Pues claro —reconoció él muerto de risa—. Me gusta ver la luz en tus ojos, Chloe. Eres una mujer muy deseable, sobre todo cuando te enfadas...

Él se adelantó un paso, que fue suficiente para que a Chloe se le acelerara el pulso. Cuando Pasha se inclinó un poco hacia ella y le rozó los labios con los suyos, Chloe aguantó la respiración.

—Pasha... —empezó a decir algo angustiada—. Me prometiste...

—Te prometí que no te obligaría —dijo—. Pero esta mañana dijiste que no podemos seguir así eternamente.

—Pasha...

Chloe se dio la vuelta, un poco nerviosa. ¿Se habría dado cuenta él de que estaba a punto de ceder?

Él le rozó la parte de atrás del cuello, suficiente para que Chloe se estremeciera de placer, pero no intentó abrazarla ni hacerle el amor.

—No te preocupes, Chloe.

Pasha notó la tensión de Chloe, pero pensó que era por otra razón.

—No te voy a violar —continuó—. No soy tan bestia como para obligarte. Tal vez mis valores te parezcan muy pobres, pero...

—Pues claro que no —dijo ella mientras se volvía a mirarlo—. Entiendo por qué haces lo que haces, Pasha, pero lo detesto. Detesto en lo que te va a convertir. Tienes un lado oscuro, y es esa parte secreta de tu vida la que se interpone entre nosotros.

—Sí. Sé que no puedes vivir con lo que te dije —sus ojos ya no sonreían—. Me doy cuenta de que eso te horrorizó, de que te asustó muchísimo; y no sabes cuánto lo siento, Chloe. La orden se ha dado y yo no puedo hacer nada; ni tampoco haría nada si pudiera. Tienes que entender que este hombre asesinó a mi padre; y luego trató de matarme a mí, y también a mi tío. Ninguno de nosotros estará a salvo hasta que él no esté muerto... Y en eso también te incluyo a ti —Pasha la miró con expresión mordaz—. Tengo que proteger a aquellos que quiero; y si me odias por eso, que así sea.

Pasha se quedó mirándola fijamente a los ojos; pero pasado un momento se adelantó y la estrechó entre sus brazos. Ella no protestó cuando él empezó a besarla, porque aunque su mente lo rechazara, su cuerpo despertaba bajo la magia de sus caricias. El calor de su deseo la quemaba, y encendía en ella un fuego similar. Sintió que se fundía con él, olvidada ya su reticencia. Lo miró y pensó en lo mucho que lo deseaba, en las ganas que tenía de sentirlo dentro, de que él la saciara. Deseó acariciarlo, buscar la fuerza palpitante de su pasión para acariciarla con su boca.

Pasha sonrió y le acarició la mejilla.

—No te obligaré a que vengas a mí, Chloe; pero quiero que sepas que nada ha cambiado por mi parte. Sigo deseándote y siempre será así...

Entonces Pasha se dio la vuelta y la dejó allí; se metió en su dormitorio y cerró la puerta. Chloe se quedó un rato con la vista fija en esa puerta, pensando en ir detrás de él.

Sin embargo, aunque deseaba estar con él más que nada en el mundo, sabía que no era posible. Pasados unos momentos, Chloe se dio la vuelta y se metió en su cuarto.

Al día siguiente, Chloe salió a comprar comida, preparándose para recibir a su invitada. Estaba deseando conocer a Mariam, y Pasha le había dicho que darían una cena cuando Mariam llegara.

—Invitaremos a media docena de parejas y a un conocido mío que tiene más o menos la misma edad que Mariam —le había dicho esa mañana antes de salir—. Así conocerás a algunos de mis amigos. A lo mejor Sashimi y Ahmad querrán venir también —la miró con expresión ceñuda—. He tratado de ponerme en contacto con él anoche y esta mañana, pero Sashimi me ha dicho que había salido. La noté un poco rara. No sé si tienen problemas en su matrimonio. Llevan poco tiempo casados, pero a ella su familia la ha mimado mucho... Creo que llegaré un poco tarde esta noche, Chloe. No me esperes a cenar.

Salvo por la sugerencia de la cena que quería celebrar en los próximos días, la actitud de Pasha con ella había sido fría y distante, y Chloe pensó que a lo mejor estaba enfadado porque ella no había ido a buscarlo la noche anterior.

¡Qué poco sabía él que ella se había pasado la noche dando vueltas en su cama solitaria!

Chloe se dio un baño de espuma y aprovechó el momento de paz para pensar un poco en todo. La visita de Justine le había hecho recapacitar sobre lo que le había pasado, y eso la llevaba a enfrentarse a su situación. Además, el beso que le había dado Pasha la noche anterior la había obligado a reconocer sus sentimientos. Estaban ahí y no podía seguir rechazándolos.

Algo debía cambiar. No podía seguir fingiendo que no sentía nada por él, precisamente porque él le hacía sentir cosas muy intensas.

Se preguntó si podría buscar la manera de asimilar la parte de la vida de Pasha que tanto le disgustaba. Si hablaba con él esa noche, podría descubrir lo que pensaba en relación a lo que estaba haciendo.

Cuando salió de la bañera sonó el teléfono, y Chloe fue a contestarlo.

—Chloe... —era Pasha, pero tenía la voz un poco

rara—. Lo siento, pero no volveré esta tarde a casa. Es posible que tarde tres o cuatro días en poder volver. Sé que es extraño para ti. ¿Puedes recibir a Mariam tú sola?

—Sí, claro —Chloe sintió un escalofrío de aprensión—. ¿Pasa algo?

—No. Al menos aún no. Me acaban de comunicar que mi tío va a hacer una visita inesperada a París esta semana. Llega mañana, y yo tengo que estar allí para recibirlo.

—Ah... —a Chloe se le aceleró el pulso—. ¿Qué más, Pasha? Hay algo que no me quieres decir.

—El hombre del que hablamos anoche... —continuó Pasha en voz baja—. Ha esquivado a mis hombres, y nos dicen que va de camino a París.

—Ay, Pasha —a Chloe se le hizo un nudo en la garganta—. ¿Y tú... corres peligro?

—Quién sabe —dijo él—. Lo siento mucho, Chloe. No puedo hablar de esto por teléfono. Tengo que marcharme.

—Pasha... —quería decirle desesperadamente que lo amaba, pero no le salieron las palabras—. Por favor, cuídate...

—Sí, claro. Y tú también, Chloe. No abras la puerta a nadie mientras yo esté fuera. Al menos tendrás a Mariam contigo a partir de mañana. Hasta entonces, ten mucho cuidado. ¿Por qué no le pides a Justine que vaya a quedarse contigo en casa? Si no fuera por la visita de Mariam, te diría que te fueras a casa de Henry y que te quedaras allí hasta mi vuelta.

Chloe se estremeció.

—Me estás asustando, Pasha. De verdad, no tienes

por qué preocuparte de mí. Voy a estar perfectamente bien.

Era él quien estaba en peligro, pero ella no sabía cómo decirle lo que sentía al respecto.

—Eres lo único que me importa, Chloe —dijo con la voz ronca de la emoción—. Si algo ocurriera, pienses lo que pienses de mí... recuerda que te amé...

—Pasha... —susurró ella—. Yo también te amo...

Pero él ya había colgado, y no tenía manera de llamarlo. No conocía los detalles de la empresa, ni tenía un número de teléfono donde avisarlo en caso de urgencia.

¡Qué boba había sido! Chloe se paseó por el apartamento, sabiendo que los días siguientes le resultarían muy duros. No estaba segura de lo que haría si algo le ocurriera a Pasha.

El mero hecho de pensar que aquel hombre, el asesino de su padre, pudiera matarlo, le hizo ver las cosas de pronto desde otra perspectiva. Por fin entendía por qué Pasha había estado dispuesto a ordenar la ejecución de Abdullah.

Deseó que alguien diera con aquel asesino y lo matara, antes de que él le hiciera daño a Pasha. De pronto, estaba muerta de preocupación por un hombre a quien había pensado abandonar a la primera de cambios. Sería irrisorio si no fuera tan trágico.

Al día siguiente Chloe corrió a hacer las últimas compras para prepararse para la llegada de su invitada. Compró varios diarios y vio que se había publicado la noticia de que el príncipe Hassan, el dirigente de un pequeño estado petrolero, llegaría a París ese día; pero no había nada más sobre eso.

Escuchó las noticias en la radio a la hora del almuerzo, pero seguía sin haber nada que pudiera alarmarla; así que empezó a relajarse y a pensar que no iba a ocurrir nada malo.

A lo mejor Abdullah se había escondido y no se atrevería a tratar de asesinar al príncipe o a Pasha. Seguramente sabría que lo estaban buscando, y que esa vez lo matarían si trataba de hacerle daño al príncipe.

Eran casi las tres de la tarde cuando llegó Mariam con un ramo de flores en la mano de regalo. La madrastra de Pasha tendría poco menos de cincuenta años, pero seguía siendo muy atractiva y vestía con mucha elegancia. Llevaba más maquillaje del que Chloe estaba acostumbrada a ver utilizar a sus amigas, pero resultó ser una mujer encantadora, que a Chloe le cayó bien enseguida.

—Me alegra tanto conocerte —le dijo Mariam mientras le daba un beso en la mejilla—. Temía que Pasha nunca se perdonara lo que le pasó a Lysette. Ha pasado mucho tiempo encerrado en sí mismo, y yo creía que nunca encontraría la felicidad.

—Era su hija —le dijo Chloe una vez que habían pasado al salón—. Pasha me habló de ella. Creo que la quería mucho.

—La adoraba —Mariam se sentó en uno de los sofás—. Fue porque perdió a su padre de ese modo; fue un momento tremendo para todos, Chloe. Todos sabíamos que peligraban nuestras vidas, sobre todo la de

Pasha. Yo quería que viniera conmigo a América, pero su tío insistió en que se educara en Gran Bretaña. Supongo que fue la decisión correcta, pero a menudo me ha pesado que nos separáramos. Yo le quería mucho, y creo que necesitaba cariño. Pasha nos visitaba cuando podía, por supuesto, pero si hubiera estado allí... —su voz se fue apagando.

—¿Cree que tal vez Lysette...?

—¿Que no se habría metido en un lío con ese hombre? —Mariam asintió—. Ella admiraba tanto a Pasha. Y él la adoraba, pero era muy estricto con ella. Creo que habría hecho cualquier cosa para no defraudarlo.

—¿Entonces por qué...? —Chloe vaciló—. Supongo que estaba enamorada de ese hombre.

—Yo creo que la tenía dominada —Mariam frunció el ceño—. No estoy segura. Ella no quería hablar de él, y Lysette no era así. A lo mejor tenía miedo.

—¿Y tú sabías quién era?

—Al principio pensé que era un director de cine —dijo Mariam—. Él le había ofrecido un papel en una película, y ella estaba emocionada; pero de pronto cambió.

—¿Qué quieres decir con que cambió?

—Dijo que no estaría bien actuar en la película, porque era la hija de un jeque, y que eso avergonzaría a la familia —Mariam parecía confusa—. Y había otras cosas... —suspiró y negó con la cabeza—. Pero no tiene sentido hablar de eso ahora. Todo eso ha pasado ya. Por favor, háblame de ti, Chloe, y de cómo conociste a Pasha...

Chloe le habló de cómo se habían conocido, y

también de que Brent Hardwood estaba en el mismo crucero.

—Así que ya ves, si ese hombre no hubiera intentado... bueno, tal vez yo no habría huido y...

—Sí, es extraño, sobre todo porque Brent Hardwood estuvo con Lysette una temporada —Mariam se quedó pensativa—. Todo esta escrito en nuestro destino, querida. Yo lo creo a pies juntillas. Si tu destino era estar con Pasha, os habríais conocido de un modo u otro.

—Sí, tal vez —dijo Chloe—. Eso mismo dice Sashimi.

—¿Sashimi? —Mariam arqueó las cejas—. Me temo que no sé a quién te refieres.

—¿No conoces a la esposa de Ahmad?

—¿Ahmad Al Hadra? —dijo Mariam—. No tenía idea de que estuviera casado. Una vez nos visitó, unas semanas antes de que Lysette... —hizo una pausa y frunció el ceño—. A veces me he preguntado si él... pero no, no lo creo.

—¿No estarás pensando que Ahmad pudiera haber estado implicado? —Chloe la miraba sorprendida.

—Se me pasó por la cabeza, pero creo que fue una tontería mía.

—Sashimi es encantadora; no creo que Ahmad...

—No, por supuesto que no —concedió Mariam—. Me sorprende nada más que no mencionara a su esposa; pero a lo mejor entonces no estaba casado.

—No, a lo mejor no. Pasha me dijo que no llevaban muchos meses casados; pero imagino que el matrimonio estaría concertado desde hacía tiempo, ¿no?

—Sí, por norma —dijo Mariam—. El tío de Pasha

quiso concertarle un matrimonio hace años, pero él se negó. Dejó claro que él mismo elegiría a su esposa cuando llegara el momento, como había hecho su padre —Mariam sonrió—. Mi marido era un hombre de ideas independientes, Chloe, y creo que su hijo es como él en ese sentido.

—Sí —Chloe sonrió a su pesar—. Estoy de acuerdo con que Pasha sabe lo que quiere, y creo que nada puede hacerle cambiar de opinión.

—Es un hombre maravilloso —dijo Mariam—. Generoso y considerado, y muy divertido; pero estoy segura de que no hace falta que te lo diga, Chloe.

—No —dijo Chloe despacio—. Pero me gustaría que me contaras algo de él, Mariam. Sería interesante saber cómo era de joven.

—Muy listo y estudioso —dijo la mujer—. Pero cuando quería también gastaba unas bromas sorprendentes. Era un niño muy vivo e imaginativo. A veces nos contaba historias impresionantes, que no siempre eran ciertas.

Chloe sonrió.

—¡Y Pasha siempre me dice que me dejo llevar por la imaginación!

—Ah... no siempre te tomes en serio lo que te diga tu marido —Mariam se echó a reír—. Es muy bromista, y a veces se le ocurren ideas sorprendentes. Lo único previsible de Pasha es que es imprevisible.

Chloe asintió.

—Me alegro tanto de que hayas venido a verme —dijo Chloe—. Pasha sentirá no haberte visto. Espero que vuelvas a visitarnos antes de regresar a América.

—¿Cuánto tiempo va a estar Pasha fuera? —preguntó Mariam—. Quería que me aconsejara acerca de un asunto.

—Unos días, pero no estoy segura.

—Entonces volveré dentro de dos semanas —dijo Mariam—. Había pensado quedarme dos días contigo antes de volar a París, donde voy a ver al médico.

—Ah —Chloe la miró con inquietud—. Espero que no sea nada grave.

—A lo mejor es sólo una falsa alarma —dijo Mariam—. Me ha visto un médico en Nueva York que cree que podría tener un tumor en el estómago y que quiere operarme; pero yo quiero una segunda opinión.

—Parece serio.

Por primera vez desde que había entrado, Chloe se dio cuenta de lo delgada que estaba la mujer; y se preguntó si tal vez iba tan maquillada para disimular la mala cara. Sintió lástima por ella, y deseó poder ayudarla de algún modo.

—¿Puedo hacer algo para ayudarte? Cualquier cosa...

—Gracias por ofrecerte, Chloe —Mariam le tocó la mano—. No debes preocuparte mucho. En este momento estoy bastante bien, pero si pasara algo me gustaría dejar mis asuntos arreglados. Por eso debo hablar con Pasha. Él siempre se ha ocupado de ese tipo de cosas por mí... —dejó de hablar y frunció el ceño.

—Tal vez podrías contactar con él en París —sugirió Chloe.

—No, si está con el príncipe, no —Mariam puso cara de pesar—. Debes saber que su excelencia no me quiere. Yo decidí vivir independiente después de la muerte de mi marido, y él se negó a darme su protección. Yo le aconsejé a Pasha que rompiera con él por su bien; pero él se negó. Tu marido es un hombre muy leal, querida.

—Sí, sí... Lo sé —dijo Chloe—. Espero que tu viaje a París sea provechoso, y que al final no te ocurra nada serio.

—Si es mi destino, que así sea —respondió Mariam—. Y si no fuera así... al menos he vivido como he querido, Chloe. No estés triste por mí. Tú eres joven y te queda toda la vida por delante.

—Sí...

Chloe tenía ganas de llorar. Mariam tenía razón, tenía toda la vida por delante; pero sólo si Pasha regresaba sano y salvo a su lado.

Diez

La visita de Mariam fue muy tranquila. Chloe disfrutó de sus largas conversaciones juntas, y se enteró de muchas cosas de la infancia de Pasha. Todo lo que aprendió le llevó a sentir que lo amaba más, a pesar de las barreras que los separaban.

Sin embargo, Chloe se dio cuenta de que su invitada no estaba todo lo bien que pensaba cuando le llevó algo de beber por la mañana temprano. Sin el maquillaje, Mariam estaba pálida y tenía cara de cansada, y a Chloe le preocupó. Su madre había sufrido unos meses antes de morir, aunque entonces Chloe había pasado mucho tiempo fuera estudiando.

Tal vez por la enfermedad de Mariam, las dos se compenetraron mucho el tiempo que pasaron juntas; de modo que cuando Chloe tuvo que separarse de su nueva amiga lo sintió bastante.

—Ojalá Pasha hubiera llamado para que hubieras podido hablar con él —le dijo Chloe cuando llegó el coche que llevaría a Mariam al aeropuerto—. Sé que querrá ayudarte todo lo posible.

—Eres una joven muy dulce, Chloe —Mariam le dio un beso cálido—. Me alegro tanto de que Pasha te haya conocido. Pero ha hecho muy mal en no llamarte estos días, y cuando lo vea pienso regañarlo.

—Supongo que estará ocupado —respondió Chloe con una sonrisa—. Se pondrá en contacto conmigo en cuanto pueda.

No quería mostrar su angustia delante de Mariam, que ya tenía bastantes preocupaciones.

Sashimi le había dado un número para que la llamara; y lo hizo en cuanto Mariam se marchó.

—Ay, me alegra tanto que me llames —le dijo Sashimi—. Estaba a punto de llamarte yo. Ahmad se ha ido de viaje de negocios, y estoy tan aburrida aquí sola. ¿Por qué no comemos juntas y luego nos vamos de compras?

—¿Sí, por qué no? —Chloe no quería pasar el día sola—. Justine viene esta noche y vamos a ir al cine, pero si estoy en casa a las seis me dará tiempo a prepararme.

—Sí, estarás en casa antes. Ahmad podría volver a casa esta noche, así que yo tampoco quiero volver muy tarde.

—Nos vemos dentro de una hora, entonces —dijo Chloe—. Hasta luego, Sashimi.

Nada más colgar, sonó el teléfono.

—¿Pasha? —susurró Chloe con emoción.

—Siento decepcionarte, querida —dijo Henry echándose a reír—. Sólo llamaba para ver cómo estabas. ¿Vais a venir a verme pronto?

—Sí, por supuesto —dijo Chloe—. Y no me decepcionas. Pasha está fuera y pensaba que podría ser él. Eso es todo. Pero iremos, Henry; en cuanto vuelva organizamos algo.

—Dora está deseosa de conocerte. Desde que volvió de casa de su hijo no ha dejado de hablar de ti. Me ha regañado porque no os retuve aquí hasta que llegara ella.

—Ay, pobre sir Henry —rió Chloe.

—Creo que sobreviviré —dijo Henry—. ¿Pero dime, cómo te encuentras tú, querida?

—Fui a ver al médico que me recomendaste —le dijo Chloe—, y me ha confirmado que estoy embarazada.

—¡Es maravilloso, Chloe, querida! Me alegro mucho por los dos... y por mí.

Charlaron unos minutos más, con lo cual Chloe llegó un poco tarde a la cita con Sashimi.

Había pensado dejarle una nota a Pasha por si regresaba estando ella fuera, pero al final no tuvo tiempo.

Sashimi estaba esperándola en el restaurante. Parecía un poco molesta y miró significativamente su reloj de pulsera cuando Chloe se sentó con ella a la mesa. El reloj de Sashimi era muy elegante, de oro blanco y diamantes, y sin duda muy caro. En realidad todo lo que llevaba Sashimi parecía de lo mejor, y Chloe se dijo que Ahmad debía de ser muy generoso con su encantadora y joven esposa. Por esa misma razón le extrañó la expresión triste y molesta de Sashimi, que no estaba tan feliz como la había visto en Marruecos.

—Pensaba que ya no venías...

—Lo siento —se disculpó Chloe—. Me llamó el abuelo de Pasha justo después de colgarte, y hablamos más de lo que yo habría querido. No quise decirle que había quedado para que no pensara que no quería hablar con él. Es tan agradable...

—Bueno, no importa —dijo Sashimi—. He pedido caviar ruso, langosta y faisán. Espero que te guste.

—Santo cielo —comentó Chloe, sorprendida por el extravagante menú—. ¿Estamos celebrando algo?

—Me gusta lo bueno —respondió Sashimi descuidadamente—. No tiene sentido comer fuera si uno no se da un lujo, ¿no crees?

Sashimi había pedido champán francés para acompañar la comida; y Chloe se sorprendió al ver que la joven se tomaba tres o cuatro copas. No se lo había esperado, pero lo cierto era que Sashimi parecía hacer lo que le venía en gana aunque apenas probó la exquisita comida que había pedido.

A Chloe le pareció una pena, pero no dijo nada. Se ofreció para pagar a medias, pero Sashimi se limitó a firmar y dijo que tenía cuenta allí y que Ahmad pagaría.

Aquello sorprendió a Chloe. En Marruecos Sashimi le había confesado que aunque vivían bien no eran tan ricos como podía serlo Pasha. Sin embargo, ese día Sashimi parecía tirar el dinero gustosamente.

Chloe se sorprendió aún más cuando fueron de compras a una de las tiendas más grandes de Knightsbridge.

—¿Ahmad te da una asignación? —le preguntó al ver que Sashimi firmaba todo sin fijarse siquiera en el precio.

—Ah, no —contestó sin interés—. Me dice que lo cargue todo en su cuenta. No me daría dinero por si acaso... —se calló bruscamente, como si temiera haber hablado de más.

—¿Sabes cuánto te has gastado esta tarde? —le preguntó Chloe.

—¿A quién le importa? —Sashimi hizo una mueca de asco—. Ahmad está en deuda conmigo... y puede pagar.

La expresión hosca de la joven Sashimi y su tono de voz sorprendieron a Chloe. Estaba claro que había algún problema, y Chloe se inquietó por ella.

—¿Estás mal? —le preguntó—. ¿Puedo hacer algo por ti?

A Sashimi se le llenaron los ojos de lágrimas.

—¡Lo odio! —dijo—. Ojalá me hubiera negado a casarme con él.

—Oh, Sashimi... —Chloe la miró consternada; había supuesto que el matrimonio podría tener algún problema, pero nada tan serio—. Dime qué puedo hacer por ti.

—Quiero irme a casa —dijo Sashimi—. No me siento demasiado bien. ¿Querrás venir conmigo, Chloe? Por favor, ven. Necesito hablar contigo... en privado.

Estaba claro que Sashimi estaba acongojada, y Chloe no se lo pensó dos veces.

—Sí, claro. Vamos a tu apartamento y me puedes contar qué te ha pasado para estar así.

En el apartamento, Sashimi dejó los paquetes en el suelo del elegante salón y dejó allí a Chloe mientras ella se metía en alguna habitación. Chloe pensó que tal vez quisiera refrescarse y estar un momento a solas y se sentó a esperarla en uno de los cómodos y amplios sofás.

Cuando pasaron varios minutos y Chloe vio que Sashimi no aparecía, se levantó. En ese preciso instante se abrió la puerta del apartamento y apareció Ahmad.

—Chloe... —el primo de Pasha la miró de un modo extraño; en sus ojos había tristeza e inquietud—. ¿Te has enterado ya? ¿Has venido por eso?

—¿Enterarme de qué? —a Chloe le dio un vuelco el corazón al ver la preocupación de Ahmad—. No me he enterado de nada. Hemos estado de compras...

—Y la mayor parte de estas bolsas son de Sashimi, por supuesto —frunció el ceño y se acercó a ella, que se había puesto de pie instintivamente—. Lo siento, no sé cómo decírtelo.

A Chloe se le encogió el estómago de miedo.

—¿Qué ha pasado, Ahmad? —sollozó—. Debes contármelo, por favor. ¿Es Pasha?

Él asintió con expresión sombría.

—El príncipe Hassan sufrió un intento de asesinato. Pasha fue tras el asesino y hubo un forcejeo... —hizo una pausa, y Chloe pensó que iba a vomitar—. La pistola se disparó... e hirió a Pasha.

—¡No!

Chloe lo miraba horrorizada, la cabeza le daba vueltas y estaba mareada. Se había temido algo así, pero parecía que era mucho peor de lo que había imaginado. No podía estar pasando de verdad. ¡Dios, por favor, que no fuera verdad! Ahmad la sujetó al ver que se tambaleaba hacia delante, para que no se cayera.

—¿Está... muerto?

—No, aún no —dijo Ahmad con emoción—. Lo siento tanto, Chloe.

—¿Dónde está? —preguntó—. ¿Sigue en París?

—Sí —Ahmad la miró con tristeza—. No estoy seguro de que podamos llegar a tiempo...

—¿Querrás llevarme? —sollozó Chloe con los ojos

como platos—. ¿Me ayudarás, Ahmad? Debo verlo, debo... —no pudo seguir hablando.

Él vaciló un momento, pero enseguida asintió con la cabeza.

—Déjamelo todo a mí, Chloe. Tenemos que marcharnos inmediatamente; no hay tiempo para volver a tu casa. Sashimi se quedará aquí y se encargará de prepararte una maleta.

Sashimi había salido de la habitación; se había cambiado de ropa. Los observó un momento en silencio, y cuando su esposo la miró, se adelantó.

—Debes ir, Chloe —le urgió ella—. No te preocupes de nada. Dame la llave de tu casa. Te haré una maleta y me reuniré con vosotros en cuanto me sea posible.

—Ah, sí... gracias —dijo Chloe llorosa.

Recordó que Sashimi iba a decirle algo, pero de momento tendría que esperar. Lo único que le importaba en ese momento era llegar a tiempo adonde estaba Pasha... ¿Para qué? ¿Para despedirse? Sacó la llave del bolso y se la dio a Sashimi con el corazón encogido.

—¿Podrías avisar a Justine? Su número está en la agenda de la entrada, y tal vez deberías llamar también a sir Henry... —las lágrimas le impidieron continuar.

Quería verlo... necesitaba ver a Pasha... ¿Por qué no le había dicho que lo amaba cuando se habían despedido? A lo mejor, de ese modo, no se habría arriesgado tanto.

Ahmad parecía pensar que Pasha se estaba muriendo, pero ella iba rezando cuando bajaban corriendo las escaleras del apartamento para salir a la calle, donde los esperaba un coche.

—Tengo un avión esperando en una pista privada,

Chloe. Llegaremos cuanto antes; no desesperes. Están haciendo todo lo posible por Pasha. Estoy seguro de que llegaremos a tiempo.

Chloe agradecía enormemente su amabilidad. No sabía qué habría hecho de no haber estado él en Londres, ni cómo se las habría arreglado para ir sola a París.

—Eres tan amable; gracias por tu ayuda.

—Estaba escrito —dijo Ahmad en tono extraño—. Tu llegada a mi casa ese día fue por un propósito, Chloe. Todo ocurre según la voluntad de Allah.

Chloe había cerrado los ojos. Por eso no vio el brillo fanático en los ojos de Ahmad.

Pasha entró esa noche en su apartamento, y enseguida notó que estaba vacío. Frunció el ceño mientras sentía una punzada de decepción. ¿Cómo se le había ocurrido confiar en que Chloe estaría allí esperándolo? Recordó que ella le había dejado claro que no quería estar con él. Y cuando le contara lo que había pasado en París, se convencería más de ello.

La había llamado un rato antes para decirle que regresaba, pero ella no había contestado al teléfono.

Estaba seguro de que Chloe no habría roto su promesa de no dejarlo hasta después de nacer el niño. ¿O sí? El dolor de esa posibilidad lo golpeó como un mazazo cuando entró en el dormitorio de Chloe. Estaba claro que su esposa se había marchado apresuradamente; y Pasha notó enseguida que faltaban algunas de sus cosas. El ropero estaba abierto, y en el suelo había varios artículos de periódicos tirados descuidadamente. ¿Habría intuido acaso que él regresaba y habría decidido marcharse enseguida? Sintió un enorme dolor al ver su llave del apartamento tirada sobre el tocador.

¡Lo había dejado! Había esperado a que se marchara Mariam, y después se había marchado ella. Sintió como si alguien le clavara un cuchillo en el corazón, y estuvo a punto de gritar de agonía.

¿Por qué habría roto su promesa?

La cabeza le daba vueltas cuando sonó el timbre de la puerta varias veces. ¡Y si fuera ella! Tal vez Chloe no lo había dejado; a lo mejor sólo se había olvidado la llave.

Abrió la puerta con ímpetu y observó a la joven que tenía delante con la mirada perdida. Ella habló antes de que él pudiera decir nada.

—Eres tú, ¿verdad? —dijo—. Chloe me enseñó una foto tuya. Yo fui la que te tiré encima esa bebida en el barco. Me dio tanta vergüenza entonces, que no me fijé en ti. Pero te reconozco por la foto.

—Y tú debes de ser Justine —dijo Pasha—. Chloe me ha dicho que eres su mejor amiga. ¿Quieres pasar un momento? He estado fuera unos días y acabo de llegar; pero Chloe no está en casa.

Justine entró con él.

—Pues estoy segura de que habíamos quedado hoy —dijo Justine algo extrañada—. Mariam se marchaba hoy por la mañana, y Chloe me pidió que viniera; pero he pasado todo el día ocupada...

—Sí, eso es. Mariam se marchó esta mañana. He hablado por teléfono con ella esta tarde, antes de salir de París —Pasha estaba pensativo—. No lo entiendo. Faltan algunas cosas de Chloe. ¿Te comentó si iba a algún sitio?

—No. Además, ella llamaría si hubiera surgido algo

inesperado —dijo Justine—. Estaba tan deseosa como yo de ver la película —la joven parecía preocupada—. ¿Habrá ido a ver a su padre?

—Lo dudo —respondió Pasha—. Pero tal vez haya ido a pasar unos días con Henry. Sí, es una posibilidad. ¿Quieres disculparme un momento mientras llamo?

Justine asintió. Fue hasta la habitación que sabía que usaba Chloe y miró a su alrededor con sorpresa. Chloe debía de haberse marchado con mucha prisa si lo había dejado todo así... ¿Y qué perfume era ése? Chloe nunca había usado un perfume almizclado como aquél; ella no usaba esos perfumes.

Volvió al salón, donde Pasha estaba en ese momento colgando el teléfono. Parecía inquieto, preocupado.

—¿No ha habido suerte?

—Henry ha dicho que ha hablado con ella antes. Le dijo que me pediría que la llevara allí en cuanto volviera.

—Parece todo un poco extraño —Justine arqueó las cejas—. Chloe no suele comportarse así. Es una persona ordenada, y no me dejaría plantada si no tuviera una buena razón. Su habitación está como si hubiera pasado un tornado, y ese perfume... A no ser que le hayas regalado algo exótico.

—¿Perfume? —Pasha la miró un momento, antes de dirigirse al cuarto de Chloe.

Cuando había entrado un rato antes había estado tan extrañado que no lo había notado; pero en ese instante reconoció el perfume que flotaba en la habitación.

—Sashimi ha estado aquí... y parece que hace muy poco.

Justine asintió.

—Eso me pareció. Llevaba el mismo perfume cuando nos conocimos hace unos días, y a mí me pareció un poco fuerte. Estoy segura de que Sashimi ha hecho todo esto.

—¿Pero por qué...? ¿Y dónde está Chloe? ¿Por qué nadie me ha dejado una nota? —Pasha estaba extrañado—. ¿Crees que ha ido a quedarse con Sashimi?

—No sin avisarme antes —dijo Justine—. Lo siento si esto no te gusta, pero le advertí a Chloe que tuviera cuidado con tu primo. No me gustó su modo de mirarla, y tampoco me inspiró confianza.

—¿Qué quieres decir? —de pronto Pasha la miraba con suspicacia—. ¿Cómo miró a Chloe? Debes decírmelo, Justine; esto podría ser importante, más importante de lo que te imaginas.

—La miró con lascivia... y también con especulación; como si se estuviera preguntando cómo sería en la cama —Justine tenía las mejillas coloradas—. Oh, eso suena tan horrible. Mamá se enfurecería conmigo si me oyera decirte esto. A lo mejor no debería habértelo dicho.

—Me alegro mucho de que me lo hayas dicho —dijo—. Gracias, Justine. Me has sido de mucha ayuda; más de lo que te imaginas.

—¿Ha pasado algo? —preguntó Justine, cada vez más nerviosa—. Parece como si me hubiera dejado llevar por la imaginación. Chloe diría seguramente que veo demasiadas películas románticas... pero creo que podría haber sido secuestrada.

—Sí, me temo que esta vez vas a tener razón —dijo Pasha con expresión angustiada—. Sabía que tenía un enemigo; uno que no conocía, alguien que trabajaba en la sombra, pero estaba mirando en la dirección equivocada. Me enteré hoy mismo en París —dijo con pesar—. Gracias, Justine; creo que me has ahorrado mucho tiempo y angustia.

—¿Qué vas a hacer?

Pasha la miró con expresión fría y calculadora.

—Voy a hacerle una visita a Sashimi.

—¿Sabes dónde encontrarla?

—Tengo cierta idea —dijo Pasha—. Pero si no la encuentro esta tarde, tengo ventaja sobre ellos.

Chloe empezaba a inquietarse. Le daba la impresión de que llevaban ya mucho rato conduciendo. ¿Cuándo llegarían al aeropuerto? Hacía más de una hora que habían salido de Londres. Se asomó por la ventanilla del coche pero todo estaba oscuro.

—¿Cuánto falta? —preguntó—. Podríamos haber llegado a un aeropuerto de Londres mucho antes.

—Ésta es una pista privada. Será mejor así.

—¿Pero por qué?

Chloe miró su perfil en la creciente oscuridad, y notó una extraña sensación en la nuca. Entonces se dio cuenta de que Ahmad la había engañado para que lo acompañara.

—¿Adónde me llevas? No vamos a París, ¿verdad?

—Pronto estaremos allí. Pasha te está esperando.

—No —dijo con decisión—. No te creo. Me has mentido, ¿verdad?

Ahmad se volvió a mirarla con una sonrisa desagradable en los labios.

—Ha sido mucho más fácil de lo que yo pensé. Sashimi dijo que inmediatamente sospecharías que algo iba mal. Ella no quiso ayudarme, pero yo le hice chantaje. Mi esposa es adicta a gastar dinero, Chloe. La amenacé con quitarle sus cuentas, y con eso la doblegué enseguida.

Chloe se estremeció al oír la frialdad en su voz. Tantas cosas empezaban a tener sentido. Sashimi estaba desesperadamente infeliz; ésa sería la razón por la que gastaba tanto dinero. Y las compras de ese día habían sido una especie de desafío, como si gastara dinero en cosas inútiles sólo para fastidiar a su marido.

—¿Por qué me has secuestrado? —le preguntó Chloe.

Chloe estaba más enfadada que atemorizada por lo que le había pasado. Le daba vueltas a la cabeza para tratar de averiguar la razón de aquella situación.

—Es para vengarte de Pasha por algo, ¿verdad?

—Cierra la boca, mujer —murmuró con rabia—. Lo que yo haga es asunto mío; no discuto mis acciones con una mujer, con ninguna.

Chloe se negaba a dejarse intimidar.

—Pasha no está herido, ¿verdad? Me has mentido.

Ahmad la miró con rabia, pero no dijo nada.

—Y no ha habido ningún intento de asesinato.

Ahmad se volvió rápidamente y la agarró del cuello.

—¡Calla la boca! Me entran ganas de matarte... Pero será necesario mantenerte con vida el tiempo necesario para atraer a ese traidor de Pasha hasta su muerte.

—¡Pasha no es un traidor! —dijo ella, ahogándose un poco cuando él la soltó y la empujó hacia atrás.

—Ha traicionado a sus ancestros haciéndose cristiano —dijo Ahmad con el rostro crispado por el odio—. Se burla de todo lo que una vez era sagrado para él, y por eso debe morir. Traté de decirle a mi tío que era una vergüenza para la familia, que era menos que el polvo que pisamos y que no merecía su favor; sin embargo, él prefiere a Pasha. Le hará su heredero, y por eso deben morir los dos.

—¿Quieres la tierra que Pasha heredó?

—Lo quiero todo; el dinero y el poder —Ahmad entrecerró los ojos—. Pasha es un imbécil. Lo regalaría todo.

—Entonces planeas matarlo —dijo Chloe—. Eres cómplice de Abdullah.

—Abdullah está muerto —dijo Ahmad—. Él también era un imbécil. Dejó que el odio se apoderara de él, y no tuvo cuidado. Trató de matar al príncipe y falló. Y Pasha lo mató. Es cierto que forcejearon, pero ha sido Abdullah el que ha muerto.

—¡Dios mío! —Chloe sintió náuseas al oír sus amargas palabras.

—Pasha es demasiado listo, o tal vez haya tenido suerte. Tres veces he tratado de matarlo para poder ocupar su lugar como heredero de nuestro tío... Y tres veces ha burlado a la muerte.

—¡Fuiste tú! —Chloe abrió los ojos como platos, contemplándolo con horror—. Pasha pensaba...

—Que fue Abdullah, por supuesto. Yo lo planeé así, envenené sus ideas para que pensara que había sido el mismo que había matado a su padre —Ahmad sonrió con amargura—. En cuanto vi cómo te miraba Pasha, supe que había encontrado la clave. Tú eres su debilidad —le deslizó el dedo por la mejilla, y Chloe se retiró instintivamente—. Oh, sí, ahora que te tengo, caerá en mi trampa. Antes pensaba que le tenía en la palma de la mano; pero Lysette fue una estúpida.

—¡Fuiste tú quien la deshonró! Era tu hijo el que llevaba en su seno...

Chloe estaba cada vez más horrorizada.

¡Mariam no se había equivocado! Pero Chloe tuvo cuidado de no decir nada. Aquel hombre era despiadado, y Mariam estaba enferma. Si él supiera que ella sospechaba de él... Chloe se estremeció sólo de pensar lo que podría hacerle a cualquiera que se interpusiera en su camino. Observó su perfil, y se dio cuenta de que aquel hombre era verdaderamente malvado.

Había creído despiadado a Pasha porque había ordenado la ejecución del asesino de su padre, pero ya sabía con seguridad que se había equivocado. Pasha había hecho lo justo para salvar más vidas, y no había sido fácil para él. Recordó esa noche que estaban durmiendo juntos y que él no había dejado de dar vueltas en la cama, y empezó a entender lo mucho que le había costado a Pasha. Sin embargo ese hombre mataría sin reparos; mataría por placer y por ambición.

¿Cómo podía haberle dicho a Pasha aquellas cosas tan horribles?

Ahmad había planeado servirse de ella para ir en contra de Pasha desde que se había dado cuenta de lo importante que era ella para él. Había obligado a su esposa a obedecerlo, utilizándola para que llevara a Chloe a su apartamento esa tarde.

Chloe sintió náuseas sólo de pensar que ella contribuiría decisivamente a la muerte de Pasha. Habían intentado matarlo tres veces sin éxito, pero esa vez no fallarían, porque él iría a buscarla.

Chloe supo sin duda alguna que Pasha daría su vida por ella; que haría cualquier cosa para evitarle la muerte y la del hijo que llevaba en su seno.

Pero no debía. ¡No debía hacerlo! Chloe cerró los ojos para no llorar. Ella no merecía tal sacrificio por su parte. Se había alejado de él, le había dado la espalda y había dudado de él. Pero lo amaba y no quería vivir si él moría tratando de salvarla.

Sashimi abrió la puerta del apartamento y miró a Pasha. Éste vio inmediatamente el montón de maletas que había en el vestíbulo, y supo que no se había equivocado al asumir que a Sashimi le llevaría un tiempo hacer el equipaje. Ella jamás se habría ido sin sus pertenencias.

Sashimi le echó una mirada hosca, pero en sus ojos había un destello de malicia y placer.

—Sabía que vendrías —dijo ella—. Ahmad se creía tan listo. Pensaba que creerías que Chloe te había abandonado, y que podríamos retenerla tranquilamente en un lugar donde jamás se te ocurriría buscarla; pero yo sabía que no lo creerías.

—Fuiste al apartamento a por sus cosas —Pasha frunció el ceño—. ¿Adónde se la ha llevado, Sashimi?

—A una casa en el campo —dijo ella—. Esperará allí hasta que vaya yo. No se marchará sin mí. Tiene miedo de que lo abandone.

—¿Y por qué no lo haces?

Sashimi se subió la manga de su caro vestido, para mostrarle los cardenales que tenía en el brazo.

—Esto sólo me lo hizo para convencerme para que lo ayudara —le dijo—. ¿Te imaginas lo que me haría si lo desafiara de verdad?

Pasha frunció el ceño al ver las marcas y sintió una gran repulsa al darse cuenta de lo que era capaz su primo.

—No tenía ni idea de que te hiciera estas cosas. ¿Por qué lo aguantas? Podrías ir a casa de tu padre. Él tiene suficiente poder para protegerte.

A Sashimi se le llenaron los ojos de lágrimas.

—Mi padre me enviaría de vuelta con mi marido. Un marido puede castigar a su esposa si es terca. Mi padre me consintió demasiado y no quiso pegarme, pero lo aceptaría como el derecho de Ahmad.

Pasha sabía que eso era cierto. La miró con gravedad.

—Yo te habría ayudado si me lo hubieras dicho.

—Ha empeorado últimamente —dijo Sashimi—. A veces me consiente mucho. Lo amaba cuando nos casamos, pero es cierto que no lo conocía. Tiene mucha maldad, Pasha; es capaz de tanta maldad.

—Lo siento —dijo Pasha.

Pero sus palabras le inquietaron al pensar en Chloe.

—Debo encontrar a mi esposa —continuó Pasha—. Ayúdame ahora y te prometo que jamás tendrás que volver con él. Tengo influencias con el príncipe, y él le dirá a tu padre que te acoja en su casa y que nunca te devuelva a tu esposo. Debo impedirle que salga del país con Chloe. Es mi única oportunidad.

—La mantendrá con vida hasta que esté seguro de que te tiene —dijo Sashimi—. Le dije que debería salir de Inglaterra inmediatamente, pero él no quiso escucharme. Yo no soy más que una mujer, y no sé nada de estas cosas —una rabia repentina asomó a sus ojos—. Espero que lo mates, Pasha.

—Será juzgado. Te lo prometo.

Sashimi asintió; la rabia crispaba su bello rostro.

—Merece morir. Él no sabe lo que yo sé... pero fue él quien deshonró a Lysette. Era su hijo el que ella llevaba en su seno cuando tuvo el accidente.

—¿Cómo? —Pasha entrecerró los ojos—. ¿Cómo sabes eso?

—Encontré una carta entre sus cosas. Ella le había escrito rogándole que se casara con ella y que la salvara de la vergüenza. Estaba angustiada y tenía miedo de contártelo. Pensaba que le harías algo horrible a Ahmad cuando te enteraras de lo que había hecho él.

—Tal vez lo hubiera matado entonces de haberlo sabido —dijo Pasha.

—¡Ojalá lo hubieras matado entonces!

—¿Me llevarás hasta la casa, Sashimi?

—¿Prometes que me protegerás? Me mataría si supiera que le he traicionado de este modo.

—Tienes mi palabra.

Sashimi inclinó la cabeza.

—Me matará un día, de todos modos —dijo ella—. Quiero que lo castigues, Pasha; por Lysette y por mí.

Once

Llevaban más de una hora conduciendo por la solitaria carretera cuando finalmente el coche cruzó la verja de una casa. Como estaba oculta por un grupo de árboles, resultaba difícil ver la casa desde el camino, y Chloe sintió una desesperación enorme cuando Ahmad abrió la puerta del coche y la arrastró fuera. Si la encerraban en esa casa, jamás podría escapar.

Forcejeaba con Ahmad mientras él la empujaba hacia la casa. Le arañó y pataleó, y en una de esas le dio con tanta fuerza en la mejilla que le hizo sangre. Chloe notó que había alguien más allí, y se dio cuenta de que debía de ser el hombre que había estado conduciendo el coche.

—Ayúdame a calmar a esta gata —dijo Ahmad.

Chloe sintió que le plantaban algo en la cara. El

fuerte olor a cloroformo la ahogó mientras se quedaba inconsciente.

—Es una mujer salvaje —le dijo Ahmad a su compañero, mientras la agarraba para llevarla a la casa—. La estrangularía y acabaría con su vida, pero Pasha tal vez quiera hablar con ella antes de venir —miró al otro con rabia mientras se llevaba la mano a la herida de la mejilla—. Échame una mano; cuanto antes la encerremos, mejor.

La llevaron al primer piso y la echaron sobre una cama. Ahmad la miró un momento antes de darse la vuelta. Tal vez disfrutara enseñándole una lección a aquella pequeña diablesa antes de deshacerse de ella, pero su objetivo principal era conseguir llevar a Pasha al lugar donde finalmente podría destruirlo.

Miró el reloj y bajó al vestíbulo. ¿Cuánto tardaría Sashimi en llegar? Su esposa se había vuelto demasiado terca y enfurruñada para su gusto, así que tal vez pagara con ella su mal humor...

Sashimi se fijó en el duro perfil del hombre que conducía el coche. Esperaba no haberse equivocado, porque Ahmad se lo haría pagar caro si salía vencedor en aquel asunto; pero estaba empeñada en no volver con él pasara lo que pasara.

Ya había empezado a temer sus cambios de humor cuando había descubierto la carta de Lysette. Tontamente le había enfrentado a la verdad, y eso había sido un grave error. Esa vez Ahmad le había hecho mucho daño, y aunque después se había disculpado diciéndole que no volvería a ocurrir, lo cierto era que se había repetido. Sabía que seguiría pegándole cuando le apeteciera, y que ella no podía hacer mucho para evitarlo. Su padre tal vez discutiera con Ahmad si ella se le quejaba, pero le insistiría para que volviera con su marido; a no ser que Pasha la ayudara.

¿Pero y si Ahmad mataba a su primo? Sashimi sabía que era lo que Ahmad esperaba conseguir. El odio y la envidia lo habían comido por dentro, y Ahmad no había dudado en destruir a una joven mujer para destruir también a su primo. Él tenía la intención de que Pasha le siguiera la pista y fuera tras de él para matarlo en defensa propia, porque de otro modo no heredaría las riquezas del príncipe.

Se fijó en las manos fuertes de Pasha que agarraban el volante y supo que estaba muy enfadado por lo que le había pasado a Chloe. Estaba segura de que Pasha mataría a Ahmad, y sólo de pensarlo experimentó una gran alegría. Por fin sería libre... libre para vivir la vida como quisiera.

Con el dinero que le habían dado cuando se había casado se establecería en París y jamás tendría que soportar las restricciones que le había impuesto Ahmad, porque nunca más volvería a casarse...

Pasha sabía que Sashimi lo estaba mirando, aunque no tenía idea de lo que pensaba en ese momento. Se preguntaba hasta dónde podría confiar en ella. ¿Sería su aparente voluntad de cooperar parte del plan de su primo para atraparlo?

Maldijo para sus adentros por no haberse dado cuenta antes de que Ahmad era el traidor que habían sospechado que los acechaba pero que no habían podido identificar. Había creído en él, había pensado que era su amigo y le había confiado los planes que tenía para el futuro de su gente; y durante todo el tiempo, Ahmad había estado conspirando contra él.

Pero era Lysette la que le importaba; y el mal que Ahmad le había causado deliberadamente a su joven hermana. Para desgracia suya, su primo tenía a Chloe en esos instantes. Pasha agarró el volante con fuerza mientras se preguntaba cómo estaría su esposa, o si habría sufrido algún daño...

Pasha tenía ganas de gritar, pero sabía que debía dominar sus sentimientos todo lo posible. Sabía que Sashimi le tenía miedo a su marido, y que quería dejarlo, pero se preguntó si seguiría igual de convencida cuando llegara el momento decisivo.

¿Cómo podía estar seguro de que no cambiaría de opinión en el último momento?

Cuando Chloe recuperó la consciencia le dolía muchísimo la cabeza y tuvo que inclinarse inmediatamente sobre la cama para vomitar en el suelo. Intentó levantarse pero la cabeza le daba vueltas y tuvo que tumbarse en la cama al ver que le fallaban las fuerzas.

Tardó unos momentos en empezar a sentirse un poco mejor y, esa vez, cuando trató de levantarse vio que lo hacía sin problemas. El olor a vómito era muy desagradable, y quería salir de aquella habitación.

Se acercó a la puerta despacio y comprobó que estaba cerrada con llave. ¡Maldición! Sacudió unos instantes el pomo de la puerta antes de dejarlo por imposible. Como no había cortinas en las ventanas, la habitación quedaba débilmente iluminada por la luz grisácea del amanecer.

Vio otra puerta junto a la cama y se acercó a investigar; ya no le dolía tanto la cabeza y no estaba tan mareada. Abrió la puerta y vio que era un baño. Agradecida, utilizó el servicio y buscó una toalla para limpiar el suelo.

Chloe se sentó en el borde de la cama y se preguntó qué podría hacer. Estaba en el segundo piso de la casa, y era poco probable que pudiera escaparse por la ventana... ¿Entonces qué posibilidades tenía? Parecía que la única alternativa era sentarse y esperar a que alguien fuera a rescatarla.

Tal vez hubiera pasado una hora cuando oyó pasos en el pasillo, fuera de su habitación, y después cómo alguien introducía una llave en la cerradura. La puerta se abrió despacio y el conductor de Ahmad entró con una bandeja en la que había un cuenco de frutas, una jarra de agua y un bollo de pan. Parecía que no iban a matarla de hambre, al menos de momento.

—¿Cuándo van a dejar que me marche? —le preguntó—. Dígale a Ahmad que quiero verlo. Quiero salir de aquí.

El hombre la miró como si no la entendiera; aunque seguramente no habría contestado aunque la hubiera entendido. Arrugó la nariz por el olor a vómito, y después de dejar la bandeja sobre la cómoda, se acercó a la ventana y la abrió un poco.

—Gracias —dijo ella—. Pero, por favor... debo hablar con Ahmad.

—Coma.

El hombre le señaló la bandeja, salió de la habitación y cerró la puerta.

Chloe sintió un poco de hambre, de modo que tomó el bollo de pan y la manzana y se acomodó en la cama para comerlos despacio. Cuando estaba terminando la manzana, oyó que se acercaba alguien; momentos después se abrió la puerta y apareció Ahmad.

—Te necesito —dijo él, que avanzó hacia ella con resolución—. Ha llegado el momento.

—¿El momento de qué? —preguntó Chloe mientras se ponía de pie con recelo.

—El momento de que tu amado marido se dé cuenta de la verdad —Ahmad la miró con odio—. Habrá pasado la noche pensando que lo has abandonado, y estará deseoso de saber algo de ti.

—¿Qué quieres decir con eso?

Chloe se retiró cuando él se acercó para agarrale de la muñeca. Trató de resistirse, pero él era fuerte y la obligó a bajar con él por las escaleras.

—¿Dónde estamos? —preguntó cuando él la llevó hasta un salón grande—. ¿Dónde está Sashimi? Pensaba que venía... —dejó de hablar al ver la expresión de fastidio de Ahmad.

Estaba claramente furioso porque su esposa no estaba allí como él había ordenado.

Ahmad la sentó a la fuerza en una silla junto a la ventana y le ordenó que descolgara el teléfono que tenía al lado.

—Llama al apartamento —dijo él—. Dile que estás

prisionera, pero que aún no te he hecho ningún daño; luego me lo pasas.

—¿Y si me niego? —dijo Chloe en tono de desafío—. No me puedes obligar; sé lo que pretendes. Quieres utilizarme para atraerlo hasta aquí y así poder matarlo.

—Si no lo haces, te mataré... a ti y a él. Hagas lo que hagas, morirá pronto —dijo Ahmad, acercándole la cara a la suya, de modo que le llegó el perfume dulzón del aceite que se echaba en el pelo.

—Me vas a matar de todos modos.

—Pero puedo hacerte sufrir —le advirtió Ahmad—. Haz lo que te digo, mujer, o desearás haberme hecho caso.

—¡No!

Chloe se puso de pie de un salto y echó a correr, pero él echó a correr tras ella, la agarró de la cintura y cayeron al suelo. Entonces se plantó encima de ella y sonrió mientras la miraba con gesto triunfal.

—Quítate de encima, bruto.

—¿Por qué? —preguntó él—. Tal vez te enseñe una lección ahora que te tengo donde quiero...

Chloe levantó la rodilla con fuerza, y él se echó para atrás retorciéndose de dolor. Como se retiró de encima de ella, Chloe aprovechó para ponerse rápidamente de pie; pero antes de que él pudiera echarse sobre ella de nuevo, se abrió la puerta y entró un hombre.

Chloe sólo fue medio consciente de que alguien había entrado en la habitación, puesto que estaba de espaldas a la puerta. Tenía los ojos fijos en Ahmad y respiraba con agitación, lista para pelear. De algún modo tenía que salir de esa casa antes de que él la obligara a hacer esa llamada...

De pronto se dio cuenta de que los modales de Ahmad habían cambiado de pronto. Los ojos ya no parecían como si fueran a salírsele de las órbitas, y ya no la miraba a ella, sino a alguien que estaba detrás de ella. Chloe se dio la vuelta y soltó un chillido mitad de alegría, mitad de pánico al ver a Pasha allí en la puerta.

—Ponte detrás de mí, Chloe —le ordenó Pasha.

Chloe vio que tenía una pistola en la mano—. Tengo un coche esperando en el camino. Intenta llegar al coche antes de que alguien venga a impedírtelo.

—Ven conmigo —dijo ella—. Quiere matarte, Pasha. Quiere el dinero y el poder que serán tuyos como heredero del príncipe.

—Sé lo que quiere y lo que es —le dijo Pasha—. ¡Ahora haz lo que te digo!

Chloe se volvió a mirar a Ahmad, y vio que estaba sudando. Sabía que tenía miedo, toda vez que Pasha tenía el control. Lo habían descubierto, y pensaba que su primo lo mataría, como merecía sin duda.

Chloe tragó saliva con nerviosismo. Pensaba que sabía lo que pasaría en esa habitación cuando ella saliera, y por eso no quería marcharse.

—Haz que lo arresten, Pasha —le urgió ella—. No vale la pena.

Entonces salió del salón. Nadie había ido de momento a investigar, y Chloe pensó que seguramente el chófer de Ahmad estaría esperando oír algún grito que lo alertara y que no acudiría a no ser que su jefe pidiera ayuda.

Consiguió llegar a la puerta y salir sin que nadie la

detuviera, y entonces echó a correr por el camino hasta donde Pasha le había dicho que estaba el coche.

Pasha notó que Chloe no tenía muchas ganas de marcharse; sin embargo, aunque ya se había ocupado de un hombre que estaba en ese momento atado y amordazado, no sabía cuántos podría haber por allí y no podía arriesgarse a que nadie los sorprendiera y a que Chloe se viera atrapada en el fuego cruzado.

Ahmad se pasó la lengua por los labios con nerviosismo mientras observaba la mirada gélida en los ojos de Pasha.

—¿Por qué no lo haces ya? —le preguntó—. ¿A qué estás esperando?

Pasha se preguntaba lo mismo. Había pensado disparar primero y después pensárselo, pero aunque tenía el dedo en el gatillo, vaciló.

—Voy a hacer que te detengan —respondió con calma—. El príncipe te juzgará y ejecutará; y eso es lo que mereces. Dispararte es una alternativa demasiado buena para ti, Ahmad, después de lo que le hiciste a Lysette, y ahora a Chloe...

Ahmad soltó una risilla burlona.

—No tienes agallas para apretar el gatillo, ¿verdad? Te has ablandado, Pasha; has perdido nervio.

—Seguiré tu ejecución con gran placer —respondió Pasha con una leve sonrisa en los labios—. Chloe tenía razón. No mereces que manche mis manos de sangre por ti. Voy a dejarte inconsciente, y después te ataré y te llevaré con unos amigos del príncipe. Me atrevo a decir que tal vez ellos no sean tan suaves contigo, y que podrías sufrir en sus manos; pero eso es asunto suyo, no mío.

—¡Cobarde! —exclamó Ahmad.

Ahmad sintió náuseas sólo de pensar lo que podría ocurrirle si Pasha llevaba a cabo su amenaza. Lo apalearían y torturarían para hacerle confesar, para dar los nombres de otros conspiradores, y después le cortarían la cabeza.

—Dame una muerte rápida, Pasha.

—¿Para que me pese en la conciencia? —le preguntó Pasha—. Date la vuelta, Ahmad. Lo haré lo más rápidamente posible.

—¡No! Por favor... Podemos hacer un trato... —le rogó Ahmad, que en ese momento miró hacia un lado del salón al notar que alguien entraba en la pieza—. ¡Sashimi! —exclamó esperanzado—.Busca ayuda. Quiere... —dejó de hablar al ver que ella también tenía una pistola pequeña en la mano—. Mátalo.

—Ah, no —dijo ella—. No es a Pasha a quien voy a matar.

Entonces, sin vacilar un instante, Sashimi levantó el brazo, apuntó directamente al corazón de Ahmad y apretó el gatillo.

Ahmad abrió los ojos como platos. Segundos después se llevó la mano al pecho, las rodillas le cedieron y cayó al suelo de bruces.

—¿Está muerto? —le preguntó Sashimi a Pasha con serenidad, mientras éste se inclinaba sobre Ahmad.

Él se puso de pie y la miró.

—¿Pero qué pensabas que estabas haciendo? Iba a dejarlo inconsciente y a entregárselo después a los hombres del príncipe.

—Lo sé —dijo ella—. He oído todo lo que decíais. Pero no era suficiente, Pasha. Tenía que asegurarme de que no podía escapársete.

—Dame la pistola —Pasha dejó su pistola en una mesa y tendió la mano.

Ella vaciló, como si no estuviera segura de qué hacer.

—Dámela si no quieres que te detengan por el asesinato de tu esposo —añadió Pasha.

Sashimi se puso pálida. Con mano temblorosa le pasó la pistola.

—¿Me vas a entregar a la policía inglesa?

—Es lo que debería hacer —dijo él—. Pero no, no soy tan cruel, Sashimi. Ahora vuelve al coche. Chloe estará allí esperando. Regresad a Londres, id directamente a mi apartamento y esperad allí hasta que llegue yo. Aparte de eso, no hagáis nada más.

—¿Qué... vas a hacer tú?

—Ocuparme de todo aquí —dijo Pasha—. No le digas ni una palabra de esto a Chloe; ¿me entiendes? No quiero que corra peligro viéndose involucrada en esto. Si haces lo que te digo, me ocuparé de que estés protegida. De otro modo...

Sashimi lo miró a los ojos y se estremeció.

—Lo siento. No por lo que he hecho, porque merecía morir, sino por el lío en el que te he metido.

—Su chófer está en la cocina. Veremos lo que puede conseguir el dinero, pero tengo amigos que atarán los cabos sueltos que sean necesarios.

—Gracias.

Sashimi se dio la vuelta y él empezó a tirar lámparas al suelo y la porcelana. Estaba claro que quería hacer como si allí se hubiera desarrollado un violento forcejeo. Entonces ella salió y fue a donde estaba Chloe.

—Pasha quiere que nos marchemos de inmediato —le dijo cuando la vio—. Tengo que llevarte a Londres y quedarme contigo hasta que él llegue a casa.

—¿Pasha te ha dicho eso? —Chloe la miró sorprendida—. He oído un disparo...

—No ha sido nada —dijo Sashimi, recordando las amenazas de Pasha—. Por favor, no puedo contarte más.

—No, supongo que no —dijo Chloe.

En parte quería volver a la casa y preguntar qué estaba pasando. Sin embargo, parecía que tendría que volver con Sashimi sin hacer más preguntas. Debía de estar loca para confiar en aquellos dos... Pero lo cierto era que estaba demasiado cansada para pelear. Ya le importaba poco lo que le pasara a ella; y se sentía agotada, vacía y acongojada.

¿Por qué Pasha no le había hecho caso? ¿Por qué había matado a Ahmad? No se trataba de que su primo no mereciera morir, porque lo merecía por todas las maldades que había hecho o intentado hacer, pero ahora Pasha tenía las manos manchadas de sangre.

—Será mejor que nos marchemos, entonces; si es lo que quiere Pasha.

Chloe hizo el camino de vuelta muy pensativa, y dejó que Sashimi llevara el coche porque le pareció que eso era lo que quería la otra. ¿Qué iba a hacer? Cada vez estaba más desesperada. Había aceptado que Pasha estuviera listo para ordenar la ejecución del asesino de su padre, y también que finalmente ese asesino había caído cuando Pasha trataba de proteger a su tío.

Pero aquélla era una muerte a sangre fría que ella no podía aceptar.

Pasha se había ido preparado para matar a su primo, y lo había hecho. Y a ella le resultaba tan horroroso que sólo ignorándolo podría continuar.

No pensaría en ello de momento para no derrumbarse. Además, quería estar tranquila cuando Pasha volviera, porque tenía que ser capaz de hablar con él de manera razonable para decirle por qué le iba a abandonar.

Resultaba útil tener amigos en puestos importantes, pensaba Pasha de regreso a Londres en una avioneta. No le había contado a Forbes la verdad, por supuesto. Había limpiado las huellas de su pistola, que había colocado en la mano de Ahmad y que tenía ya sus huellas; y los hombres de Forbes estaban en el escenario del crimen.

Pasha hizo una mueca al recordar las medio verdades que había dicho para encubrir lo que había hecho Sashimi. Habría preferido continuar con sus planes, pero Sashimi se le había adelantado; y él no podía dejar que pagara por su locura.

Ahmad debía de haber sido un bruto con ella para empujar a su esposa a hacer eso. Él le había dado su palabra a Sashimi de que la protegería, e iba a hacer lo posible por cumplirla. Él le conseguiría una nueva identidad y dinero suficiente para vivir como quisiera; y tenía más o menos idea de lo que Sashimi elegiría hacer.

Pasha se encogió de hombros distraídamente, diciéndose que no era asunto suyo. En cuanto aquello terminara, le daba lo mismo si no volvía a verla nunca más. Lo único que deseaba era una vida tranquila junto a Chloe. Pero aún no sabía qué pensaría su esposa de sus planes.

Sencillamente tendría que convencerla de que todo iría a mejor en el futuro, y hacerla partícipe de sus proyectos para asegurarse de que había cambios.

Pasha frunció el ceño mientras se preguntaba si Sashimi habría mantenido su palabra de no decirle a Chloe nada de lo que había pasado en esa casa. Era mucho mejor si no lo sabía. No quería inmiscuirla en aquel asunto tan horripilante más de lo que ya se había visto implicada.

Con gesto pesaroso recordó la escena que había interrumpido al entrar en la casa de campo. De no haberle ayudado Sashimi a encontrar a Chloe... A Pasha no le cabía ninguna duda de que su primo la habría violado. Estaba claro que Ahmad disfrutaba humillando a las mujeres.

Pensó un momento en Lysette. Él se había equivocado al culpar al director de cine ése por lo que le había ocurrido a su hermanastra. Toda vez que ya sabía que había sido Ahmad, entendió con amargura por qué Lysette había sido utilizada de ese modo por su primo.

Ahmad había querido humillarlo. No le había importado hacerle daño a una joven inocente para conseguir su objetivo. De modo que Lysette había muerto por amor a Pasha. Había tenido miedo de ver asco o decepción en sus ojos; y él sabía que si Lysette se lo hubiera contado no habría sido capaz de disimular sus sentimientos. Sin embargo, Pasha sabía que después habría hecho lo posible para ayudarla; incluso podría haber obligado a Ahmad a casarse con ella. ¡Eso habría sido un auténtico desastre!

Pasha se daba cuenta con preocupación de que su comportamiento pasado hacia Lysette no debía de haber sido el adecuado si ella había elegido morir antes de contarle la verdad...

¿Tan ogro sería? ¿Sería por eso por lo que Chloe estaba tan desesperada por dejarlo; porque le tenía miedo?

Los pensamientos de Pasha eran más tenebrosos que el cielo cuando empezó la tormenta, que fue precisamente mientras aterrizaba en el aeropuerto de Londres. Corrió hacia el coche que lo esperaba, pensando con ironía que era su relación con el príncipe lo que le había otorgado aquellos privilegios... Aunque a veces tuviera que pagar un precio muy alto.

Pasha jamás se había aprovechado de esos privilegios. Y aunque esa vez se había visto obligado a hacerlo, era consciente de que le había dejado un mal sabor de boca.

¿De verdad quería vivir aquella clase de vida? Ahmad estaba muerto, pero eso no quería decir que todo hubiera terminado. Había otros que no se arredrarían a la hora de utilizarlo a él o a Chloe para conseguir cualquier cosa.

¡No podía permitirlo! Pasha frunció el ceño al recordar lo que había estado a punto de ocurrir, y se dijo que a lo mejor la próxima vez no llegaría a tiempo de evitar una catástrofe.

No sabía qué iba a hacer para que Chloe no volviera a correr peligro, pero encontraría el modo; incluso aunque ello significara...

Pasha no quiso pensarlo... No podía renunciar a ella... ¡No podía! Sin embargo, tal vez tuviera que hacerlo.

Las horas pasaban muy despacio. Desde que habían vuelto al apartamento, Sashimi parecía haber entrado en trance.

Chloe no estaba segura de cómo había conseguido volver a Londres; pero parecía que habiéndolo hecho había abandonado toda responsabilidad. Estaba sentada en una de las butacas, con la mirada perdida, y ni siquiera contestaba cuando Chloe le hablaba.

Chloe preparó un poco de café. Estaba fuerte y caliente, y dejó una taza en la mesita que había al lado de Sashimi. Pero Sashimi ni la miró.

—¿Qué vamos a hacer? —preguntó Chloe—. ¿Dijo Pasha cuánto iba a tardar?

Sashimi negó con la cabeza. Era como si se hubiera quedado sin habla, como si estuviera en estado de shock; como bien podría estarlo si había visto cómo mataban a su esposo delante de ella.

—Siento lo que pasó —empezó a decir.

—Yo no —dijo Sashimi—. Me alegro de que esté muerto —de repente se puso de pie, como si las palabras de Chloe la hubieran sacado de su ensimismamiento—. Necesito ir al baño. Discúlpame.

Chloe la observó. Tomó un sorbo de su café, pero como no podía relajarse se levantó y empezó a pasearse por el salón. ¿Dónde estaba Pasha? ¿Qué estaría haciendo? ¿Tendría problemas con la policía por lo que había hecho?

Los nervios le atenazaban el estómago. Tal vez en su país, Pasha pudiera librarse del brazo de la justicia, pero en Inglaterra las cosas eran distintas. ¿O no?

¿Y si lo detuvieran por asesinato? ¿Lo colgarían?

Sintió un dolor en el corazón y se llevó la mano al pecho como para protegerse. No podría soportarlo si eso le ocurriera.

Lo amaba... Sin embargo lo que había hecho la horrorizaba.

No quería pensar en ello. ¡Oh, Dios! Ojalá no hubiera dejado a Pasha en la casa de campo. No podía quedarse allí ni un minuto más. ¿Qué podía hacer? Se puso tensa al oír la llave girar en la cerradura. Al momento siguiente Pasha entró en el apartamento. Al ver que estaba empapado, Chloe se dio cuenta de que estaba lloviendo.

—Estás empapado —dijo ella—. No me había dado cuenta...

—La tormenta empezó justo cuando aterrizamos —la miró—. Siento lo que ha pasado, Chloe. Fue culpa mía por dejarte así, sin protección.

—Tú no sabías lo que iba a pasar —Chloe se pasó la lengua por los labios con nerviosismo.

Quería abrazarlo, que él la besara, pero sin saber por qué se contuvo. Tal vez fuera su mirada, o podría haber sido lo que ella pensaba: la imagen de un hombre tirado en el suelo, sangrando, disparado a sangre fría, que desesperadamente trataba de abrirse camino en su pensamiento, aunque ella quisiera ignorarla.

—Además, debía de haber tenido más cuidado. Justine me lo advirtió —continuó Chloe—. Yo pensaba que era producto de su imaginación, pero al final ella estaba en lo cierto.

—Gracias a Justine pillé a Sashimi antes de que saliera —dijo Pasha.

Se acercó al aparador y se sirvió una copa de licor. Raramente bebía nada más fuerte que vino, pero en ese momento era una necesidad. Se alegró al ver que no le temblaba la mano al servir la copa.

—Porque si no habría perdido mucho tiempo preguntándome dónde estarías... —dijo después de tomarse la copa de un trago.

—Supongo que lo arreglaron para que pareciera que me había marchado —dijo Chloe—. ¿Sashimi quiso ayudarte o tuviste que...? —dejó de hablar al ver su mirada intensa—. Quiero decir...

—Sé exactamente lo que quieres decir —dijo Pasha—. En realidad, fue suficiente con hacerle chantaje; pero me atrevo a decir que de haber sido necesario habría utilizado la fuerza.

—Ah.

Chloe le dio la espalda. ¿Por qué la miraba de esa manera, como si ella fuera la única que tenía algo que explicar?

—Se me ocurrió que Sashimi podría haber estado dispuesta. Creo que Ahmad la maltrataba.

—Ella me enseñó los moretones —dijo Pasha—. Yo no tenía ni idea. Si me lo hubiera dicho antes...

—¿Te contó lo de Lysette?

Pasha inclinó la cabeza.

—Sí. ¿A ti te lo contó ella o bien...?

—Me lo contó él cuando me di cuenta de que no

me llevaba al aeropuerto. Me engañó, Pasha. Me dijo que te estabas muriendo. Y yo, tonta de mí, caí en su trampa y prácticamente le rogué que me secuestrara.

—¿Pero cómo ibas a adivinar lo que tenía planeado? —Pasha la miró extrañado.

—Ni siquiera me lo pensé dos veces —dijo Chloe—. Estaba desesperada por verte, por decirte... —su voz se fue apagando.

Había querido decirle que lo amaba, que volvería a ser su esposa en todos los sentidos; ¿pero cómo decirlo en ese momento?

—¿Qué me querías decir? —Pasha entrecerró los ojos cuando vio que ella sacudía la cabeza—. ¿Qué pasa, Chloe? ¿Estás pensando acaso que no puedes vivir con un asesino? Porque es eso lo que crees que soy para ti, ¿verdad?

—Sé que tenías una buena razón para matarlo —dijo Chloe despacio, tratando de calmarse—. ¿Pero por qué no quisiste hacerme caso? ¿Por qué no pudiste entregarlo a la policía?

—¿Y crees que habría sido distinto? —Pasha se preguntó por qué no le decía la verdad; pero algo en su interior le impedía ceder—. Tú ya te habías decidido sobre mí, ¿verdad, Chloe?

—No me mires así —le rogó ella—. Sé que te dije cosas horribles; pero fue tan sorprendente. Me llevó un tiempo aceptar lo que habías hecho...

—Lo que había planeado hacer —le dijo Pasha con dureza—. Abdullah se escapó y se fue a París, como ya te dije. Trató de asesinar al príncipe, pero yo estaba entre el público, y él no me vio. Hubo un altercado, y la pistola se disparó. Murió casi en el acto —en sus ojos brillaba una emoción extraña—. Así que a tus ojos debo de ser un asesino. ¿Qué importancia tiene una muerte más?

—Eso fue un accidente... fue en defensa propia —gritó Chloe—. Hay una diferencia enorme, Pasha. Lo que hiciste fue un acto de valentía, y le salvó la vida a tu tío. ¡Jamás te condenaría por eso!

Él inclinó la cabeza, con una mueca burlona en los labios.

—Te doy las gracias por tus amables palabras, Chloe. Qué agradable que seas capaz de aceptar una muerte así... Y qué lástima que la muerte de Ahmad no puedas atribuirla a la necesidad que tuve de defenderme. Aunque por supuesto ésa será la razón. Ahmad, aunque te sorprenda, fue asesinado por terroristas políticos; personas desconocidas a las que las autoridades británicas jamás podrán seguir el rastro.

—¿Por eso te quedaste allí, para arreglarlo todo?

Chloe lo miró con una mezcla de alivio y decepción. Se alegraba de que él estuviera a salvo, sin embargo lo que había hecho parecía empeorar el asunto.

—Bueno, al menos no tendré que preocuparme de que puedan colgarte —añadió Chloe.

—Ah, no, no creo que tengas que preocuparte por eso —respondió Pasha con frialdad—. Para los británicos, yo me he desembarazado de un problema más; de un fanático que podría haberles causado problemas en el futuro.

—¿Es así como funcionan las cosas? —Chloe estaba horrorizada—. Supongo que debería alegrarme de que tengas amigos en las altas esferas.

—A veces resulta útil.

Chloe se dio cuenta de que se estaba burlando de ella. ¿Pero por qué? ¿Por qué intentaba empeorar la situación entre ellos dos? De haber mostrado aunque fuera una pizca de arrepentimiento... Pero su orgullo siempre prevalecía sobre todo lo demás.

Era la primera vez que lo veía comportarse de ese modo, y sintió una necesidad imperiosa de verse libre de él.

—Sabes que voy a dejarte después de esto, ¿verdad? —dijo Chloe—. Henry quiere que me quede con él, y creo que lo haré; al menos hasta que nazca el niño.

—Sí, creo que es una buena idea —corroboró Pasha—. Allí estarás tan segura como en cualquier sitio, mientras yo llevo a cabo algunos trámites. Esto no se ha terminado aún, Chloe. Ahmad no era el único que quería ver caer al príncipe.

—¿Estás de acuerdo entonces con que me quede con Henry? —Chloe lo miró completamente confundida—. ¿Durante unos meses... o estás de acuerdo con que me marche?

—Creo que seguramente será mejor que nos separemos —dijo Pasha, cuya expresión no le reveló nada—. Dado lo que sientes hacia mí, no tiene sentido que trate de retenerte a mi lado.

—Te amo —dijo Chloe con emoción—. Sólo es que no puedo soportar la idea de...

—¿Por qué no le dices la verdad?

La voz de Sashimi surgió detrás de ellos, y Chloe se dio la vuelta hacia ella con sorpresa.

—Te pedí que no dijeras nada —le advirtió Pasha.

—¿Por qué? —Sashimi se estaba fumando uno de aquellos cigarrillos turcos que había sacado de la habitación de Pasha—. Me has dado la libertad, Pasha, y no pienso permitir que un hombre me ordene lo que debo hacer o decir nunca más. Sé que puedes retractarte en tu promesa de darme dinero, pero eso no me preocupa. Yo recibiré el dinero de Ahmad porque mi padre se ocupó de eso cuando nos casamos.

—Sashimi, por favor...

Sashimi soltó el humo.

—Lo siento, Pasha. Pero creo que tu esposa tiene derecho a saber la verdad —entonces miró a Chloe—. No sé por qué debería importarte lo que pasó. Ahmad merecía morir por el daño que le había causado a los demás, pero no fue Pasha el que apretó el gatillo.

—No fue Pasha... —Chloe entrecerró los ojos—. ¿Entonces quién...? —su voz se fue apagando, pero de pronto estuvo totalmente segura—. ¡Fuiste tú! ¡Tú lo mataste!

—Sí —Sashimi sonrió, aparentemente inalterable por lo que había hecho—. Yo disparé a Ahmad, Chloe. Pasha me dijo que no te lo dijera, pero ahora ya no importa. Él se ha ocupado de todo para que yo no sufra las consecuencias; de modo que ahora soy libre. ¿Así que por qué tenía que importarme? Yo maté a Ahmad y me alegro de haberlo hecho. Te dije que llegaste a nuestras vidas con un propósito, ¿recuerdas, Chloe?

Sashimi se dirigió hacia la puerta. ¿Cómo era posible que hubiera matado a su marido y estuviera tan tranquila? ¡Tenía que estar sintiendo algo!

—¿Adónde vas? —le preguntó Pasha.

—Voy a mi apartamento a recoger las maletas que me hiciste dejar allí —dijo Sashimi—, y después, por la tarde, tengo la intención de viajar a París.

—La policía inglesa tal vez quiera interrogarte.

—Oh, no, no lo creo —dijo ella—. Se me informará de la trágica muerte de mi esposo, y yo haré el papel de viuda desconsolada a la perfección; y después disfrutaré gastando su dinero.

Chloe permaneció en silencio mientras la otra cerraba la puerta; entonces se volvió hacia Pasha.

—Lo siento... Siento haberte juzgado mal.

—¿De verdad?

La indignación de Pasha era tan intensa y palpable que Chloe sintió que la paralizaba.

—Qué amabilidad la tuya, Chloe.

Ella estaba temblando, pero hizo lo posible para que él no se diera cuenta.

—Por favor, Pasha. Sé que estás enfadado, pero todo ha cambiado.

—¿Tú crees? —fue al aparador y dejó el vaso vacío—. Me dan ganas de emborracharme; pero es tan poco civilizado, ¿verdad, Chloe? Me complace que todo haya cambiado para ti; pero verás, para mí todo sigue igual.

—¿Qué quieres decir? —le preguntó ella con el corazón acelerado.

Él la miraba con tanta dureza, con tanta frialdad, que fue como si le clavaran un cuchillo en el corazón.

—Quiere decir que nuestro matrimonio ha terminado —respondió Pasha—. Creo que nos hemos dicho todo lo que teníamos que decirnos, Chloe. Me disculpo por lo que te ha pasado; reconozco que fue culpa mía. Jamás debería haberme casado contigo. Ahora me doy cuenta.

—¡No! ¡No fue culpa tuya! —gritó ella—. Por favor, no estés así, Pasha. No me odies.

—¿Y debería amarte? —su tono de voz era tan suave que resultó escalofriante—. Pero ahora sabes lo que significa, Chloe. Significaría que me pertenecerías totalmente, y sólo porque Sashimi matara a Ahmad antes de poder hacerlo yo no quiere decir que no vaya a ejecutar en el futuro, ¿verdad? Creo que debes aprovechar esta oportunidad ahora que te ha surgido, querida. Además, me parece que yo ya no tengo interés.

Se dio la vuelta, salió del salón y fue a su dormitorio. El ruido de la llave girando en la cerradura fue como un toque de difuntos en su corazón.

Había matado lo que Pasha sintiera por ella. Todo había terminado, y sólo ella tenía la culpa...

Doce

Pasha insistió en llevar a Chloe a casa de Henry a la mañana siguiente. Después de pasar la noche dando vueltas en la cama, había hecho las maletas y las había sacado a la entrada. Él aceptó su decisión de marcharse sin mostrar la más mínima emoción.

Ella le había dicho que no le importaría tomar el tren, pero él no había querido.

—Puedo tomar un taxi desde la estación. No hay necesidad de ir hasta allí, Pasha.

—Sigues siendo mi esposa, Chloe, aunque los dos desearíamos que no fuera así. Y mientras seas mi esposa, cuidaré de ti y del niño.

Chloe lo miró un instante. ¿Qué significaría eso? Había pensado que el matrimonio había terminado, y que ello significaría sólo divorcio. No estaba segura de lo que sentía, ya que el dolor que tenía en el pecho anegaba todo salvo el intenso deseo de llorar. Sin embargo, no quería que él viera lo triste que estaba.

Pasha apenas le habló durante el viaje, aparte de para asegurarse de que estaba cómoda. Se preguntó qué pensaría Henry de aquel silencio entre los dos; pero cuando llegaron y fueron recibidos cariñosamente por Dora, Chloe vio que Pasha se mostraba tan encantador como siempre.

—Ah, es preciosa —chilló Dora mientras la abrazaba—. Verdaderamente encantadora. Eres un hombre afortunado, Pasha, y espero que le des el valor que merece —lo miró con los ojos brillantes—. Me alegro mucho de que vengas para quedarte una temporada, querida.

—Voy a viajar durante un tiempo con el príncipe —dijo Pasha con tranquilidad, sin darle a Chloe la oportunidad de decir nada—. Chloe quería venirse aquí, y a mí me pareció una idea estupenda para que de paso os conozcáis mejor todos. Ahora puedes mancillar mi nombre a placer, Dora.

—¡Niño malo! —Dora le dirigió una mirada de indulgencia—. Como si yo fuera a hacer tal cosa. Además, Chloe es demasiado sensata como para hacerme caso.

Chloe se daba cuenta de que su marido era un hombre complejo, y de que apenas lo conocía. Lo que sí sabía era que a veces actuaba guiado por la maldad que llevaba dentro.

Adrede le había hecho creer que él había matado a Ahmad a sangre fría, cuando lo único que había hecho había sido encubrir el crimen de Sashimi. Eso en sí estaba mal, pero después de pensarlo durante horas

Chloe había llegado a la conclusión de que debería haber esperado algo así viniendo de Pasha. Él sabía que Ahmad había maltratado a Sashimi, y había querido protegerla de las consecuencias derivadas de sus actos. Y en verdad ella también pensaba que aunque lo que Pasha había hecho no era lo correcto, sí que había sido un acto de misericordia.

Sinceramente no le apenaba el final de Ahmad, aunque habría sido preferible que Pasha lo hubiera dejado en manos de la justicia, que era lo que seguramente él habría pretendido. De haber querido matar a Ahmad, lo habría hecho casi inmediatamente.

Desde lo que él el había dicho en España, Chloe lo había juzgado precipitadamente. A consecuencia de eso, Pasha había dejado de amarla, y tampoco la deseaba. ¿Pero por qué iba a hacerlo, habiéndose mostrado ella indigna de su amor?

Ella sabía que lo amaba, sin embargo no había sido capaz de confiar en él. ¿Qué clase de amor era ése? Chloe pensó que no era mejor que su padre, que sólo había querido entregar su amor a una hija obediente para arrebatárselo cuando ella se había negado a obedecerlo.

Después de que su padre los echara de casa, Chloe había decidido que no intentaría volver a verlo. Le había dolido mucho la frialdad de su padre. ¿Pero acaso ella se había comportado mejor con su marido, un hombre que sólo le había demostrado cariño y bondad?

Chloe lo observó con sus familiares, vio el respeto de estos hacia él y el profundo cariño que se tenían aquellas personas. ¿Cómo podía haber sido tan tonta de no haberse dado cuenta antes de la verdadera naturaleza de Pasha?

Tal vez hubiera sido severo con ella en algunas ocasiones, pero era honrado, y todo lo hacía con consideración y sensatez. Ella era la que había sido una ingenua y una estúpida al pensar que todo era o blanco o negro. La vida no era tan simple. Finalmente comprendía en que a veces era necesario sentenciar a alguien para salvar otras vidas.

Chloe había aprendido mucho desde ese horrible viaje en coche con Ahmad, y deseaba desesperadamente poder retroceder en el tiempo y volver a empezar; poder estar con Pasha como habían estado en España. Recordó con nostalgia sus bromas y sus mimos, y le pesó todo lo que había perdido.

Pero ya era muy tarde, demasiado tarde. Lo entendió cuando vio el dolor y la reserva hacia ella reflejados en su mirada.

Tendría que aprender a vivir con lo que de algún modo había perdido... aunque por lo menos le quedara su hijo.

—Por favor, cuídate —le dijo Pasha esa tarde antes de marcharse.

Había decido no quedarse a pasar la noche a pesar de todo lo que le había dicho su abuelo para convencerlo.

—En este momento no sé lo que nos deparará el futuro, Chloe, pero sí sé que los dos necesitamos tiempo para pensar. Tal vez esté fuera unos meses, y espero estar aquí al menos para cuando nazca el niño.

—¿Quieres el divorcio, Pasha? —le preguntó Chloe, sin atreverse apenas a mirarlo.

—No particularmente —respondió en tono indiferente—. Pero si tú deseas volver a casarte, tal vez podamos arreglarlo.

—¡No! —se apresuró a decir ella—. No —repitió con más calma al ver que Pasha la miraba extrañado—. No deseo casarme otra vez. Se me ocurrió que tal vez tú quisieras; sobre todo si tengo una niña.

—¿Crees que quiero un varón para que herede toda la tierra que me dejó mi padre? —sonrío con pesar—. Créeme, Chloe. No me gustaría ocasionarle ese perjuicio a mi hijo.

—¿Qué quieres decir? —le preguntó ella con incertidumbre.

—Piénsalo bien —dijo él—. Lo hablaremos a mi vuelta.

Con el corazón encogido Chloe observó su marcha desde el descansillo del segundo piso. No quería que se marchara; quería que se quedara con ella, allí donde estaba seguro; pero sabía que ya no tenía derecho a pedirle que renunciara a esa parte de su vida; una parte que, se daba cuenta de pronto, había sido una carga para él.

Se dio la vuelta cuando dejó de ver el coche, y entonces bajó a pasar el resto de la tarde en el salón con Henry y Dora. En ese momento, su vida estaba allí con ellos, y debía aprender a vivir con aquel dolor que le atenazaba el corazón. Pasha se había ido, y ella no sabía si regresaría algún día.

La vida transcurría con calma en la casa de campo de Henry. Tanto él como Dora eran muy amables con ella, y llevaban una vida tranquila y ordenada. Ésa era exactamente la quietud que más le convenía mientras esperaba el nacimiento de su hijo, pero Chloe echaba muchísimo de menos a su esposo. Él siempre había sido para ella una fuente de emoción, y sólo el roce de su mano o una sonrisa suya habían sido suficientes para despertar sus sentidos.

—Qué pena que Pasha tenga tantos compromisos oficiales —le dijo Dora mientras recogían crisantemos rojos en el jardín una tarde de otoño—. A menudo pienso que sería mejor si no sintiera que se debe al príncipe.

—Sí —concedió Chloe convencida—. Sería mucho mejor —miró las flores que llevaba en la cesta—. ¿Crees que tenemos suficientes?

—Ah, no, será mejor que las recojamos todas —dijo Dora—. Le darán color a la casa; además, en cuanto lleguen las primeras heladas se marchitarán —la mujer se estremeció al sentir la ráfaga de viento fresco mientras levantaba la vista a un cielo cubierto de nubes de tormenta—. Me preguntó cómo seguirá Mariam. Hoy la operaban, ¿no?

—Sí —Chloe miró con nerviosismo su reloj de pulsera—. Creo que llamaré al hospital cuando hayamos colocado las flores.

—¿Por qué no llevas la cesta dentro? —sugirió Dora—. Ya termino yo... Me gustaría saber cómo está Mariam.

—Sí, voy dentro entonces —Chloe le sonrió.

Le había tomado mucho cariño a Dora en los dos meses y medio que llevaba allí con ellos.

—Le pregunté a Henry si le parecía buena idea que

Mariam se viniera aquí a pasar el periodo de convalecencia, y me dijo que tenemos sitio suficiente y que le encantaría tenerla en casa. ¿Te importa que se lo diga a Mariam?

—No, por supuesto que no —dijo Dora—. Debemos rezar para que el tumor no sea maligno.

—Sí...

Chloe corrió dentro, dejó las flores en la cocinilla para distribuirlas después en varios jarrones y se dirigió al vestíbulo. Allí se encontró con el ama de llaves, que le dijo que tenía una llamada en el despacho.

—Estaba a punto de llamarla, señora —dijo la mujer.

—Gracias.

Chloe se apresuró por el pasillo hasta el confortable despacho forrado de libros, que en una tarde como ésa solía estar bastante oscuro. Se llevó el auricular al oído, esperando que fueran noticias desde París.

—¡Chloe! —se oyó la voz emocionada de Justine—. Ah, cuánto me alegro de hablar contigo... Quería que fueras la primera en saberlo, aparte de la demás familia. ¡Me he prometido en matrimonio con un hombre maravilloso!

—¡Qué buena noticia, Justine! —dijo Chloe—. Me alegro mucho por ti. ¡Eres una caja de sorpresas! ¡No habías dicho ni palabra! ¿Dónde lo conociste? ¿Y cuánto tiempo lleváis juntos?

Justine se echó a reír.

—Bueno, no he dicho nada porque Matthew no parecía tener interés por mí, y bueno... ya sabes.

—¿Matthew?

—En realidad es sir Matthew —dijo Justine—. De

modo que ya imaginarás cómo está mamá. Pero no es un tipo acartonado ni nada de eso, Chloe. ¡Baila el charlestón como los ángeles! La semana que viene vamos a dar una fiesta, un baile, y me preguntaba si querrías venir a quedarte unos días.

—Claro, me encantaría —dijo Chloe—. Sabes que no me lo perdería por nada del mundo, aunque no voy a bailar mucho. Estoy empezando a cambiar de forma.

—Venga, boba —dijo Justine—. Estoy segura de que estarás preciosa. ¿Crees que Pasha habrá vuelto para acompañarte?

Chloe sintió una punzada de dolor en el pecho, pero respondió con aparente despreocupación.

—Bueno, lo dudo mucho. Sigue fuera con el príncipe.

—Ah, vaya —suspiró Justine—. Cuando te casaste con él me dio mucha envidia, pero debe de ser tremendamente aburrido que pase tanto tiempo fuera.

—Sí, lo es —concedió Chloe.

Pero no sólo era aburrido; también era doloroso, y el dolor no se atenuaba con el tiempo.

Chloe se quedó pensativa después de despedirse de su amiga y colgar el teléfono. Había albergado ciertas esperanzas de que con el paso de los días, las semanas y los meses, le resultaría más fácil aceptar que su matrimonio había terminado; pero la realidad era bien distinta. A medida que el bebé crecía en su vientre, Chloe deseaba más que Pasha estuviera allí para compartir con ella esa experiencia.

Desgraciadamente todo había terminado; la complicidad y el cariño habían desaparecido para siempre, y el dolor de corazón era un recordatorio constante de ello. Aunque estuviera allí, la miraría con frialdad, y eso sería aún más difícil de soportar que su ausencia.

Suspiró al descolgar otra vez el teléfono para marcar el número del hospital. Quería saber algo de Mariam. Tras hablar con varias personas, consiguió que le pasaran con el médico que estaba tratando a la madrastra de Pasha. Las noticias del doctor fueron en parte alentadoras y en parte no.

—Le hemos quitado el tumor —dijo el médico—. Y era maligno, pero hemos conseguido limpiárselo todo, y en mi opinión es posible que hayamos conseguido detenerlo. El tiempo lo dirá; pero al menos ahora tiene ese tiempo.

—Sí, por supuesto, gracias doctor.

Chloe colgó algo triste. Ojalá el médico no se equivocara y a Mariam le quedara de verdad algo de tiempo.

Pero no debía darle vueltas a la enfermedad de Mariam; porque también había una buena noticia. Justine estaba prometida en matrimonio, y la semana siguiente iría a pasar un par de días con su prima.

Pero habría sido mucho mejor si Pasha hubiera estado allí para acompañarla. Pensó con anhelo en la última vez que la había besado, y deseó tener una varita mágica y retroceder en el tiempo.

Pasha miró su pesado reloj de oro y suspiró. Aquellas malditas reuniones parecían alargarse eternamente, y le aburría soberanamente tener que asistir de continuo. Tras semanas de negociaciones, parecía que su tío estaba a punto de firmar un acuerdo con el gobierno británico.

Pasha frunció el ceño al ver que el príncipe se ponía de pie. ¿Qué pasaría esa vez? Había pensado que esa mañana por fin se llevarían a cabo las firmas... Pero parecía que el príncipe había cambiado de nuevo de opinión, y ello se traduciría en interminables reuniones y discusiones para volver a convencerlo.

Lo único que deseaba Pasha era estar en el campo con Chloe. Había intentado con todas sus fuerzas olvidarse de ella, no sentir nada hacia su esposa; se había repetido sin cesar que sería estúpido por su parte amar a una mujer que no era capaz de confiar en él. Pero no podía quitársela del pensamiento. Su imagen lo asaltaba de día y de noche... sobre todo de noche; porque a veces sus sueños eran tan vívidos que le parecía como si estuviera allí a su lado... hasta que se despertaba y se encontraba la cama vacía.

Tenía la esperanza de que en cuanto terminara aquella tanda de reuniones pudiera retirarse totalmente de la política; vivir la vida que deseaba y dejar de ser la mano derecha de su tío. Sin embargo parecía que una vez más iba a tener que controlar sus necesidades y sus deseos.

El príncipe se marchaba de la sala, y Pasha vio que no lo hacía contento. ¿Qué habrían introducido ahora los británicos en el tratado? Debía de haber alguna cláusula nueva, porque él mismo había comprobado todo con Forbes y lo había repasado al detalle con el príncipe.

Estaba a punto de ir tras su tío cuando Forbes le puso la mano en el hombro.

—¿Puedo hablar un momento contigo, Pasha?

—Sí, por supuesto.

Pasha ahogó un suspiro. Seguramente Forbes trataría de convencerlo para que aceptara lo que fuera que hubiera rechazado el príncipe. A Pasha le había llevado muchísimo tiempo convencer a su tío para aceptar el tratado, e incluso si... En ese momento se oyeron varios disparos fuera de la sala, seguidos de gritos y voces. Pasha miró a Forbes alarmado, y los dos salieron corriendo de la sala. En el pasillo se detuvieron horrorizados al ver la salvaje carnicería.

Había tres hombres en el suelo abatidos por varios disparos. Pasha corrió junto a su tío, que era uno de los que habían caído; pero no se le pasó por alto la mirada furibunda de Mohammed Ibn Ali, quien en el último momento había acudido a la reunión por deseo del príncipe.

—¡Dios mío!

¿Cómo podía haber ocurrido algo así cuando él había exigido la máxima seguridad antes de acceder a la celebración de esa reunión? Le sobrevino una oleada de rabia y repulsión, y se culpó por no haber estado allí cuando su tío lo había necesitado. De haber estado a su lado, tal vez hubiera podido evitar todo aquello.

—Esto es culpa tuya —acusó Mohammed a Pasha—. El príncipe sabía que jamás debía acceder a este tratado... y ahora mira lo que le han hecho.

—Esto ha sido obra de extremistas —dijo Pasha con gesto suspicaz.

Miró al hombre a quien había servido fielmente durante algunos años y comprobó que estaba muerto.

—¿Estás herido, Mohammed? —fue a tocar a su primo en el hombro, pero él se retiró muy enfadado.

—No es más que un arañazo —Mohammed se encogió de hombros con gesto hosco—. ¡Ojalá me hubieran matado a mí en lugar de a él!

Pasha vio que a Mohammed le sangraba un poco la herida del brazo; pero sus dos guardaespaldas habían corrido peor suerte, porque estaban muertos. Quienquiera que hubiera hecho eso se había empeñado en matar a los hombres que estaban más próximos al príncipe. Si Forbes no le hubiera retenido en la sala unos segundos, a él también lo habrían abatido.

—Deberías ir al hospital —le dijo Pasha a Mohammed—. Necesitas que te miren el brazo.

—Prefiero que se me pudra a que lo toque un infiel —dijo Mohammed con amargura—. No te imagines que no sé por qué se ha hecho esto. Él se negó a firmar, pero tú eres su heredero; y ellos saben que firmarás en su lugar.

Con ese comentario final, Mohammed se dio la vuelta y se marchó, apartando a su paso a los representantes oficiales y a los miembros de la policía hasta salir del edificio.

Pasha se quedó mirándolo con expresión preocupada. Sabía que al menos parte de lo que había dicho su primo era cierto.

—Este asunto es horrible —Forbes se acercó a él—. Retrasará el tratado meses, si no años. Si tenían que liquidarlo, preferiría que no lo hubieran hecho aquí.

—Sí, es de lo más inconveniente para ti —dijo Pasha, que disimuló su rabia por las insensibles palabras del otro—. ¿Me permitirá tu policía ocuparme de todo o insistirán en hacerse cargo?

—Debes dejárselo a ellos de momento —dijo Forbes—. Yo me aseguraré de que tengas acceso para que puedas repatriar su cadáver lo antes posible

—Gracias —dijo Pasha e inclinó la cabeza—. Ahora, debes excusarme.

Se alejó de allí furioso. Había pensado que los británicos estaban negociando directamente con él, pero si Mohammed no se equivocaba...

Estaba asqueado, y cuanto antes se lavara las manos de todo aquel asunto, mejor.

Chloe pagó el taxi y se quedó en la acera con la pequeña maleta en la mano. No se había molestado en llevarse mucho, porque sabía que la mayoría de la ropa no le quedaba ya bien. Había pensado hacer algunas compras antes de ir a casa de Justine al día siguiente, pero de momento se quedaría en el apartamento.

Tenía la llave en el bolso, y estaba a punto de meter la llave en la cerradura cuando oyó que sonaba el teléfono dentro del apartamento. Entró con rapidez y descolgó el teléfono, aunque se preguntaba quién podría saber que estaba allí. Sólo se lo había dicho a Henry y a Dora.

—¿Dígame?

—¿Estás bien, querida? —le preguntó Henry—. Cuando escuchamos la noticia nos preocupamos.

—Acabo de llegar —dijo Chloe, mientras se sentaba en una silla junto a la mesa—. ¿Qué noticia es ésa?

—Ha habido un asesinato en Londres hoy —dijo Henry—. Espero que no sea demasiado intranquilizador para ti, pero han matado al príncipe y a dos de sus guardaespaldas.

—Pasha... —a Chloe se le encogió el corazón y sintió un ligero mareo—. ¿Está herido? No me digas que le ha pasado algo, Henry. No podría soportarlo...

—No, no, querida; Pasha nos ha llamado para decírnoslo. Le dije que tú ibas de camino. Pero dijo que estaba bien.

—Ay, gracias a Dios, gracias a Dios...

Chloe bajó la cabeza para tratar de serenarse un poco. Estaba de espaldas a la puerta abierta del salón.

—No podría soportarlo si le pasara algo, Henry... —ahogó un sollozo, pero al oír un ruido a sus espaldas soltó el auricular y se dio la vuelta inmediatamente—. ¡Pasha!

Fue corriendo a abrazarlo, olvidándose de todo lo demás del alivio que sintió al verlo. Se reía y lloraba al mismo tiempo, mientras él se adelantaba para abrazarla.

—Pasha... Pasha... —lloró—. Henry acaba de decírmelo... Lo siento tanto por tu tío.

Cuando vio la expresión sombría de Pasha, Chloe entendió que la relación con su tío había sido más fuerte de lo que tal vez ella había pensado. Por primera vez supo que había elegido ordenar la ejecución de un hombre en última instancia porque había pensado que era el único modo de proteger a un hombre a quien quería. Al igual que la protegería a ella con su vida si fuera necesario.

Qué conflicto para él, tener que debatirse entre el afecto, el deber y la conciencia. Sin embargo, a pesar de sus esfuerzos, el príncipe había muerto.

—No debes culparte, cariño mío, porque has hecho todo lo que has podido...

Sus palabras quedaron ahogadas por su beso, que fue tanto apasionado como exigente, y que la despojó de la habilidad para pensar, hasta que él la soltó momentos después.

—Me alegra tanto que no te haya pasado nada —Chloe se agarraba a él con inquietud—. Te amo tanto... tanto...

—Yo también te amo, Chloe —dijo él con esa sonrisa burlona en los labios, ese gesto que ella tanto había echado de menos—. Creo que deberías colgarle el teléfono bien al pobre Henry.

—Ah, sí —Chloe ahogó un sollozo y se llevó el auricular a la oreja—. Lo siento, Henry; es que está aquí Pasha.

—No hay nada que sentir, querida —le dijo él—. Ya era hora de que ese marido tuyo volviera a cuidar de ti; dile eso de mi parte, ¿quieres?

—Sí, se lo diré —Chloe se echó a reír—. Os llamo pronto.

Esa vez colgó el teléfono con cuidado, y volvió junto a Pasha, que la tomó entre sus brazos y la besó de nuevo. Pasó un buen rato hasta que los dos tuvieron ganas de volver a hablar.

Chloe estaba entre sus brazos, después de haber hecho el amor suavemente y haber llegado a la cima del placer junto a él, cuando Pasha empezó a hablarle de todo lo que había pasado, y de lo que tenía en mente para el futuro.

Chloe se incorporó y lo miró con seriedad.

—¿Estás seguro de que tu tío ha sido asesinado por eso; porque no firmaba el tratado que convertiría su tierra en un protectorado británico?

—Es lo que cree Mohammed.

Chloe frunció el ceño, tratando de recordar.

—Era el que estaba contigo en el desierto, al que no le gusté...

—Yo tampoco le gusto mucho —dijo Pasha—. Pero al menos no finge ser mi amigo mientras conspira contra mí a mis espaldas.

Chloe empezó a acariciar su atractivo rostro con afecto.

—Te he echado tanto de menos —dijo ella—. Tanto, Pasha. Cuando Henry dijo...

—Sí, lo sé. Te he oído —dijo él mientras le sonreía con pesar—. He sido un terco y un estúpido, Chloe. Estaba enfadado y tenía miedo de que pudiera pasarte algo; pero no debería haberte dejado así. Hace ya varias semanas que quería volver contigo.

—¿Sólo semanas? —le pregunto con una mirada pícara—. Yo quise que volvieras a los dos segundos de marcharte.

—No debería haberme ido —dijo Pasha—. Ha sido por culpa de mi orgullo.

Ella le puso los dedos en los labios y negó con la cabeza.

—No, Pasha; no ha sido sólo por tu orgullo. Cuando nos casamos yo era muy ingenua; no entendía muchas cosas y me apresuré a juzgarte. Fue más culpa mía que tuya.

—Creo que los dos nos hemos equivocado —dijo Pasha con una sonrisa en los labios—. Yo también he aprendido mucho de mí mismo estás semanas pasadas, Chloe, y hay una cosa de la que estoy muy seguro, aparte de que te amo, por supuesto.

—Mientras estés seguro de eso —dijo ella mientras suspiraba contenta—. Vaya, Philip se interpone un poco entre nosotros, ¿no te parece? —dijo mientras se movía un poco para estar más cómoda.

—¿Philip? —Pasha arqueó las cejas con sorpresa—. ¿Entonces has decidido que va a ser un niño?

Chloe le dio un beso en el hombro mientras le acariciaba el vello del pecho. Tenía un cuerpo tan definido y musculoso, sin duda por todo el deporte que había hecho de pequeño y que aparentemente seguía practicando. Según le habían contado Henry y Dora, jugaba muy bien al tenis, participaba en concursos de hípica y era un excelente nadador. Con Henry y Dora había aprendido muchas cosas de Pasha; aunque ya sabía que le gustaba nadar, y que por eso la casa de España estaba al borde del mar. Antes eso le había parecido un lujo extravagante, pero ahora entendía que Pasha lo necesitaba cuando tenía un tiempo libre para relajarse.

—Bueno, me gustaría tener un hijo que fuera igual que tú.

—¿Igual que yo? —repitió Pasha en tono burlón.

—Bueno, casi igual que tú —respondió—. Pero espero que Philip prefiera quedarse en su país en lugar de ir correteando por el mundo.

—Entonces será como yo —dijo Pasha mientras le rozaba la punta de la nariz con la yema del dedo—. Eso era lo que te quería decir antes, Chloe, de lo que me he dado cuenta estas semanas pasadas. Estoy cansado de vivir de esta manera. No fue nunca lo que yo quise, pero sentí que se lo debía a mi tío; y también por el recuerdo de mi padre.

—Sí, eso lo entiendo —concedió Chloe—. Preferiría que no tuvieras que verte implicado en política nunca más.

—Sí... y de algún modo voy a asegurarme de no entrar en nada de eso —Pasha la miraba con gesto reflexivo—. Pensaba que conocía el camino, Chloe; pero ahora ya no estoy tan seguro.

—¿Qué quieres decir?

—Es mejor que no lo sepas.

—Por favor —dijo ella—. No vuelvas a hacerme lo mismo; no me dejes fuera, Pasha. Quiero que compartas conmigo lo que te preocupa... Déjame ser parte de toda tu vida, no sólo de una parte.

Él la miró un instante, y después inclinó la cabeza.

—No es que quisiera dejarte fuera, Chloe; quería protegerte —dijo Pasha—. Quería asegurarme de que nada de esto te afectaba.

—Ya no soy una chiquilla tonta —dijo Chloe mientras levantaba la cara para mirarlo—. He madurado.

—Sí, es cierto —dijo él con gesto serio—. Has perdido ese gesto tan gracioso de niña que aún tenías; y he sido yo el responsable de ello.

—No has sido tú —dijo Chloe—. Fue Ahmad; y las cosas que han pasado. Así es la vida. El tiempo pasa y tengo que madurar de todos modos, Pasha. No puedo seguir siendo una niña toda la vida.

—Por supuesto que no —le sonrió—. Y aunque eche de menos ese gesto de niña, prefiero tener a la mujer en la que te has convertido, cariño.

—Gracias —se ruborizó al ver el ardor en sus ojos, pensando que habían hecho el amor con más pasión y avidez que nunca—. Me gusta ser esa mujer, Pasha; y me encanta estar casada contigo.

—Bien, porque tengo la intención de que sigas casada conmigo toda la vida —le acarició la mejilla—. Espero que no creyeras todas esas tonterías de que iba a dejarte marchar, Chloe. Debes saber que no lo decía en serio.

—Me parece bien —se acurrucó junto a él—. Porque no tengo intención alguna de dejarte.

Pasaron unos momentos allí tumbados, en silencio, hasta que Chloe levantó la cabeza y lo miró.

—¿Entonces qué vas a hacer, Pasha? Eres el heredero de tu tío, ¿no?

—Sí —suspiró—. Sé que los británicos esperan que firme el tratado, y en parte creo que sería lo mejor para todas las partes interesadas; pero otra parte de mí me dice que sería traicionar mi pasado si me vendo a los británicos.

—Y todavía te importan tus orígenes, ¿verdad? —preguntó Chloe—. Sigue importándote aunque lleves tanto tiempo en Inglaterra. Todavía sientes la llamada del desierto; de tu gente.

—Sí, supongo que sí —concedió Pasha—. Quiero liberarme de todo ello, del poder y de las intrigas políticas. Lo odio, Chloe, y lo más fácil es entregárselo a los británicos. Pero por otra parte...

Suspiró, como si se sintiera abrumado.

—¿Crees que si hicieras eso estarías traicionando a tu tío y a tu padre?

Chloe sabía que era eso, y él asintió.

—¿Por qué no vuelves a tus raíces? —le dijo ella—. Vuelve adonde ocurrió todo, a la *casbah* de tu padre, al desierto.

—Es curioso que tú digas eso —dijo Pasha mientras abrazado a ella le acariciaba la espalda y continuaba hasta delinear la curva de sus nalgas—. Últimamente he pensado en hacer precisamente eso.

—Tal vez encuentres una solución —dijo Chloe—. Hasta que no lo hagas, no estarás en paz, Pasha.

—Pero no quiero volver a dejarte, Chloe.

—¿Y por qué ibas a dejarme? —le preguntó—. Aún no he llegado a los cinco meses de embarazo. No veo por qué no puedo acompañarte —Chloe le sonrió—. No pienso permitir que te marches otra vez sin mí, pase lo que pase.

Pasha se echó a reír y empezó a besarla en los labios una vez más, para continuar enseguida besándole el cuello y luego los pechos. Le lamió y succionó los pezones hasta conseguir que ella gimiera de gusto, invitándolo a amarla de nuevo, mientras la contemplaba con sus ojos oscuros y apasionados.

—Yo fui concebido bajo las estrellas del desierto —dijo él—. ¿Estás lista para que tu hijo nazca en el desierto, querida mía?

—Mientras te ocupes de los dos —dijo ella, y se echó a reír al sentir una patada en el vientre; le tomó la mano a Pasha y se la colocó con suavidad en el vientre—. ¿Lo notas, Pasha? ¿Notas cómo se mueve? Ése es tu hijo que te dice que quiere estar cerca de su padre.

Pasha la miró maravillado.

—¿Estás segura de que te sientes lo suficientemente bien para viajar?

—Si tu madre pudo tenerte en el desierto, yo también puedo tener a mi hijo allí.

Pasha se echó a reír.

—Mi madre fue muy sensata. Pidió que hubiera un médico occidental en el parto, y yo me voy a asegurar de que tú también lo tengas, Chloe. Pero podemos ir a la casbah, y volver a tiempo para dar a luz en Londres.

Trece

Era de noche cuando el avión aterrizó en el pequeño aeropuerto privado. Chloe miró por la ventana pero no fue capaz de ver demasiado, salvo unos cuantos edificios que estaban más cerca. Habían volado al estado que dirigía el príncipe, donde Pasha asistiría a los funerales por la muerte de su tío.

Se volvió hacia Chloe cuando bajaron del avión.

—En cualquier momento estaremos rodeados por la gente de mi tío —le dijo con una sonrisa—. Me temo que a partir de ese momento será todo protocolo, y tal vez te sientas un poco ignorada; pero no te olvides de que para mí eres más importante que ninguna otra cosa o persona.

—Por favor, no te preocupes —le dijo Chloe—. De verdad que lo entiendo.

Vio que un hombre se acercaba a ellos y se agarró

al brazo de Pasha con inquietud. Su presencia la alarmó al ver que el hombre levantaba la mano derecha.

—¡Tiene una pistola!

Antes de que ella pudiera terminar, Pasha gritó de angustia y la empujó para apartarla de él. Chloe se tambaleó y cayó al suelo al tiempo que sonaban varios disparos. Gritó, temiendo que tal vez su esposo hubiera caído, pero entonces oyó su voz cuando él se arrodilló a su lado.

—Perdona si te he hecho daño, cariño mío —dijo con voz tensa—. Esto es lo que siempre he temido; que trataran de matarme estando tú conmigo.

—¿Qué ha pasado? —levantó la cabeza y vio un montón de hombres corriendo y gritando; en el suelo yacía un hombre que estaba muerto—. Lo han matado.

—Sí —Pasha frunció el ceño al ver su cara pálida, y se estremeció—. La rapidez del comité de recepción nos ha salvado, Chloe.

—Pero tú me has salvado a mí —dijo ella—, porque ese primer tiro...

Sintió náuseas sólo de pensar que cualquiera de ellos podría haber muerto. Ya no le sorprendía que Pasha hubiera sido tan posesivo hacia ella, sabiendo que su vida corría tanto peligro como la suya propia.

—Perdóname —dijo Pasha casi sollozando—. No volverá a ocurrir. Te lo prometo. No puedo arriesgar tu vida de este modo; es demasiado importante para mí. Haré algo, te lo aseguro.

—Oh, Pasha, amor mío...

Chloe no le preguntó a qué se refería exactamente,

pero vio por su expresión decidida que Pasha estaba dispuesto a hacer algún cambio en el futuro.

Chloe no asistió al funeral de estado del príncipe Hassan. Pasha hizo todo lo que se esperaba de él como heredero de su tío. Chloe sabía que había estado rodeado de gente que quería hablar con él desde que habían llegado al pequeño estado del Golfo, pero él había conseguido pasar todo el tiempo posible con ella.

—Hoy es un día para el pueblo —le dijo cuando la dejó para asistir a la larga ceremonia—. Perdona por abandonarte, pero no puedo hacer otra cosa que lo que se espera de mí.

—Ve a hacer lo que tengas que hacer —le dijo Chloe—. Voy a escribir a Justine y a Mariam mientras espero a que vuelvas.

Antes de salir de viaje, habían ido juntos a la fiesta de compromiso de Justine, y también habían visitado a Mariam, que ya estaba acomodada en casa de Henry. Había llevado varios días preparar todo el papeleo para repatriar el cadáver, aunque Pasha había intentado acelerar el proceso, porque la policía se había mostrado renuente a la hora de entregar el cadáver. Se habían llevado a cabo varias detenciones, y había una disputa diplomática para decidir dónde se juzgaría a los asesinos. Sin embargo, finalmente Pasha había ultimado todos los detalles para poder iniciar el viaje de vuelta a casa.

En cuanto terminó el funeral, Pasha le había dicho a Chloe que tenía la intención de tomar su avión privado a Marruecos, y que tras una breve estancia en

Marrakech para ocuparse de algunos asuntos que había dejado pendientes, irían a la *casbah* de su padre, en las montañas del Atlas.

A Chloe le habían dado unas espléndidas habitaciones en el palacio del príncipe, y sus esposas le habían dado la bienvenida y se habían ocupado de ella, ya que la mayoría hablaba o bien francés o bien inglés. Todas sentían mucha curiosidad por su ropa, y le preguntaron dónde la había comprado. Vio algunas caras de envidia cuando les dijo que había adquirido los modelos en los salones de Coco Chanel en París.

Ellas le preguntaron qué pasaría toda vez que el príncipe había muerto, pero ella sonrió y negó con la cabeza. No podía decirles nada porque no sabía aún lo que decidiría Pasha.

Él hablaba de renunciar a su carrera política, y de pasar más tiempo con ella. Tenía un negocio que dirigir y muchos intereses más, y ella estaba segura de su deseo de romper con muchas cosas y ser libre. Otra cosa era que se lo permitieran.

—No si los consejeros del príncipe se salen con la suya —le dijo Pasha cuando regresó a su lado esa noche, claramente agotado—. Les preocupa que el poder lo asuma otro dirigente si yo no me pongo al mando de inmediato —frunció el ceño y se pasó las manos por la cabeza—. Tengo que decidir lo que es mejor, Chloe.

Instintivamente entendió que la preocupación de Pasha era por ella; por el efecto que el intento de asesinato pudiera causarle a ella.

—Sé que harás lo correcto, sea lo que sea. No debes preocuparte por mí, Pasha. Cuando nos casamos era un chiquilla boba, pero ahora comprendo muchas cosas. Sé que debes hacer lo que sea necesario.

—Mi querida Chloe. Si te perdiera...

—No me perderás —le dijo ella con una sonrisa afectuosa—. Nada podrá separarnos ya.

—Si pudiera estar seguro de eso.

—Ven a la cama, mi amor —le dijo ella echándole los brazos al cuello y poniéndose de puntillas para rozar suavemente sus labios.

El efecto fue instantáneo, y Pasha se olvidó del cansancio y la tomó en brazos y la llevó a la cama.

—Peso tanto —le dijo ella muerta de risa, mientras él la dejaba en la cama—. Dentro de nada no podrás conmigo.

Sus burlas empezaban a tener el efecto deseado, porque Pasha se olvidó de sus preocupaciones y empezó a besarla, a acariciar su cuerpo hasta tenerla temblando y lista de nuevo para el amor.

Esa noche Chloe se despertó con los violentos movimientos de Pasha, y enseguida entendió que estaba soñando algo horrible. Pasha tenía miedo de que lo arrastraran a una vida que le disgustaba pero que no podía evitar; y ella no podía hacer nada salvo ofrecerle su amor y su cuerpo.

Sólo Pasha podía decidir lo que debía hacer.

Chloe estaba emocionada mientras daban la vuelta a la ciudadela para que ella pudiera verla al completo desde el aire. Estaba construida en adobe como la mayoría de las fortalezas de aquellas montañas; pero aquélla no estaba ni en ruinas ni abandonada.

Vio gente moviéndose, mirando al cielo y colocándose la mano delante de los ojos para observar la pequeña avioneta que se preparaba para aterrizar en la pista que habían preparado precisamente para su llegada.

Al sobrevolar las montañas, Chloe había visto niños con rebaños de cabras y ovejas, con la misma vestimenta que sus padres y abuelos. Tal vez estuvieran ya en el siglo veinte, pero allí parecía como si el tiempo se hubiera detenido.

La tierra era árida y pobre, y aquellas gentes vivían sólo gracias a sus rebaños.

Sin embargo, cuando Pasha la ayudó a bajar de la avioneta y echaron a andar hacia la *casbah*, la gente salió a saludarlos, primero tímidamente pero después con entusiasmo, como si se alegraran muchísimo de ver a su señor feudal.

Los niños se arremolinaban alrededor de Chloe, tirándole de la falda larga del vestido que había elegido ponerse ese día y, aunque de buena calidad, era muy parecido al que llevaría cualquier futura madre.

—¿Qué dicen? —le preguntó a Pasha mientras los niños charlaban y la señalaban con el dedo, sonrientes y descarados.

—Están diciendo que llevas en tu seno a mi hijo —le respondió—, y piensan que es muy bueno que seas tan fértil tan pronto.

Chloe se puso muy colorada.

—¿Saben cuándo nos hemos casado? ¿Creía que llevabas años sin venir aquí?

—Les hice una breve visita cuando estaba de viaje con mi tío —dijo Pasha—. Se me ocurrió que tenía que venir a ver si todo iba bien, y de paso pude hacer algunas mejoras, como un pozo nuevo en el valle, y otras cosas.

—Bueno, desde luego parece que se alegran mucho de verte.

—Creo que están más interesados en ti —dijo Pasha—. Parece que no se han olvidado de cómo mi madre intentó ayudar a las mujeres cuando vivió aquí.

—Ella quiso que las mujeres aprendieran un oficio, ¿verdad?

Chloe recordó que la madre de Pasha había muerto de septicemia después de cortarse la mano con un metal oxidado.

—Parece ser que recibieron la visita de un mercader occidental hace unos meses. Le interesaba comprar la tela que las mujeres habían tejido. Estoy pensando montar aquí algunas hilanderías para que las mujeres puedan hacer algo de dinero. Tal vez tengan que entrar finalmente en el siglo veinte, Chloe; pero creo que empiezan a darse cuenta de que aparte de maldades también hay beneficios.

—Con tu ayuda estoy segura de que se adaptarán —dijo Chloe con los ojos llenos de amor.

Fue a tomarle la mano, y entonces se percató de las risillas de los niños, que sin duda observaban todo lo que hacían con ávido interés.

—¡Tengo que tener cuidado con lo que hago!

—Oh, a ellos no les importa —Pasha se echó a

reír—. Creen que gracias a ti les ha llegado la buena suerte. Tú eres un talismán que no puede causarles ningún daño.

Se quedaron en la ciudadela cinco días, tras los cuales Pasha decidió que había llegado el momento de continuar el viaje. Chloe no tenía muchas ganas de dejar atrás a esas personas que la habían tratado con tanto cariño esos días; así que cuando el avión despegó, agitó la mano frenéticamente para despedirse de los niños que se acercaron a ver despegar el avión que poco a poco se elevó en el cielo como un gran pájaro blanco.

—No me sorprende que te tire la tierra —le dijo a Pasha—. Me gusta tu gente.

—Y tú les has gustado a ellos —Pasha le sonrió con ternura—. Un día volveremos, pero antes tengo algo que hacer.

—Has concertado una reunión con Mohammed en el desierto... —lo miró con indecisión—. ¿Es seguro quedar en su territorio? ¿Confías en él, Pasha?

—Tanto como en cualquier otro hombre —respondió—. Pero no temo que alguien me clave un cuchillo por la espalda estando en el territorio de Mohammed. Si él quisiera asesinarme, no sería mientras estamos allí de invitados. Cuando estuvimos en casa de Ahmad no corrimos peligro; fue después cuando trató de hacerte daño.

Chloe comprendió que insultar a un invitado iba en contra del código de honor de los beduinos.

—¿Sabes algo de Sashimi? —le preguntó Chloe—.

¿Sigue viviendo en París? Fue allí donde se marchó al salir de Inglaterra, ¿no?

—Sigue viviendo allí —dijo Pasha—. Creo que tiene amantes, aunque jura que jamás volverá a casarse; pero he oído que le gustan los hombres que le hacen regalos.

—¿Quién te ha dicho eso?

—Mohammed —respondió—. Le molesta mucho que viva de ese modo, pero en vida del príncipe tenía prohibido acercarse a ella. Yo he decretado una orden similar.

—Entonces tú la proteges —Chloe le sonrió—. Qué tonta fui ese día, Pasha. Debería haber sabido que tú no habrías matado a sangre fría...

—Ya está olvidado —Pasha le sonrió, pero también la miró con preocupación—. ¿Te encuentras bien, amor mío? Sé que aún te quedan algunos meses, pero estoy ansioso por ti.

—No hay necesidad de estarlo, porque estoy perfectamente bien —respondió Chloe—. Sabes que lo estoy, Pasha. Sólo me estoy poniendo fea y gorda como una vaca.

—Sigues siendo muy bella, y no te pareces en nada a una vaca —le dijo él divertido.

—Pues no fue eso lo que me dijeron ayer —dijo Chloe—. Una de las mujeres de la *casbah* me dijo que yo era como una preciosa y esbelta vaca que daría a luz a un bonito ternero.

Pasha se echó a reír.

—Ella pensaba que te estaba haciendo un elogio, Chloe. Una vaca así valdría mucho en el mercado.

—Me lo imagino —dijo Chloe—. Pero preferiría que no me vendieras, si no te importa.

—Bueno, todo depende de los camellos que me ofrezcan por ti —dijo él con una sonrisa muy pícara—. No creo que aceptara menos de diez.

—¡Si no estuvieras pilotando este avión, te estrangularía!

—Debo recordártelo esta noche —murmuró Pasha—. Cuando te llame a mi diván. Recuerda, mujer, que yo soy el jeque y tú estás a punto de que te lleve a mi tienda del desierto...

—Creo que es un poco tarde si tienes la intención de seducirme —Chloe le hizo una mueca burlona mientras se acariciaba la tripa—. ¿Sabías que están hablando de hacer ahora *El hijo del jeque*? Espero que me lleves a verla cuando la pongan en casa.

Pasha la miró de un modo extraño.

—Nunca se sabe —dijo él—. Tal vez haga algo más que eso, teniendo en cuenta que me des el hijo que me prometiste, mujer.

—¿Y qué quiere decir eso? —el preguntó, intrigada por su mirada provocativa—. ¿Qué estás tramando, Pasha?

—Algo que creo que te gustará —dijo él, que a pesar de sus quejidos y provocaciones, no quiso decir nada más—. Tendrás que esperar para verlo...

Habían empezado a planear más bajo sobre el desierto. Chloe miró por la ventana y vio que las tiendas ya no eran puntos diminutos en el vasto desierto de arena que los rodeaba. La gente se volvió a mirar hacia el aparato a medida que se aproximaban a la pista de aterrizaje, y algunas personas empezaban a saludar con la mano.

Aguantó la respiración cuando aterrizaron. La última vez que había estado en el desierto había estado a punto de morir, y después se había enamorado.

Chloe se estaba lavando la cara en un reluciente baño de cobre cuando Pasha entró en la tienda esa noche. Llevaban tres días en el desierto, y apenas lo había visto. Mohammed y él habían estado charlando constantemente, día y noche, y Chloe se había tenido que conformar con la compañía de las mujeres.

Era bien consciente de que Mohammed no aceptaba que a ella se le diera tanta libertad como habitualmente le daba Pasha; y Chloe había notado que sus ojos oscuros la observaban con una hostilidad apenas reprimida.

Se sorprendió cuando Pasha le dijo que estaba invitada a una fiesta esa noche.

—Mi primo me ha pedido que te sientes con él a su derecha —le dijo Pasha—. Desea que le cuentes cómo viven las mujeres en tu mundo.

—¿Lo dices en serio? —preguntó Chloe, que lo miraba muy sorprendida—. Pensaba que no le interesarían esa clase de cosas.

—Mi primo se ha dado cuenta finalmente de que ya es hora de ser un hombre del siglo veinte —le dijo Pasha con un brillo de humor en la mirada—. Me complace decirte que creo que finalmente hemos llegado a un acuerdo, Chloe; y este banquete es para celebrarlo. Mohammed desea honrarte, y creo que te sorprenderás cuando notes el cambio en él.

—Todo eso me resulta muy intrigante.

Chloe lo miró con curiosidad, pero él se limitó a

sonreír y negó con la cabeza. De todos modos estaba demasiado contenta y feliz como para insistir. Finalmente había empezado a entenderlo, a saber que hiciera lo que hiciera, sería justo.

—Otra vez estás en plan misterioso, pero no me vas a picar. No me importa lo que estés tramando, Pasha. Me gusta estar aquí. El desierto tiene algo muy especial... algo que suscita un anhelo en mí... —se echó a reír, con aparente timidez—. Supongo que sonará de lo más ridículo.

—A mí me suena bien —dijo Pasha—. Espero que un día regresemos los dos a la *casbah* y al desierto, mi amor.

Cuando él se dio la vuelta para salir, Chloe empezó a buscar entre su ropa. Tendría que escoger algo muy especial para esa velada, ya que sentía que sería una ocasión importante.

Pasha la miró cuando se presentó esa noche, con la mirada risueña y llena de admiración. Había elegido un vestido largo y vaporoso en azul medianoche. Tenía un escote cuadrado y el talle alto por debajo del pecho. Estaba rematado con bordados y tenía las mangas largas y amplias.

El cabello, que lo tenía ya más largo y más claro que cuando se habían conocido, lo llevaba recogido con una diadema de oro como lo llevaban las mujeres beduinas, sólo que ella no llevaba velo. No llevaba ninguna joya aparte de su anillo de casada.

—Estás preciosa —le dijo Pasha mientras le tomaba la mano—. Y me encanta la manera que has elegido para mostrar respeto y al mismo tiempo ser tú; una mujer de occidente.

—Como me has dicho que Mohammed desea saber cómo son las mujeres de mi mundo, se me ocurrió que era lo correcto enseñárselo aparte de contárselo; por si me pidiera consejo.

—Oh, te lo pedirá —dijo Pasha—. Verás que se van a producir grandes cambios en la vida de Mohammed, que se ha dado cuenta de que debe empezar a vivir en el mundo nuevo para el cual se le ha llamado.

—¿Qué es lo que has hecho, Pasha? —Chloe lo miró a los ojos—. Creo que puedo adivinarlo, pero que tú no me lo quieres decir todavía. ¿Por qué?

—Porque el anuncio se hará esta noche en la fiesta —dijo Pasha—. No sería adecuado si se lo contara a mi esposa antes de ser informados los demás hombres.

Chloe asintió comprensivamente. No podía, por supuesto, esperar que le dijeran algo tan importante hasta que no se hubiera anunciado de manera oficial; pero ella había adivinado aquello que Pasha no le había contado.

En el extremo del campamento se había erigido una enorme tienda en la que cabría mucha gente, y cuando Pasha la condujo hacia allí, ella vio que habían llegado varios hombres. Por su aspecto, parecían hombres importantes, que se habían llevado a sus seguidores con ellos, mujeres y niños también, de modo que el campamento se había extendido sobre las arenas del desierto, más allá del oasis.

Habían preparado fogatas por todo el campamento, y el olor a carne asada empezaba a perfumar la noche, al igual que la creciente emoción. Era aquélla una gran fiesta, y el ambiente festivo se reflejaba en todas las personas. Era como si todos supieran que algo especial estaba a punto de pasar.

En el interior de la tienda había cojines de seda, mesitas y lámparas por todas partes. El aroma a incienso, a especias y a perfumes almizclados dominaba el ambiente. Al fondo de la tienda había tres divanes elevados, donde Mohammed ya estaba sentado, y Pasha condujo a Chloe hasta allí.

Mohammed se levantó cuando se acercaron y le hizo una reverencia a Chloe mientras se adelantaba para tomarle la mano y conducirla hasta el lugar de honor a su derecha.

—Sea bienvenida, señora —dijo él en el tono más cortés con que él se había dirigido a ella—. Por favor concédame el honor de sentarse a mi lado y de favorecerme con su conversación. Tengo mucho que aprender, y mi honrable primo me dice que tiene buena disposición hacia nuestras gentes.

—Vuestro pueblo me ha parecido amable y vuestro modo de vida bueno —dijo Chloe—. Hay muchas maravillas que se encuentran en el mundo moderno, señor, y creo que debemos tomar lo mejor de este mundo, pero las sencillas costumbres de las gentes del desierto no deben quedar olvidadas.

Mohammed asintió con gesto aparentemente cómico. No lo había pensado antes, pero en ese momento empezó a notar un parecido de Pasha con él, y a darse cuenta de que se parecían más de lo que habría imaginado.

—Habla con sensatez —dijo él—. Creo que cuando nos conocimos la primera vez la juzgué mal, princesa, pero ahora entiendo por qué Pasha se ha casado con usted. Creo que su influencia sobre él ha sido buena.

—Mi marido siempre actúa como él cree que está bien, señor.

Mohammed asintió de nuevo.

—Eso es cierto, y veremos más de eso antes de que termine la noche... —la invitó a sentarse—. Siéntese y coma, señora mía, y charlaremos.

Chloe se sentó en el diván y sonrió cuando se le acercó una de las sirvientas con una bandeja de plata donde había todo tipo de exquisiteces. Tomó una de las tartaletas, que eran pegajosas y blandas en el medio y sabían a almendras, y le dio un mordisco mientras Mohammed empezaba a preguntarle cosas.

Chloe se dio cuenta de que tenía más idea sobre las costumbres de los pueblos occidentales de lo que ella había imaginado; y aunque estaba claro que no aceptaba las modas femeninas de esos tiempos, que veía como indecentes, le interesó mucho saber que había ido a la facultad y que le interesaba la literatura árabe, sobre todo la poesía.

Hablaron de Omar Khayyam, el poeta astrónomo de Persia, que había nacido en el siglo XI, y que había sido hijo de un tendero.

—Vuestras gentes conocen sus escritos a través de las traducciones del *Rubaiyat* y otras obras —dijo Mohammed—. Pero ese hombre era mucho más que eso. Era un gran matemático y reformó el calendario musulmán.

—Sí, he leído varias de las traducciones —concedió Chloe— y una biografía del poeta. Pero también he leído a poetas menos conocidos que me parecen igual de buenos que él, o incluso más interesantes.

Charlaron un rato más de los poetas y de la posibilidad de que Mohammed le prestara algunos textos originales que él poseía para que Pasha la ayudara a traducirlos. Después de eso hablaron más de lo que Chloe sentía que él podría hacer para ayudar a que las mujeres de su pueblo vivieran una vida más enriquecedora.

Hasta bien entrada la noche, después de haber comido y haberse entretenido con los cantos y las poesías de los juglares y los bailes de las bailarinas, no empezó el asunto principal.

Reinó un silencio absoluto cuando Pasha se puso de pie y se dirigió a los que estaban allí reunidos en su lengua vernácula. Habló varios minutos, y después se sentó de nuevo. Mohammed se levantó e hizo lo mismo, y a una señal suya dos hombres llevaron dos mesitas con un documento de aspecto elaborado en cada una de ellas.

Pasha firmó el suyo, y después Mohammed firmó y se intercambiaron los documentos. Sólo entonces se oyó un suspiro colectivo de los allí presentes.

Entonces los hombres se pusieron de pie y fueron a Mohammed, haciendo la reverencia antes de besarle la mano. Hicieron lo mismo con Pasha, pero no le besaron la mano. Mohammed dijo algo más, y todos empezaron a salir de la tienda. En el exterior, empezaron a disparar rifles.

Chloe miró a Pasha alarmada, pero él le sonrió.

—Es para celebrarlo —le dijo—. Los documentos que acabamos de firmar convierten a Mohammed en el heredero de mi tío. Él asumirá los deberes que de otro modo serían míos. Hemos acordado que dos tercios de los ingresos del petróleo de su tierra y la mía se utilizarán para el bienestar de nuestro pueblo. El dinero se utilizará para construir una ciudad moderna que será tan buena como cualquiera del mundo occidental, y que tendrá colegios y hospitales para la gente.

—Oh, Pasha... —Chloe lo miró con los ojos empañados—. Me parece maravilloso... estupendo...

—Me alegro que te guste la idea —dijo él, que se puso entonces de pie y le tendió la mano para ayudarla a que se levantara; entonces le hizo una reverencia a Mohammed y ella hizo lo mismo—. Sé que gobernarás con justicia y sensatez —dijo Pasha—. Me has ofrecido el puesto que tenía con el príncipe, pero yo me he negado. Creo que al poner nuestra tierra en tus manos, puedo dedicarme ya a vivir la vida como yo quiera.

Mohammed asintió, con mirada de satisfacción.

—Has actuado con sensatez y generosidad, querido primo, y nuestro pueblo sabrá de tu bondad. Tu nombre será honrado entre nosotros. Ve en paz con tu mujer, y que Allah os bendiga a los dos.

Chloe le hizo una reverencia más, y después Pasha la condujo al exterior de la tienda. Cuando estuvieron fuera, ella lo miró.

—Eres tan sabio como Salomón —le dijo ella—. ¿Cómo se te ocurrió esa idea?

—He estado pensando en poner los ingresos del petróleo en un fondo que sea para la gente, puesto que en realidad es su tierra, Chloe. ¿Por qué tiene que poseer un hombre solo las riquezas que vienen de la tierra? Un día será muchísimo dinero, y tengo suficiente de mis propios negocios. Me he quedado un tercio, y con eso favoreceré la tierra de mi gente en particular.

—¿La gente de la *casbah* de tu padre?

—Sí —la miró a los ojos—. Estamos libres, Chloe. Mohammed es el hombre adecuado para sustituir al príncipe. Hacía tiempo que se me había ocurrido, pero no podía darle el mando sin llegar a una especie de acuerdo entre nosotros. No quería que la riquezas que produzca el petróleo se malgasten. Pero no me equivoqué al pensar que Mohammed accedería a invertirlas en la gente, y me alegro porque sé que será un dirigente justo.

No regresaron a su tienda de inmediato, sino que pasearon bajo las estrellas hasta el borde del oasis, lejos del ruido de las celebraciones para disfrutar de la quietud de las dunas. Y allí Pasha la abrazó y la besó en los labios con ternura.

—¿Estás triste de que a partir de ahora vaya a ser simplemente el señor Armand y no el poderoso jeque? —le preguntó en tono burlón.

—Tú nunca podrías ser simplemente nada —le dijo Chloe mientras lo miraba a los ojos y reía de felicidad—. Me alegraré de tener al señor Armand como esposo... ¿Pero volveremos al desierto alguna vez, Pasha? Es tan romántico estar aquí bajo las estrellas.

—Creo que tú eres más beduina que yo —se burló Pasha, que le rodeó la cintura con el brazo mientras los dos miraban al cielo cuajado de estrellas, envueltos en el misterio del desierto, un misterio que llevaba siglos sin descifrarse—. Sí, querida mía. Volveremos de vez en cuando. Como tú, siento la llamada de toda esta belleza, sobre todo de noche, cuando el calor no es tan intenso.

—Entonces... —Chloe lo miró con una mezcla de picardía y amor reflejada en su bello rostro—. ¿Te he convencido por fin de que es romántico que te lleve un jeque?

Pasha se echó a reír con ganas.

—Veo que jamás voy a curarte, Chloe. Eres una romántica empedernida.

—Has revelado uno de tus secretos —le dijo Chloe, que arqueó el cuello hacia un lado mientras lo miraba con gesto provocativo—. Pero hay algo más... algo que mencionaste cuando veníamos para acá...

—Ah —Pasha la miró con provocación—. Para eso tienes que esperar, cariño mío. Cuando nazca mi hijo... entonces te lo diré.

Epílogo

Chloe se miró en el espejo. Llevaba un vestido muy elegante que Pasha había elegido para ella en una exclusiva boutique de Nueva York ese mismo día. Llevaban tres días en América, adonde habían llegado en un lujoso transatlántico una vez que se había recuperado del nacimiento de su hijo.

Se volvió cuando su marido entró en la habitación.

—¿Ya se ha quedado tranquilo con la niñera? —le preguntó, sabiendo que había estado con Philip Henry por la sonrisa que tenía en la cara; la sonrisa que siempre le salía cuando estaba con su hijo.

—Sí —le respondió él mientras la miraba—. Estás más bella que nunca, querida mía. ¿Tienes ganas de ir a la fiesta de esta noche?

—Sí, por supuesto —se llevó la mano al collar de perlas—. Me mimas demasiado, Pasha.

—Tú mereces que te mime —le dijo mientras le rodeaba la cintura con los brazos desde atrás y la miraba al espejo—. Te prometí una sorpresa, ¿verdad?

—Hace mucho tiempo —respondió ella—. Pensé que se te había olvidado —se dio la vuelta y lo miró—. ¿Tiene algo que ver con la fiesta?

—Sí y no —respondió con aquel brillo pícaro en la mirada—. Sabes que el profesor y Amelia van a venir.

—Pues claro —Chloe se echó a reír—. Creo que terminamos influenciando a Amelia para que hiciera algo que tenía que haber hecho hacía años; y al final le pidió que se casara con ella.

—Y él aceptó, siendo un hombre sensato como es —dijo Pasha—. Siempre sentí no haberlos invitado a nuestra boda, pero como recordarás él se había llevado a la pobre Amelia a otro de esos fuertes remotos.

—No tan pobre, Pasha; Amelia lo ama —Chloe hizo una mueca—. ¿Y cuál es esa sorpresa? ¿O es que me vas a hacer esperar eternamente?

—He invitado a algunas personas del mundo del cine a nuestra fiesta —Pasha se echó a reír al ver la cara que ponía—. En realidad, estamos a punto de realizar un gran avance con las películas con sonido.

—¿Cómo que "estamos"? —Chloe frunció el ceño—. No lo entiendo.

—Hace algunos meses invertí en una compañía que realizaba un proyecto de investigación —respondió Pasha—. Mañana te llevaré a ver algo especial, pero esta noche tengo una sorpresa más importante para ti.

Chloe lo miró como si quisiera estrangularlo.

—¡Pasha! Si tu hijo no estuviera durmiendo en la habitación de al lado, empezaría a darte golpes.

Pasha se echó a reír al ver su expresión impaciente.

—Me han comunicado que tal vez tengamos un invitado extra en nuestra fiesta... un tal señor Valentino...

—¿Valentino...? —Chloe lo miró asombrada—. ¿No lo dirás en serio? ¿En nuestra fiesta? Qué pena que Justine no pudiera venir. Está loca por él.

—Pensaba que a ti también te gustaba bastante —Pasha arqueó las cejas.

—Es maravilloso en el cine —le dijo Chloe con una sonrisa pícara en los labios—. Y siempre se le ve tan romántico y emocionante, pero... —hizo una pausa—. Ahora tengo mi propio jeque, y no creo que ningún otro hombre pudiera igualarse a mi ideal.

—¡Aduladora! —exclamó Pasha, pero sus ojos brillaban como dos ascuas—. Menos mal que lo has dicho, esposa mía, porque de otro modo tal vez tendría que haber cancelado la fiesta y haberte llevado a mi *casbah*...

TÍTULOS DE LA COLECCIÓN

Amor interesado – Nicola Cornick
El jeque – Anne Herries
El caballero normando – Juliet Landon
La paloma y el halcón – Paula Marshall
Siete días sin besos – Michelle Styles
Mentiras del pasado – Denise Lynn
Una nueva vida – Mary Nichols
El amor del pirata – Ruth Langan
Enamorada del enemigo – Elizabeth Mayne
Obligados a casarse – Carolyn Davidson
La mujer más valiente – Lynna Banning
La pareja ideal – Jacqueline Navin

www.ingramcontent.com/pod-product-compliance
Lightning Source LLC
LaVergne TN
LVHW091624070526
838199LV00044B/923